文春文庫

えびす聖《み》子《こ》

高橋克彦

文藝春秋

えびす聖子《みこ》　目次

えびす聖子《みこ》

継ぐ者

1

同年代の者より一回り以上も小さな体なのに、幼い頃からシコオの強さは近隣に知れ渡っていた。負けん気で最後まで踏ん張り通すのである。どれほど殴られても音《ね》を上げずに飛び掛かっていく。しまいにはへとへとになって体の大きい者が逃げ腰となる。

十六の歳《とし》になるまで、そうやって何十回と喧嘩《けんか》したか分からない。その結果、シコオは斐伊《ひい》の里（現在の島根県雲南市木次《きすき》町辺り）の若者を纏《まと》める存在となっていた。斐伊のシコオは名に違《たが》わぬ猛者《もさ》であるとの評判はとなりの佐世《さよ》ばかりかその先の阿用《あよ》の里にまで鳴り響いている。

シコオを漢字で書けば醜男。と言っても醜《みにく》いという意味ではない。醜とは神に召し抱えられている者を示す言葉であって、醜男となると比類なき武人ということになる。

醜女《しこめ》とて神に仕える巫女《みこ》を指していた。それが今のように醜いという意味に用いられるようになったのは、神に仕える存在なので見にくい、つまり、畏《おそ》れ多くて見るのも憚《はばか》れるということから転じたもので、ついでに付け加えるなら力士の四股名《しこな》も古くは醜名と書いていた。相撲が神事であることと力士の勇猛さから生まれた呼び名のことなのだ。

「阿用の里に鬼が出ただと」

常の働きとしている斐伊川の砂鉄採取から戻ったシコオは、里の入り口で待ち構えていた仲間たちからその話を聞かされて笑った。

「本当だ。阿用には昔から居る」

「あんな話は嘘《うそ》だ」

シコオは路傍の石に腰掛けて休んだ。

古老たちが面白おかしく聞かせてくれる物語の中に阿用の里の名の由来がある。ある親子が夕方まで田作りに精を出していたら、いきなり目玉が一つしかない鬼が現われて息子を襲ったと言うのである。父と母はあまりの恐ろしさに仰天して近くの竹藪《たけやぶ》に逃れた。息子は鬼に捕らえられて食われはじめた。がたがたと震えたせいで竹藪が揺れて大きな音を立てた。息子は食われながらも父と母が潜んでいる竹藪に目を動かし「動《あよ》、動《あよ》」と叫んで果てたと言う。鬼に発見されるので動くなと言いたかったのだろう。それ以来、その一帯を「あよ」の里と呼ぶようになったと言うのだが、シコオは信じていなかった。鬼が出たら退治するのが当たり前である。なのにその話には続きがない。食われた息子だけが損をしたことになる。

「退治できなかったから今も居るんだ」

仲間たちは当然のように返した。仲間と言っても働きに出る歳ではないので皆幼い。

「だれかがまた食われたのか？」

シコオは中でも年長の者に質《ただ》した。

「空を飛ぶ船が出たそうだぞ。その船に鬼が乗って居る。嘘じゃない。大人たちが集まって、どうしたらいいか談合してる最中だ」

「鬼は空を飛べるのか？」

「山のてっぺんに浮かんでるとよ。夕方なのに明るく光ってたそうな」

「大人らが談合してるって？」

仲間たちはこっくりと頷《うなず》いた。

「それで、どうする気なんだ？」

分からん、と皆は首を横に振った。

よし、とシコオは石から腰を上げて歩きはじめた。談合となれば里の中心の小屋に居るに違いない。仲間たちもはしゃいで従う。

「シコオ、名乗りを上げて退治しろ」

「空に浮かんでいるのにどうやって手を伸ばす。阿用の里のことだ。まずは阿用の者がやる。余計なことを言うな」

制しながらもシコオの胸は騒いでいた。なにかを果たしたいのだが、そのなにかが見付からない。その焦《あせ》りが一年ほど前からシコオの胸の底にある。

〈鬼退治か……〉

シコオの足は次第に速まった。


仲間の話は本当だった。皆が集まる小屋の前には女たちが群がっていた。シコオを認めて女たちが笑顔で取り囲んだ。

「鬼が出たそうだな」

顔馴《な》染《じ》みの娘にシコオは確かめた。

「こっちにも来るかも知れない」

娘は青ざめた顔で言った。

「そんなに強いやつなのか？」

「知らない。でも皆怖がっている」

「心配するな。斐伊にはこの俺《おれ》が居る」

胸を張ってシコオは小屋に入った。ここには十五歳以上の男しか入れないしきたりだ。暗い小屋の中には二十人近い大人たちが沈んだ顔を揃《そろ》えていた。真ん中の長《おさ》の傍《かたわ》らには阿用の者らしい二人も胡座《あぐら》をかいている。

「シコオ、こっちだ」

二つ年上の仲間がシコオを手招いた。皆に会釈して下座に納まる。

「うぬがシコオか。名は聞いている」

「その鬼はまだ山の上に居るのか？」

シコオは阿用の男たちに遠慮なく訊《たず》ねた。

「居る。そよりとも動かん」

真面目な顔で男の一人が応じた。

「阿用の里の者ばかりでは無理だ。それで手助けを頼みに来たのよ」

長の息子がシコオに教えた。

「何人か食われたのか？」

「馬鹿な。恐ろしくてだれも近付けん」

阿用の男は声を震わせた。

「どんな鬼かも確かめぬうちから手助けの頼みか。情けない」

シコオは鼻で笑った。

「うぬは見ておらぬからそんなことが言える。山ほどもある船じゃぞ。夜も真っ白に輝いて、里が真昼のように明るい。女や子らは小屋の中で藁《わら》に潜って隠れている」

さすがにシコオも言葉を失った。

「力自慢の者を五百も集めて山に上るしかない。でないとてもかなうまい」

「なれど、昔に出た鬼とは違うかも知れん。鬼ならとっくに里を襲っていように」

シコオは踏ん張った。

「かも知れんがの」

苦々しく見ていた長が舌打ちして、

「二日にもなる。鬼でなければ船を下りて阿用の里になにか言うてくるじゃろう。いくらおまえじゃとて、そんな船に近付けはすまい」

「行けと言うならいつでも行く」

シコオはむっとして返した。

「でしゃばるな」

長はシコオを睨《にら》み付けた。

「若い者らの喧嘩とは違うぞ。真面目《まじめ》な談合の最中じゃ。早いうちになんとかせねば船はこの里にもやって来るかも知れんのだ」

「だから俺が行くと言った」

「たった一人でなにができる？」

「船を間近で見たい。そうすれば争いとなるにしても役に立とう。行かせてくれ」

シコオは本気で長に頼み込んだ。

「死ねば母者《ははじゃ》が哀れであろう」

長は取り合わなかった。シコオの父親は十三年も前に死んでいる。母親がたった一人でシコオを育て上げてくれたのだ。それを言われれば黙るしかない。

談合はなかなか纏まらない。溜め息が続くばかりだ。シコオは苛々《いらいら》と席を立った。

「仕事の帰りで飯も食っておらぬ。話が決まったらいつでも来てくれ」

仲間に耳打ちして小屋を出る。幼い仲間たちの姿もすでに見当たらない。あまりに談合が長引いているので飽きてしまったのだろう。

シコオは母親の待つ家に戻った。

「集まりに出ていたんだね」

母親も承知した顔でシコオを迎えた。

「俺は阿用の里に行こうと思っている」

シコオは囲炉裏《いろり》に座るなり言った。火で炙《あぶ》った鮎《あゆ》の串を手にしてかぶりつく。

「長は母者を一人にするなと叱ったが……心が騒いでならぬ。行ってもいいだろうか?」

「どのように心が騒ぎます?」

母親は微笑《ほほえ》んでシコオを見詰めた。

「口では言えぬ。だが、鬼の乗っている船は山ほどに大きいそうだ。それを思うだに体が震える。なんとしてもこの目で見てみたい」

「では行けばいい」

母親はあっさりと許した。

「いいのか！」

シコオの方が驚いた。

「もしかして戻れなくなるかも知れぬ。俺一人で行くのだ。皆と打ち揃ってではない」

それにも母親は笑顔を見せた。

「相手は鬼だぞ」

「きっと鬼とは違う」

母親ははっきりと口にした。

「鬼でなければなんだ？」

「おまえの父さまと所縁《ゆかり》のあるお人らに違いない。だからおまえの心が騒ぐのです」

シコオは口を開けて母親を見やった。

「これまでおまえに話したことはなかったが……父さまはそういうお人であった」

思い切った様子で母親はシコオに告げた。

「そういう人とは？」

「私は船とやらを一度も見てはおらぬが、山に倒れていた父さまは船に乗って空からやって来たと申された。それに……死んだわけでもない。おまえが三つになったとき、二人でこの里へ戻れと言い残して、どこぞに旅立たれてしまわれたのです」

思いがけない話にシコオは戸惑った。

「私だとて今日の今日までその話を信じていたわけではない。空を飛ぶ船など……でも、信じたくもありました。父さまはいつも私とおまえに優しかった。人を嫌い、親子三人で山の中に暮らす三年であったが、寂しいとか怖いと感じたことは一つもない。父さまが守ってくだされたからです」

「山の中に暮らしていた……」

シコオに微《かす》かな甘い記憶が甦《よみがえ》った。

「阿用の里に空を飛ぶ船が現われたと耳にして、父さまの話が嘘ではなかったのだと知りました。おまえにそれをどう言って聞かせたらいいのかと思い悩んでいたのに……おまえの方から船を見に行きたいと口にした。父さまの血であろう」

「今のこと、長らは承知か？」

「だれにも言うてはおらぬ。好きな男を追って里を出て、死んだゆえに戻ったとしか……」

「どこかで生きておるかも知れぬのか？」

「そうであるかも」

「なんでもっと早くに教えてくれなかった」

「言うてはおまえが辛《つら》くなるだけ。父さまに捨てられたとしか思うまい」

シコオは絶句して……頷いた。今だからこそなんとか信じられるが、以前なら確かに見捨てられたと恨《うら》み続けたはずである。

「船に乗っているのは親父と違うかの」

シコオの胸は弾《はず》んだ。

「父さまなら阿用ではなくこちらに参られる」

母親は否定した。シコオも得心して、

「親父の名を口にすればどうであろう?」

母親に膝《ひざ》を進めた。父親の名はフユギヌと言う。冬に纏う衣を意味する名だ。

「どうであろうか……」

母親は小首を傾《かし》げた。

「とにかく、行ってみる。阿用の里に入ればどこからでも見えると言うていた。今から走れば朝には戻れる。いいのだな?」

シコオは鮎の串をもう一本口にくわえて支度にかかった。

2

こっそりと里を抜け出し、中天に架かった満月の青々とした明かりを頼りにシコオは阿用《あよ》への道を辿《たど》った。山越えがあるから少しきついだけで、さほど遠い里ではない。

〈あれか!〉

阿用の里を見下ろす峠の頂上でシコオは早くも空に浮かぶ船を見付けた。思わず背後の満月を見上げる。月の見間違いではないかと思ったのである。それほどに明るくて丸い。

しかし満月はちゃんと後ろにあった。

〈大きいな……〉

椀を伏せたような山の上にぽっかりと浮いている。さすがに山ほどではないものの、幅は山の半分程度はありそうに見える。あの真下に近付けば空が船ばかりに感じられるだろう。シコオの足はかたかたと震えだした。なんの物音も立てずに、ただ浮かんでいるのも恐ろしい気がする。

あの燃えるような船の輝きに焼け死んでしまわぬだろうか、とシコオは怯《おび》えた。しかし、光に照らされている山の樹木は火を発していない。熱くはないのかも知れない。

〈行くしかなかろう〉

自分に強く言い聞かせてシコオは阿用の里へ下りはじめた。明るさに包まれている阿用の里は不気味に静まり返っている。まだ水を張っただけの田がきらきらときらめいて、磨き上げた鏡面に見える。田の一枚一枚に船が映り込んでいた。

〈親父も乗っていたんだぞ。なにを恐れる〉

何度もそればかり胸に繰り返し阿用の里に達した。船はどんどん大きくなる。今は満月の十倍にもなっている。

屋根の集まっている方へ行きたいが、あいにくと船はその手前の右手の山の上にある。低い山だから上る苦労はない。

覚悟を定めてシコオは山を目指した。

山を目の前にしてシコオは立ち止まった。足元は真昼とおなじ明るさだ。

見上げると空の半分が船であるかのように思えた。眩《まぶ》しくて目も開けてはいられない。

「俺は斐伊《ひい》の里のシコオと言う！」

額に手をかざし、声を限りにシコオは叫んだ。叫びが船にぶつかって戻る。

「俺の親父も空を飛ぶ船に乗っていた。名はフユギヌだ。聞こえるか！」

船からはなんの返事もなかった。だがシコオには少しの余裕が生まれた。勘に過ぎないが、襲ってくる気配を覚えなかったのだ。

「剣もなにも持っておらぬ。行くぞ！」

シコオは櫂を漕いで斜面を進んだ。

中腹まで上ったところで船はいきなり大きな音を立てた。慌ててシコオは藪に身を伏せた。気を落ち着けて船に目を動かす。船はシコオの頭上でゆっくりと回りはじめていた。今はほとんど船が夜空を隠している。

逃げたい、とシコオは思った。だがここで逃げるわけにはいかない。勇気を振り絞ってシコオは藪に立ち上がった。船の明るさが少しずつ薄れていく。立ち去る気ではないか。焦ってシコオは駆け出した。せっかくここまで来ながら去られては意味がない。

さらに眩しさが消えていく。船の底の模様まで見えるようになっていた。鼠《ねずみ》色のつるつるに磨かれた金属《かね》でできている。

「待ってくれ！　行くな」

船の真下に近付いたところでシコオはいきなり弾《はじ》き返された。シコオは仰天した。なにも見えない。が、確かに壁のようなものに前を塞《ふさ》がれたのだ。地面に目をやってシコオはわなわなと震えた。灌木《かんぼく》や草が見えないなにかによって押し潰《つぶ》されてもがいていた。しかも大きな円の形となっている。その円が、そのまま前方へと動いた。シコオは反射的に船を見上げた。船も静かに動いていた。船の底に開いている丸い穴からなにかの力が及んでいるとしか思えない。

その瞬間――

穴から眩《まばゆ》い光の束が降り注いだ。

シコオは悲鳴を発して飛び退《の》いた。

シコオの目の前に太い光の柱が出現した。

そっとシコオは光の柱に指先を触れた。心を満たす温かさが指先から伝わってくる。船に乗っているのは鬼などではない。その確信がシコオに生まれた。

「姿を見せてくれぬか！」

「やって来たのはおまえ一人か」

耳を聾《ろう》する声が響き渡った。シコオはその場に膝をついた。手足が痺《しび》れて自由にならない。それでも恐ろしさは薄れている。

「今より三十日のうちに因幡《いなば》の国を目指して旅に出るがよい。おまえは選ばれた」

「………」

「だが、おまえ一人ではない。選ばれし者はまだ多く居る。あとはおまえの運命が定める」

なんのことかシコオには分からない。

「三十日を一日でも過ぎてはならぬ」

「因幡のどこに行けばいい？」

シコオは泣きそうな顔で質した。

「自《おの》ずと分かるであろう」

その言葉と同時に光の柱も消滅した。シコオの身動きを止めていた痺れもなくなった。

ぶーん、と耳鳴りのような音がした。船の回転が速まっている。船は小さく左右に振れると、次には一気に高みへと上がった。見る見る小さくなる。シコオは呆然《ぼうぜん》と見上げた。夜空の暗さがいっぺんにシコオの目に戻る。

白い残像ばかりが目に輝いている。

目が夜空の暗さにようやく馴染んだときは、どこにも船が見当たらなかった。

いや、遥か彼方《はるかかなた》の空に流れ星のごとく尾を引いて消える輝きが見付かった。

〈いったい……なんのことだ〉

話しかけてきたのはだれだったのだろう。

〈選ばれた、と言ったぞ〉

それがシコオの胸をじんと熱くする。

〈俺はただの砂鉄採りだ。それを承知か？〉

親父の名を口にしたのが幸いしたのかも知れない。シコオは地面を踏み鳴らして雄叫《おたけ》びを上げた。わけもなく嬉《うれ》しい。この、疼《うず》くような胸の高まりを俺はずっと捜していたのだ、とシコオは一人で頷いた。

〈なにが待っているか知らぬが――〉

必ずやり遂げて見せる。俺はだれにも負けない。負けたことなど一度もない。

「俺のことを知っておるか！」

シコオは阿用の里に向かって叫んだ。

「俺は斐伊のシコオだ。たった今、俺は空を飛ぶ者たちに選ばれたぞ。因幡に行くのだ」

叫んで山の麓《ふもと》まで一気に駆け下りる。何度か足を滑らせて転んだ。それでもシコオから笑いは消えなかった。

3

空を飛ぶ者たちによって選ばれたという喜びに包まれて意気揚々と斐伊《ひい》の里に戻った

シコオだったが、その話を信じてくれたのはたった一人母親ばかりで、仲間たちでさえ猜疑《さいぎ》の目をシコオに向けた。確かに阿用《あよ》の山の上にぽっかりと浮かんでいた鬼の船がどこかに消え去ったという話は直《す》ぐに斐伊にも伝わって来た。だが、それをシコオの話と結び付ける者はだれも居ない。そもそもだれにも告げずに阿用の里へ出向いたのだから、信じてくれないのも無理はなかった。船が消えたという噂《うわさ》を耳にしてシコオが作り話を拵《こしら》えたのだと思い込んでいる。どれほどの力自慢だとしても、十六の若者がたった一人で鬼の乗る船の真下まで行ったとは思えないし、ましてや船を追い払えるはずもない。本当に鬼たちと話を交わしたのだとシコオは泣きそうな顔で皆に訴えた。俺の親父もあの船に乗って空から下りて来たのだ、と口にした辺りからシコオは完全に嘘つきだと見《み》做《な》された。シコオは仲のいい仲間たちを引き連れて母親にも会わせた。けれど母親も曖《あい》昧《まい》に笑うばかりでなに一つ言ってくれない。

「なんでじゃ！」

仲間たちが帰るとシコオは母親に詰め寄った。悔しさに涙が溢《あふ》れる。

「父さまのことをなぜ皆に言いました」

反対に母親はシコオを睨み付けた。

「言わねばだれも俺を嘘つきとなじる」

「嘘つきと呼ばれても、この里を出て行かずに済みます。父さまのことはだれにも言わぬと私は約束したのですよ。おまえなればと信じて教えたことなのに……そんなに弱い子供とは思わなかった。私はそれが哀しい」

「なぜ里を出なければならぬ？」

「鬼の子と恐れられ、里では生きていかれなくなりましょう。二人でだれも知らぬ里に移るしかなくなりますよ」

「俺は鬼の子などではない！　船の者たちとて鬼ではなかったぞ」

「私も知っている。でも里の者たちは知らない。自分の目で見ぬ限り無理と言うもの」

「母者は俺が馬鹿にされても平気か！」

シコオは溢れる涙を袖《そで》で拭《ぬぐ》った。

「母者も本当は信じておるまい。俺が空を飛ぶ者たちから選ばれたなど……」

「信じている。だからこそ里の者たちに無駄なことを言うても無意味と思っているのです。おまえが真っ先に言うていた眩しい光の束も私は何度か父さまと暮らしていたときに見ている。空からの声も聞いたことがある。おまえが船の真下まで行ったことは間違いがない。でなければそんなことをおまえが口にできるわけがあろうか」

シコオの母はにっこりと微笑んで、

「私とおまえが知っているだけで十分ではないか。なぜ皆にそれを信じて貰《もら》わねばなりませぬ？　選ばれたのはおまえ。里の他の者たちには無縁の話。三十日の間に因幡《いなば》の国へ行くことこそおまえの大事のはず。それともおまえは皆に手を振って送って貰いたいのですか。里一番の男と褒《ほ》められたいのか？」

シコオは激しく首を横に振った。

「それならなにを悔しがって泣く？　なにがこの先おまえを待ち構えているか私には分からぬが、見事にそれを果たし終えて里へ戻れば、そのときこそ里の者たちが黙っていてもおまえの話を信じてくれるようになりましょう。いままでのおまえはそういう者であったはず。だからこそ私の自慢であった」

「分かった」

シコオはようやく笑いを取り戻した。

「母者もそうして頑張ってきたのだな」

「因幡の国と、名ばかりは聞くが、どの道を辿って何日かかるものか私も知らぬ。里の者たちに信じて貰うより、しなければならぬことはいくらもありましょうぞ。旅の用心に剣も調達しなければなりませぬ。私はその支度に忙しい。無駄な話に付き合ってはおられぬ」

「なに、棒一本で狼など退治できる。食い物も途中の里で恵んで貰えばいい。面倒な支度など要《い》らぬ。母者に迷惑はかけない」

「選ばれた者が人に施しを受けての旅では、この私が恥ずかしい。任せておきなされ」

「もし……もしものことだが」

シコオは辛い顔をして言った。

「今度こそ戻れなくなるかも」

「言うではない」

突然シコオの母は嗚咽《おえつ》した。

「帰る。絶対に帰る。きっとだ」

シコオは慌てて声を張り上げた。


それからの十日間。シコオは旅の準備に費やした。と言っても衣や剣などは母親が揃えてくれることになったので、専《もっぱ》らシコオは近隣の里を訪ね歩き、因幡の国までの道を調べ上げていたのである。斐伊川を下って大きな湖に出た者や南の方角を目指して永い旅をした者は斐伊の里に何人か居たが、北に位置する因幡への詳しい道を承知の者は見付からなかった。それで阿用や海潮《うしお》、河内の辺りまで足を運んで捜し回ったのだ。それでも結果は思わしくなかった。若い時分に安来《やすぎ》の里まで行ったことがあると言う老人と海潮で巡り合ったに過ぎない。だが、因幡の国は間違いなく安来の先だと言う。斐伊の里と因幡の国の真ん中辺りに安来の里が当たっていると言う老人の話が確かなら、思っていたよりも近い。六日やそこらで行き着ける道程だ。とりあえずシコオは安堵《あんど》した。決して楽ではない道だが、海潮から安来までは迷う心配もないと教えられた。海潮の少し北に源流のある意宇《おう》川に沿ってどこまでも進めば湖に達する。そこで湖岸を辿り北に向かえば安来の里にぶつかるらしい。安来の里まで行けば因幡の国への道に詳しい人間が必ず何人も居るだろう。途中には里がいくつもあるということだから食い物を案じることもない。斐伊の里で産する砂鉄で拵えた鍬《くわ》を三つ四つ背負って行けば喜んで食い物に換えてくれて泊めても貰える。

「どうであった？」

笑顔で戻ったシコオに察しながら母親は訊ねた。シコオも満足そうに頷いて、

「いつでも旅に出られる。六日や七日で行けるらしい。もっと離れていると思った」

「それではまだ余裕があるね」

母親も喜んだ。シコオの旅の衣がまだ出来上がっていない。剣の方は飼っていた鶏すべてと、一年の間、畑仕事や薪《たきぎ》取りの手助けをするという約束で村の長から貰えることになっている。それを知っているだけにシコオも母親の顔を見るのが辛い。喜んでくれたのがなにより嬉しかった。

「なぁ、剣など本当に俺には用がない。使ったことがなければ無駄となろう」

「選ばれた者はおまえ一人ではないと言っていたではありませぬか。せっかく因幡まで出掛けてもそこで取り残されてはおまえの悔いとなろう。棒では心許無《こころもとな》い」

「それはそうだが……」

「私はおまえの親ですよ。子のためと思えば少しも苦労とは思わぬ。おまえには知恵も力も備わっている。今度の旅が私にも楽しみなのです。遠慮などおまえには似合わない」

「なんのために俺は選ばれたのだろうな？」

シコオは目の前のきび餅にかぶりつきながら小首を傾げた。因幡を目指せと命じられただけで、あとはなにも分からない。

「母者が反対していたら俺も馬鹿馬鹿しくなってやめていたに違いない」

「選ばれながらそうして諦《あきら》める者がきっとたくさんありましょうな」

母親は真面目な顔でシコオを見詰めた。

「すでに試されているのですよ。直ぐに来いと言われれば人はあまり迷いますまい。日が一日過ぎるごとに迷いが大きくなる」

そういうことか、とシコオは何度も頷いて、

「俺は偉い母者を持った。母者のために俺は踏ん張る。なにがあっても耐えて見せる」

母親に誓った。

4

そして五日後。定めの三十日に十日を残してシコオは斐伊《ひい》の里を出た。旅程は六日と聞いていても不意の病いや雨風に妨げられることもある。それに因幡《いなば》の国と聞かされているだけで、目的地がまだ分からない。一日でも早く行くのが安心というものだ。

真新しい衣に真新しい沓《くつ》。後ろに纏めていただけの髪も母親が綺麗《きれい》なみずらに結ってくれた。それになによりも腰にどっしりと重い剣が頼もしい。急に四つ五つ大人になっ

たような気分でシコオは海潮《うしお》の里を目指した。今日は旅立ちの日でもあるから無理はしない。海潮の先はきつい山道となる。そこで夜になれば危ない。海潮に泊まって未明に出るのが利口であろう。大事を控えている身なのだと母親からも繰り返し言われている。海潮までは半日とかからない距離だ。

シコオは新しい沓に慣れるためにものんびりと山道を歩いた。道に食《は》み出ている蔦《つた》や小枝を見付けるたびシコオは剣を抜いて払い落とした。剣は面白いようによく切れた。棒を振り回して喧嘩慣れしている上に、厳しい砂鉄採りの仕事がシコオの腕の筋肉を鍛えている。鍬などよりずっと扱いやすい。太陽にかざすと眩しく剣がきらめく。心が震えるほどの美しさだ。

阿用《あよ》の里を見下ろす峠の頂上には昼前に着く。シコオは母親が拵えてくれた屯食《とんじき》（握り飯）を頂上の石に腰掛けて大切に食べた。母の掌《て》の大きさが思い出される。さきほど別れたばかりなのに、当分は会えないのだと思うと寂しさが感じられた。

甘えを振り切って峠道を下る。

その道でシコオは阿用の者と出会った。

「シコオではないか」

何度か会ったことのある男だった。男は山に仕掛けてある兎捕《うさぎと》りの罠《わな》を見に来たと言う。

「因幡の国に行くという話は聞いておったがの。いよいよ行くのか」

男はシコオの腰の刀を羨《うらや》ましそうに眺めた。

「阿用にもおまえとおなじ者が居るぞ」

聞かされてシコオの顔色が変わった。

「阿用に居るなどはじめて聞いた」

「いや、里の者ではない。須佐《すさ》の里から旅をして来た男だ。やはり因幡まで行くそうな」

「いつ阿用に来た？」

「一昨日の夕方だ。二日も食わずに山道を歩き詰めとかでくたびれた顔をしていた。因幡にはなにがある？　どうもよく分からんな」

「まだその男は里に居るのか？」

「居るじゃろう。今朝見掛けたぞ。長のところに厄介になっている。体がでかくて、まるで鬼のような髭面《ひげづら》だ。女どもは怖がって寄り付かんが、乱暴な男でもない」

「また会おうぞ」

そそくさと別れを交わしてシコオは急ぎ足となった。その男も空を飛ぶ者たちに選ばれた男に違いない。不安と焦りがシコオに生まれた。旅立ったこの日に競争相手と出会うとしたならシコオが考えている以上に選ばれた者の数は多いのかも知れない。

〈そんな者に負けてたまるか〉

急ぎ足が駆け足となった。

シコオは阿用の里まで駆け続けた。道で芋の籠《かご》を抱えて立ち話していた娘たちがシコオの剣幕に恐れて脇に逃れる。シコオは足を止めて男のことを問い質した。娘たちは即座に頷いた。まだ里を出てはいないようだ。

「喧嘩でもする気なの？」

シコオと知って娘の一人が訊ねた。

「会って話をするだけだ。嫌なやつなのか？」

「あちこち傷だらけの男よ。関わり合いにならない方がいい。いくらシコオでも……」

他の娘たちも頷く。

「因幡に行くと言っているんだな？」

シコオは娘たちに笑って歩きはじめた。娘たちが心配顔で後からついてくる。

シコオは里の中心の広場に面した長の大きな小屋の前に立った。

「須佐の里から来た者に会いたい」

シコオは顔を覗《のぞ》かせた女に叫んだ。

「俺は斐伊の里のシコオだ。俺も因幡の国に行く途中だ」

名乗ると小屋の中で慌ただしい気配がした。シコオの倍も背丈がありそうな髭面の大男が荒々しく飛び出して来た。大男は怪訝《けげん》そうな様子で広場を見渡した。

「俺がシコオだ」

重ねて言うと大男は苦笑して、

「連れては行けぬ。とっとと里へ帰れ。そんな呑気《のんき》な旅ではない」

「心得違いをするな。おまえもあの船の者たちに選ばれたのか？」

大男はぎょっとしてシコオを睨み付けた。

「ここではろくな話ができぬ。俺についてこい。二人でゆっくり談合しよう」

有無《うむ》を言わせずシコオは促した。大男も仕方なくシコオに続く。娘たちは道を開けた。

「談合とはなんのことだ？」

里の外れまで歩くと大男は声を上げた。

娘や子供らが遠巻きにして見ている。だが声が届く距離ではなくなっていた。

「あの空を飛ぶ船に近付いたのだろう？」

シコオは大男と向き合った。

「その言い分ではおまえの話に嘘はなさそうだな。なんともはや……気が抜けた」

大男は失望の色を浮かべていた。

「てっきり俺一人と思っていたに、おまえのような者にまで声をかけていたとは。これでは因幡に何千もが呼び集められていよう」

「この界隈《かいわい》では俺一人と聞かされた」

むっとしてシコオは返した。

「ではよほどだらしなき里と見える。悪いことは言わん。おまえなど因幡に行ってもどうにもなるまい。ここで引き返せ」

大男は真顔でシコオに言った。

「因幡に行けばどうなるのか知っているのか」

シコオは質した。

「なにも聞かされてはおらんが、力試しであるのは確かであろう。下手をすれば命を失うぞ。俺は親切で言うておる」

「名はなんと言う？」

「須佐のタカヒコだ。そんな剣などに頼らずとも狼の二、三匹は相手にできる」

タカヒコは衣の襟《えり》を広げた。狼の爪痕《つめあと》らしき傷がいくつも分厚い胸に刻まれていた。

「喧嘩を仕掛けているのか？」

動ぜずにシコオはタカヒコを見返した。

「おまえなどに喧嘩を仕掛けてどうなる。このタカヒコをみくびるな。おまえの歳は？」

「十六だ」

「ほう。十六にしては小さい。十三辺りかと見ていた。なれば子供でもないの」

「おまえの方は？」

「二十一になる。おまえ呼ばわりされる歳ではない。いい加減にして里へ戻れ」

「俺は等しく選ばれた者ゆえ、おまえと呼んだのだ。歳の差は関わりのないことだ」

なるほど、とタカヒコは小さく頷いた。

「二日も食わずに山道を歩いたと聞いたが、道に迷ったのか？」

「まぁ、そんなところだ」

「三十日も猶予《ゆうよ》を与えられていながら道も確かめずに因幡を目指すなど……恥と知れ」

シコオは叱りつけた。

「すでに試しははじまっている。里の娘らに狼の爪痕を見せて自慢しているときと違う」

「いかにも、と言いたいところだが、そういうおまえは因幡までの道を承知か？」

「半分の安来《やすぎ》までの道は調べた。おまえがこの里に逗留《とうりゆう》しているのは道を訊ねてのことだろうが、この先の海潮まで足を延ばさねば道を知る者はおらぬ。呑気なのはおまえの方だ」

ほう、とタカヒコはシコオを見直して、

「ここから因幡までどれほどかかる？」

「六日やそこらで行き着ける」

タカヒコはその返答に口元を緩めた。

「しかし、因幡と言われただけで、そこのどこであるのか俺は知らん」

「俺もさ。行けば必ず分かると言うたぞ」

タカヒコは親しみをこめた顔で応じつつ、

「おまえはなかなか頭が働く者のようだの。最後に選ばれる者の数も聞いておらぬ。そこまで調べてのことなら本気であろう。どうせなら二人で因幡を目指すか。狼程度のことならいつでも守ってやろう」

あっさりと話を変えた。道を知っているということで折れてきたのである。

「おまえと一緒では食い物が心配となる」

シコオはタカヒコの腹に目を動かした。鹿の一頭は平らげそうな大きな腹だ。

「背中に担いでいる袋にはなにが入っておる。

「鉄で拵えた鍬のせいで重いだけだ。食い物ではない」

「そんなものを持ち歩いてどうする気だ?」

「途中の里で食い物と換える。欲しがる者がいくらでも見付かる」

「どれ」

タカヒコはシコオの荷を手にして重さを確かめた。片手で軽々と持つ。内心でシコオは驚いていた。

「これを担いで来たとは……おまえも体に似合わず腕の力が強いと見える」

タカヒコは笑ってそのまま背負った。

「なにをする!」

「因幡まで俺が運んでやるよ。俺たちの大事な食い物に化ける袋だ。奪われはせぬ」

「勝手に決めるな。一緒に旅をすると言った覚えはないぞ。袋を返せ」

「等しく選ばれた仲間と言ったのはおまえであろうに。それに、俺はおまえが気に入った。この俺にそんな目をしてつっかかってきたのはおまえがはじめてだ。選ばれるだけある」

「おまえ、いままでなにをしていた男だ？」

シコオも諦めてタカヒコを見詰めた。

「里を荒らす狼を退治して食い物を皆から貰っていた。山に一人で住んでいる。だから山道など慣れたものだと侮《あなど》った。本当は……因幡まで行けぬのではないかと案じていた」

悪びれずタカヒコは打ち明けた。

「生まれ育った出雲《いずも》がこれほど広いとは思わなかったぞ。どこまでも山が続いている」

「因幡までは仲間でいい。そこから先は敵となるかも知れぬ。それでいいんだな」

シコオは念押しした。おお、とタカヒコは髭面を綻《ほころ》ばしてシコオに手を差し出した。シコオはその手をがっしりと握った。

5

シコオとタカヒコは直ぐに阿用《あよ》の里を出発して海潮《うしお》の里を目指した。海潮までは何回か行き来している上に重い荷物をタカヒコが担いでくれているので楽な旅となった。二人はこの道程ですっかり打ち解けた。互いに空を飛ぶ者たちに選ばれたという自負もある。

「母者がおるだけありがたいと思え」

タカヒコはシコオの境遇をあれこれと訊《き》き出したあと笑顔で言った。

「俺など三つのときまでに二人とも死んだ」

「それから一人で生きていたと？」

「三つではどうしようもない。身内に引き取られて育ったが、それも十二の歳までだ」

「あとは一人で山暮らしか？」

「身内とは縁を切った。理由《わけ》など訊くなよ。俺もいまさら言いたくない」

タカヒコは先回りしてシコオを制した。

「たった十二で山での一人暮らしはきつかろう。信じられないな」

シコオは陽気な口調のタカヒコをあらためて見詰めた。髭面で怖そうに見えるが目は優しい。

「星と湧《わ》き水が俺の父と母だ。それがあればなんとか生きていける。夜を怖いと思えば山に一日としておられぬからな」

「仲間はおらぬのか？」

「おらぬ。人は平気で嘘をつく」

タカヒコはあっさりと返した。

だ」


「空を飛ぶ船を見たときは?」

「ただ嬉しかった。闇を照らす光はありがたい。だからどこまでも追いかけたのだ。怖いとなど思わなかった。三日も追いかけていたら空から光の束が降り注いで俺を包んだ」

あとはシコオとおなじだった。三十日の間に因幡《いなば》を目指せと命じられたのである。

シコオは歩きながら首を傾げた。

「あの者たちはなんであろう?」

「なんでもいい。お陰で俺は山を下りるつもりになれたし、こうしておまえのような者とも巡り合えた。おまえと会うまで、因幡の話もひょっとして俺の空耳に過ぎぬのではないかとどこかで疑っていた」

「空耳ではない。確かにそう言った」

「あれが星や日輪を操る神だとしても……妙な者たちを選ぶものよ。俺も含めてさ」

タカヒコの言葉にシコオは笑った。本当にそうだ。村を纏める長やその子供らが大勢居る。どう見ても自分とタカヒコはそぐわない。

「まさか、世に無用の者ばかりを集めてきつい使役につかせる気ではあるまいな」

「俺は無用の者と思っておらぬ」

シコオは胸を張って口にした。だれにも負けぬという自信はある。だが、なにをすればいいのか分からないでいるだけだ。

海潮の里には陽《ひ》の高いうちに辿り着いた。

タカヒコの言う通りまだまだ先に進めるだろうが、そうすれば見知らぬ山の中で夜を過ごすことになる。シコオにすれば旅ははじまったばかりである。不満そうにしていたタカヒコだったが、この里には出で湯があると聞かされて笑顔を戻した。

「鍬の一つを食い物と酒に換えて出で湯でのんびりとしよう。湯はひさしぶりだ」

「鍬はまだ手放さぬ。母者が今日の食い物はちゃんと用意してくれた。酒は我慢しろ」

「俺の分もあるのか？」

タカヒコは心配そうに訊ねた。

「屯食《とんじき》が二つと兎の干し肉で足りぬか？」

それにタカヒコは満足気に頷いた。


それからしばらくして……

二人は燃えるような夕焼けを眺めつつ出で湯に肩まで浸かっていた。川の側《そば》に噴き出ている出で湯を岩で塞《せ》き止めたものだ。熱ければ川の水を引き込めばいい。

「おまえと一緒になって得をした。食い物の心配もなければ、こういう湯にも入れる」

タカヒコはごしごしと顔を洗った。

「離れてやれ。髪が濡れる」

言ってシコオは湯の中を動いた。

「濡れたとてよかろう。洗えばよい」

「駄目だ。これは母者が結ってくれた。因幡に着くまでこのままにする」

はじめてのみずらである。解いてしまえば二度と形よくは結えない。

「女々しいぞ。髪ごときで」

タカヒコはわざと湯を飛ばした。シコオは慌てて立ち上がった。タカヒコが笑う。

「喧嘩を売る気か！」

怒鳴《どな》ったシコオだったがタカヒコは止《や》めない。母親が結ったものだと知ってタカヒコが羨んでいるのだ、とシコオは気付いた。

シコオは湯から上がって逃れた。

「なんだ、だらしない」

「おまえと争っても腹を減らすだけだ。俺が女々しいなら、おまえは子供と変わらぬ」

あははは、とタカヒコは爆笑した。

それに合わせたごとく女たちの笑いが重なった。二人はそちらに目を動かした。三人の娘たちが岩場から顔を覗かせた。シコオはまた出で湯に飛び込んだ。

「里の者たちか？」

タカヒコは娘らに声をかけた。

「私たちも湯に入りにきたの。食べ物もほら」

娘の一人が焼いた魚の入っている籠を持ち上げてタカヒコに見せた。二人が海潮の里の長に出で湯を使う許しを得たときに遠巻きにしていた娘たちだった。旅人は珍しい。それで仲間と連れ立ってやって来たのだ。

「俺たちは構わぬが、里の男たちが怒るぞ」

「どうしてだ？」

シコオはタカヒコを見やった。

「そういうものよ。やっぱり子供はそっちだ」

タカヒコはシコオを鼻で笑った。

気にせず娘たちは二人の目の前まで下りて来て着物を脱ぐと元気に飛び込んだ。湯が溢れて川に流れる。三人とも十六、七であろう。

「楽しい夜になりそうだな。海潮にとどまった甲斐がある。これで酒があれば……」

娘たちはにっこりと笑い合った。その用意もちゃんとしてきたようだった。タカヒコはそう知ると湯から上がって確かめた。タカヒコの広い背中には狼の爪痕が幾筋も見られる。娘たちは顔を見合わせて吐《と》息《いき》した。狼と摑《つか》み合いをする男など見たことがない。

「狼は人と違って知恵がない」

シコオは娘たちの視線を感じて得意そうにしているタカヒコをからかった。

6

「出発するぞ」

まだ夜が明けぬうちにシコオはタカヒコに肩を揺り動かされた。

「あの娘たちは？」

「まだ眠っている。早くしろ」

タカヒコはシコオの荷物を背負った。シコオは舌打ちした。ずいぶんと身勝手な男だ。

「娘たちに旅立ちの挨拶《あいさつ》をしなくていいのか」

「鳥が妙に騒いでいる。ここにぐずぐずしていれば娘たちにも迷惑がかかる」

タカヒコはもう歩きはじめていた。

「俺はなにも恨まれる真似をしておらぬ」

里の男たちのことを言っているのだと悟ってシコオは憮然《ぶぜん》となった。娘たちと酒を酌《く》み交わして遊んでいたのはタカヒコだ。シコオはさっさと眠ってしまったのである。

「それをおまえが言ったとて信じてくれぬぞ。黙って立ち去るのが簡単だ」

「だったら娘たちを帰してやればよいのに」

「娘たちの方で俺を放さぬ」

タカヒコはにやにやとした。

「大事を前にしてだらしないやつだ」

シコオは岩を跳んで川を渡った。里とは反対の岸に上がる。その頃にはシコオも大勢の人間の気配を感じ取っていた。と言っても七、八人のものだろう。

「里の男たちに罪はない。喧嘩をして怪我をさせては申し訳ないからな。楽しませて貰ったのは俺の方だ。これが俺の礼さ」

乱暴な理屈だが、その通りに違いないとシコオも認めた。喧嘩になればタカヒコが勝つに決まっている。恐れて逃げたのではない。

「なんだ……挟《はさ》み撃ちか」

草地に出たタカヒコは正面に八、九人の姿を認めて眉をしかめた。

「たかだか二人を十五人以上で襲うとは、海潮《うしお》の者たちも案外と人が悪い」

タカヒコにシコオも笑って頷いた。

「はじめから娘たちと別れてからぶちのめす気だったと見える。娘に嫌われたくないのさ」

タカヒコはのんびりと歩を進めた。

「そういうことなら遠慮は要らぬな?」

タカヒコはシコオに同意を求めた。

「話してからだ。こっちが誘ったのではない」

シコオはタカヒコの前に出た。

「シコオ、少しばかり名が広まっているからと言って付け上がるなよ」

太い棒を手にした男が叫んだ。シコオの強さは海潮にまで伝わっている。

「へえ……おまえの名を知っているぞ」

タカヒコは見直したように小突いた。

「喧嘩をしている暇はない。こっちが呼んだのではない。酒を馳走になっただけだ」

確かにシコオはそうだが、タカヒコは違う。それを言えば直ぐに喧嘩となる。

「文句があるなら昨日、あの場に来て言えばよかろうに。待ち伏せは男の恥と思え」

「里の娘に手を出しながらぬけぬけと」

男たちは二人を取り囲んだ。

「どうしてもやるのか？」

これ以上話し合っても無駄と分かってシコオは腰の剣に手をかけた。男たちが身構える。

「おまえらごときに剣など使わぬ」

シコオは剣を外してタカヒコに預けた。

「おまえが俺の代わりにやるのか？」

タカヒコは目を丸くした。

「俺も喧嘩は嫌いじゃない。それに、おまえだとあの連中を殺してしまいそうだ」

シコオはタカヒコが持っていた棒をいきなり奪い取って駆け出した。男たちはシコオに集中した。巨漢のタカヒコより遥かに戦いやすいと判断したのである。四人が息を合わせて突進して来る。シコオは勢いよく棒を突き立てて大地を蹴った。シコオは棒を軸にして鮮やかに四人の頭上を飛び越えた。

着地したシコオは背中を見せている男たちの肩を思い切り叩《たた》きつけた。男たちは悲鳴を発した。棒を取り落とす。振り向いた二人のみぞおちを狙《ねら》ってシコオは突いた。二人はその場に蹲《うずくま》った。残った二人は肩を押さえて転げ回っていた。喧嘩ができる状態ではない。

シコオは棒を構えてまた走った。五人が追って来る。立ち止まったシコオは吠《ほ》えた。五人はびくんとした。反転してシコオが襲う。棒の端を片手で握って振り回す。五人は恐れて後退した。この棒で頭でも打たれれば命がない。シコオは五人の顔を見回した。纏めの男を捜す。たとえ何人を相手の喧嘩でも、その中で一番強い者を倒せば勝ちに繫《つな》がることをシコオは経験から承知している。見定めてシコオは棒を投じた。棒は唸《うな》りを上げて飛んだ。男の胸倉に命中する。男は弾かれた。シコオは相手が立ち上がる前に駆け付けると棒を拾って顔面を派手に殴った。鼻血を噴き出しながら男は許しを乞《こ》うた。シコオは男を片足で踏み付けて残りの者たちを睨んだ。やはりこの男が纏めだったらしく、四人はたじたじとなった。足元に男が転がっているので攻めあぐねている。

「まだやる気か！」

シコオは踏み付けている男の頭を蹴った。

「勘弁してくれ、こっちの負けだ」

男は喚《わめ》き続けた。四人の戦意が萎《な》える。

「酒を馳走になっただけだ！」

「分かった。本当に分かった」

男は呻《うめ》きながらシコオに繰り返した。

シコオはゆっくりと男から離れた。

傷付いた仲間を抱えて男たちは立ち去った。

「おまえ、相当に喧嘩慣れしているな」

タカヒコは呆《あき》れた顔で剣を返した。

「おまえみたいなやつをはじめて見た。九人が相手では俺でも多少はてこずる。そこまで承知で空を飛ぶ者たちが選んだとしたなら楽しみだ。きっと大事な用件に違いない」

「無駄な喧嘩をした。因幡《いなば》に着くまでは女を近付けぬと約束しろ。たった五、六日のことだ。おまえの始末などつけたくない」

「俺はいいが……女どもが寄って来る」

タカヒコは悪びれずに笑った。


二人は北に足を向けた。真正面に見える山の中に意宇《おう》川の源流があると教えられている。その川に沿ってどこまでも進めば大きな湖に達する。とりあえずの目的地である安《やす》来《ぎ》の里はその湖岸にある。安来は目指す因幡の国との真ん中辺りに位置しているので、そこまで行けば道も必ず知れるはずだ。

「川沿いはいいが……そうなるとまともな道を外れることになるな」

タカヒコは案じた。

「そうして安来まで行った者がおる。里もいくつかあると聞いたぞ」

「なれば安心と言いたいが、思っているほどに楽ではなかろう。川原を進むのは骨が折れる。滝に阻まれることとて……里暮らしの者には山の厳しさが分かっておるまい。川が遠くまで見えていれば見当をつけて楽な道を辿れるのだがな。どうなっているか知れぬ。その程度の道案内とは思わなかった」

タカヒコはわざと大きな吐息をした。

「行けるさ。川を泳いででも行く」

「大事な髪が乱れるぞ」

タカヒコは意地悪く言った。

「大きな川なのか？」

「と思う。そういう話だ」

「ではあっちの山に上ろう」

タカヒコは左手の緩やかな山を示した。

「なんでだ？」

「山のことなら俺に任せろ。川の源流のある山は必ず岩場だらけできつい。谷もある。迷い込んでしまえば難儀だ。大きな川なら、あの山の頂上からでも流れが見えよう。別に川の源流が大事なのではない。どの方角へ流れているか知ればいいだけのことだ。そうして目印を決めてしまえば平地を進んで行ける」

なるほど、とシコオも頷いて、

「そこまで分かっているおまえが、なんで山で迷った？　不思議でならぬ」

「そりゃあ、目印がないからさ。因幡の国がどっちにあるかも知らずに小屋を出た。出会った者にそのつど道を訊ねればいいと甘く見ていた。結局、だれとも会わなかった」

シコオは吹き出した。

「因幡の国など俺とは無縁だ。山は全部が俺のもの。そう思って生きてきたからな」

「十二からずっと一人か……強い」

シコオはあらためて思った。十六という今の歳なら自分でも耐えていける気もするが、十二では自信がない。ましてや山での一人暮らしなど考えられないことだ。

「鹿や狸らが小屋に遊びに来る。特に冬に囲炉裏を燃やしていれば動物が集まる。慣れれば寂しいとは思わぬ。山には木の実や食える草もあって不自由せぬものだ。里で犬と一緒に外へ寝させられていたときの方が辛かった」

タカヒコは軽く口にした。

「因幡が駄目になったときは……俺の里で暮らさぬか？　母者は優しい人だ」

胸を詰まらせてシコオは言った。

「駄目にはせぬさ。そう決めて山を下りた。俺はどうしても選ばれて見せる」

タカヒコはきっぱりと口にした。

「そうだな。俺もそのつもりだ。里に戻ったとて俺の先行きなど知れている。母者が嘆こう。この剣を得るために母者は一年を長の下で働かねばならぬ。鶏も手放した」

「気にはせぬが……俺の前でいつまでも母者、母者と口にするな。幼な子でもあるまいし」

タカヒコはぎろりと睨み付けた。

やがて二人は山頂に立った。だが茂った樹木に視野を遮《さえぎ》られている。タカヒコは手頃な木を選ぶと猿のように攀登《よじのぼ》った。大きな体とは思えぬ身軽さだ。見る見る枝に足をかけて小さくなっていく。

「川が見えるか?」

「ああ。しかし麓で二本に分かれているぞ。どっちなんだ?」

「西に向かっている方だ」

「それならあれだな。ずっと平地が続いている。里の煙も見える。楽そうな道だ」

タカヒコは声を弾ませて返した。するすると下りて来る。高みから飛んで着地した。

「あの里なら夕暮れまでに行けよう」

山で一夜を過ごさねばならないと覚悟していたシコオも喜んだ。一人で反対側の山に踏み込んでいたらそうなったはずである。途中で眺めたが、きつそうな勾配の岩山だった。こちらとは格段の差がある。

「方角が分かれば慌てることもない。娘たちから貰った焼き魚を食おう」

タカヒコは手近の岩に腰を下ろした。朝からなにも口にしていない。水だけで歩いて来たのだ。気持ちが急《せ》いていたのである。

「隠している粟餅《あわもち》も出せ」

慌ててシコオは腰の袋を握り締めた。

「知っていたのか」

「どんどん堅くなる。里に着いたら別の食い物を俺が捜してやるよ。道に迷う心配もない」

「おまえにはかなわんな」

シコオは袋の紐《ひも》を解いて餅を出した。

「しかし、文句を言わずに出したのは偉い。おまえとは上手《うま》くやっていけそうだ。因幡までの道連れと言ったが、どこまでも二人で組んでいこう。二人ならどんな敵でも倒せる」

「他に選ばれた者たちのことか？」

「ああ。大勢を招いておいて、たった一人ということはないはずだ。違うか？」

「着いて見なければ分からぬ」

「一人のときは仕方ないが、何人かのときは俺とおまえが助け合って残る」

「昨日までは足手纏いと言ったくせして」

「喧嘩の強さを見て考えを変えたのさ。おまえとやり合っても損になる。こうして食い物を恵んで貰っている礼もせねばなるまい」

「仲間を作らぬ男ではないのか？」

「おまえは嘘をつく男ではない。その餅だとて直ぐに袋から出した」

「餅ぐらいのことで決めるのか」

「そうだ。世の中とはそういうものだぞ。俺はそういう目に何度も遭《あ》っている」

タカヒコは真面目な顔で見詰めた。

「分かった。いつまでも仲間だ」

シコオは嬉しそうに笑って頷いた。

7

意宇《おう》川の流れに導かれるようにしてシコオとタカヒコが大きな湖に達したのは翌日の夕方だった。二人にとってはじめて目にする巨大な湖である。湖は眩しい夕日の輝きを受けてきらめいていた。微かに潮の匂いがするのは、この湖が淡水ではなく入り海であるからなのだが、その海も二人は見たことがない。二人は湖岸の岩に腰を下ろしてしばらく湖面を眺めた。穏やかだ。舟がいくつも目に入る。まだ漁をしているのであろう。

「出雲《いずも》は広い……これを知っただけでも俺は斐伊《ひい》の里を出て来た甲斐があった」

シコオは本心から口にした。この湖を見ただけでこれからの自分の生き方が変わるような気さえする。斐伊の里は四方を山に囲まれて息が詰まりそうだ。むろん山里には山里なりの美しさや静けさがある。だが……この抜けるような開放感はどうだろう。山の広さは自分の足をすくませる怖さをもともなっている。

「あの舟を用いればもっとたやすく因幡《いなば》の国に行けるのではないか？」

タカヒコは湖面を滑るごとく行き来している舟を羨ましそうに見詰めた。

「どうかな。因幡の国は向こう岸の遥か先であろう。海に出ないと行き着けぬ。小舟で海を渡るのは危ないらしいぞ。川とは違う」

なるほど、とタカヒコは素直に頷いた。

「安来《やすぎ》の集落はあれか？」

タカヒコは右手に迫《せ》り出している岬を顎《あご》で示した。その根本に固まった集落が見える。湖に達したら湖岸を右に辿ればいいとシコオから聞かされている。

「半日はかかると教えられた。あんなに近くはない。それに安来の村は大きい」

シコオは岩から砂地に飛び下りて歩きはじめた。もう迷う心配はない。集落までは砂地が続いている。あそこで訊ねれば岬を横切る山道を教えてくれるだろう。

「半日だと今夜はあの村泊まりだな」

そろそろ日が暮れる。タカヒコも砂地を大股で進んだ。シコオをたちまち追い越す。

「急に元気になったな」

シコオはくすくす笑った。さっきまで腹が減ったと騒いでいたのだ。

「見知らぬ山道ではどれだけ歩けばいいか見当もつかん。あの村なら直ぐだ」

「因幡に着くまでは女での騒ぎはごめんだぞ」

「昨夜はおとなしく寝たであろうに」

「村の長とおなじ小屋では当たり前だ」

「でもないさ。その気になれば簡単に抜け出せる。おまえに従ったまでのこと」

「では今夜もそうしてくれ」

シコオは苦笑いして言った。

「美しい娘がいないで欲しい。女のおらぬ国に行きたいものだ。余計な苦労をせずに済む」

タカヒコは半分本気の顔で返した。

「好きでもない女をよく抱ける」

「直ぐ好きになるのさ」

「一晩に三人もか？」

「それぞれに可愛いところがある。花と一緒だ。嫌いな花はない」

「人と花は違おう。思いがある」

「花や木にも思いがある。山に一人で暮らしていればそれが分かる」

「俺は一人の女でいい。母者も親父一人を思い続けて生きて来た」

「おまえは幸せ者だよ。人の肌が無性に恋しいと思ったことなどあるまい。いつでも側に母者がおったようだからな」

「母者と好きな女は別だ」

「おんなじさ。抱きながら俺はいつも三つのときに死に別れた母親を考えている。母の胸はこうであったか……母の手はこの温《ぬく》もりだったか、とな。おまえに女は要らぬ」

「それにしては母が多過ぎる」

言われてタカヒコは吹き出した。


村に辿り着いたときは陽がとっぷりと暮れていた。タカヒコの巨体に不安な目をした小屋の主《あるじ》は、シコオを見て表情を和らげる。こういう場合、村の長を訪ねるのがしきたりなのだが、この時刻ではどこがその小屋なのか分からない。シコオは丁寧に一夜の宿を願った。主は頷いて二人を中に促した。中では四人が囲炉裏を囲んでいた。土鍋にぐつぐつと雑炊が煮えている。その匂いと湯気が小屋を温かくしている。小さな女の子がタカヒコを見上げて泣きそうになった。二人の男の子は警戒の目で挨拶した。どちらも十二、三歳だろう。母親はシコオを眺めて微笑んだ。女の子を膝に抱き上げると二人に席を勧める。

「長のところへ、旅人を泊めると言うてこい」

主は一人の子供に命じた。子供は頷いて外に駆け出して行った。

「あんたらも因幡の国に行くのかね？」

主は珍しくもない様子で口にした。シコオとタカヒコは思わず顔を見合わせた。

「この四、五日の間に三人ばかり村にやって来た。宍道《しんじ》や神戸《かんど》の里の者と言っておったな」

「どんな連中だった？」

タカヒコは苦々しい顔で質した。

「あんたと似たような大きな男たちだった。いったい因幡になにがある？」

「こっちも知りたい」

タカヒコは笑いで応じた。

「この辺りに空を飛ぶ船の噂は？」

シコオは訊ねた。それに主は頷いて、

「山代《やましろ》の里の神名樋《かんなび》山に鬼の乗る船が現われたと耳にしておるが……それとあんたらがなにか関わっているのか？」

「その船を追いかけているのさ」

タカヒコは主の目にまた不安が浮かんだのを見てとって嘘をついた。

「追いかけてどうするね？」

「鬼を摑まえれば自慢できる」

「馬鹿なことを。第一、山代の里にその船が出たのはだいぶ前のことだぞ。今はどこに消えたかだれも知らん。空の上のことじゃ」

「因幡の方角と聞いて来た」

「それで因幡にか？」

「なにが待ち受けているか知らんが、行くだけは行ってみる。他にも居ると知ってはなおさらだ。どうせ退屈な身」

「反対に殺されてしまおう」

主は二人の身を案じた。

「生きていても、なにもすることがなければ意味がない。俺は狼退治に明け暮れ、こっちは毎日砂鉄採り。自分で選んだ道ならそれでも我慢できようが、食うために手近な働きをしているに過ぎん。他になにができるか、そいつを捜していたところだった」

タカヒコにシコオも大きく頷いた。

「若い者らは元気があっていいの」

主はようやく笑顔を見せた。

「この浜に生まれ育って、漁をする以外の道など考えたこともないが……気に入った」

主は立ち上がると酒の甕《かめ》を持って来た。

「捕ったばかりの魚もある。山の暮らしなら生で食ったことなどなかろう。旨《うま》いぞ」

「俺は鍋の雑炊だけで十分」

シコオは遠慮した。大事な旅の途中である。食いつけない物で腹でも壊せば面倒になる。

「では焼いてやろう。旨いのにな」

笑って主はシコオに頷いた。

「せっかくだ、俺には生でくれ」

タカヒコは頭を下げた。

8

「だから言わんこっちゃない」

落ち着かない目で草むらに駆け込むタカヒコの背中にシコオは声を荒らげた。村を出て山道に差し掛かってからこれが何度も繰り返されている。さっぱり前に進まない。

「もう終わりだろう。出るものなどなくなった。そんな気がしただけだ」

やつれた顔でタカヒコは戻った。

「しかも人一倍食うなど……」

「旨かったんだから仕方ない。もう言うな。おまえも案外としつこいぞ」

「俺にとっては生涯を決める旅だ。女や食い物ごときで駄目にしたくない。なんで我慢ができんのだ。因幡《いなば》に着けば魚などいくらでも食えるであろうに」

「人の親切を無にはできまい。それに生の肉ならこれまでいくらでも食うておる。まさかこうなるとは思わなかったのよ」

「山盛りは余計だ。皆も呆れていた」

シコオは苦笑いした。またタカヒコの目が揺れ動いている。足取りが遅くなる。

「出るものなどないのではないのか？」

「そのはずだが……構わぬ。先に行け」

タカヒコは藪を目指して道を外れた。

シコオはのんびりと歩いた。

しばらくするとタカヒコが追い付く。

「今度こそ大丈夫だろう。迷惑をかけた」

「なにやら体が臭う。離れて歩け」

「つれないことを言うな。屈《かが》みながらつくづくと思ったが、おまえは偉いものだな」

「そんなときに俺のことを考えるな」

「俺はあまり先のことなど考えずに生きて来た。おまえは違う。安来《やすぎ》までの道もちゃんと調べて旅に出ている。食い物にまで気を配っている。干し肉と餅にしたのも食い慣れぬものでこういうことにならぬ用心だ」

「母者の言い付けを守っているだけだ」

「得心せねば守るまい。腕は俺の方が上なのは確かだが、頭はおまえの方だ。俺は山に一人暮らしで知恵がない」

「なにが言いたい？」

「今後はなるべくおまえの言に従おう」

「腹を下して懲《こ》りたか」

シコオは陽気に笑った。

「こんなことでは因幡になど行き着けなかったと思ったのさ。おまえと巡り合ったのは俺にとっての幸運だ」

タカヒコは真面目な顔をして口にした。その顔がまた微かに青ざめる。

「悪いな。俺とて死にたい気分だぞ」

タカヒコは草むらを捜した。


なんとかタカヒコの腹も治まり、山道を越えたのは昼前である。安来の大きな集落は山道から見えていた。まだだいぶ遠い。だが砂浜を辿って行けそうなので楽な道程だ。頑張れば陽が沈む前に到着できるだろう。

「冷や汗がすっかり取れた。腹も減ってきた。これで迷惑をかけずに済む」

タカヒコは力強い足取りで砂地を進む。

「あの連中は土地の者ではなさそうだな」

タカヒコは前方に三人の影を認めた。腰に剣を下げている。漁師ではない。

「右手の林から出て来たようだ」

シコオは彼らの足跡を目で追った。物陰に潜んでいて自分たちの姿を目当てに現われたらしい。嫌な感じがする。

「物盗《ものと》りか。我々を襲うとは運がない」

タカヒコは逆に張り切った。朝からの醜態を取り戻そうとしている。

「これほどの強さなのに、目ぼしい物はなに一つ持っておらん。間抜けな連中さ」

仲間にでも出会ったような様子でタカヒコは足を急がせた。相手はタカヒコの巨体を眺めて顔を見合わせたが、もう一人が小さなシコオなので余裕を取り戻した。

「おまえら、俺たちに用か？」

タカヒコは先手を取った。

「待っているからにはそうだろうな。盗人なら無駄働きとなるぞ。怪我もしよう」

相手の血相が変わった。

「安来の集落に行くには必ずこの浜を抜ける。広い砂浜で逃げ道もない。襲うには格好の場所だが……あいにくと世の中にはうぬらより遥かに強い者もおるのだ。見逃してやってもいいが、その様子だと何人も襲ったと見える」

「口ばかり達者な男だな」

一人がすでに腰の剣を抜いて突き付けた。

「その背負っている袋が望みだ。命を取るとまでは言わん。それがなくても因幡に行ける」

「なんでそれを知っている！」

タカヒコは思わず目を丸くした。

「俺たちもそうだからだよ。一人だけと思ったに、安来まで出てみたら何十人と居る。馬鹿馬鹿しくなった。それより因幡を目指す者を襲えば楽に稼げると思い付いた。たいていが立派な剣や勾玉《まがたま》を持っている。どうなるか知れぬ因幡など忘れた」

それに両脇の二人も頷いた。

「選ばれながら情けない者どもよな」

タカヒコは本心から吐息した。

「うぬらのような者と一緒だと思えば、情けなくて腹が立つぞ。許さぬ」

タカヒコは袋を砂地に投げて身構えた。

「そんな棒一つで俺たちの剣に勝てるか」

三人はせせら笑った。シコオも手助けに回った。さすがに選ばれた者たちだけあって気迫が違う。それにタカヒコは調子が悪い。

「脇で見ていろ。こんなやつらは俺一人でたくさんだ。後々のこともある。殺すと決めた」

タカヒコはシコオを遮って前に出た。太い棒を片手で軽々と操る。棒は唸りを発した。

「うぬらにはそぐわぬ剣だな。それも襲って奪った物か」

「やれっ！」

声を合わせて三人が一気に襲った。振り回す棒など恐れていない。それはタカヒコとて同様だった。タカヒコの一撃は右側の男の頭を粉砕した。あまりの振りの凄さに残り二人の足が止まる。タカヒコは砂地を足で払った。砂が二人の顔面を襲う。二人は腕で庇《かば》って後退した。見事なほど軽い動きである。ぎょっとしたタカヒコだったが気にせず追った。頭上から棒を振り下ろす。一人が剣で受け止めた。が、タカヒコの力が何倍も勝《まさ》っていた。剣は棒に押されて相手の顔に食い込んだ。血が噴き出る。容赦なくタカヒコは腕に力を加えた。相手は絶叫した。鼻が殺《そ》がれて落ちた。そのまま砂地に転倒する。タカヒコは棒を高く持ち上げた。剣が棒と一緒になっている。

「逃げるか！」

タカヒコは反転した最後の一人を追った。棒を投げ付ける。棒は相手の足に絡んだ。ごろごろと転がる。タカヒコは馬乗りとなって相手の髪を掴んだ。何度も殴り付ける。相手は泣き喚いた。タカヒコは両腕で頭を持ち上げると思い切り捩《ねじ》った。ごきごきっと首の骨の折れる音が響いた。体が痙攣《けいれん》して相手は果てた。凄《すさ》まじい死闘であった。

シコオは深い溜め息を吐《つ》いた。

ここまでしなくても、と思わなくもない。

「こいつらは何人も襲って殺しているぞ」

タカヒコは死骸《しがい》から離れて言った。

「見逃せばまた別の者らを殺《あや》める」

「それはそうだ……」

シコオは何度も首を縦に振った。

「俺は悔しいのだ。こんな者と一緒にされてたまるか。空を飛ぶ者たちはなにを目当てに俺たちを選んだ？　ただ強ければいいのか。こんな者らでいいのなら俺は因幡まで行く気が失《う》せた。俺はこやつらと違う！」

タカヒコは天に向かって吠えた。

「こいつらとはむろん違う」

シコオはにっこりとして、

「試練はすでにはじまっている。こいつらは因幡への道を諦めた者たち。こんなやつらなればこそ見捨てられたのだ」

言われてタカヒコは顔を輝かせた。

「それより足跡が一人分多い。林に引き摺《ず》られて行った者がおるようだ」

シコオは砂地から林に目を動かした。

「殺さずに捕らえたと言うのか？」

タカヒコは不審の目を林に注いだ。シコオは足跡を辿って林に向かった。なにやら呻き声が林の中から聞こえる。二人は急いだ。

太い木に縛り付けられている者が居た。シコオと変わらぬ体付きだった。相手は憤怒の顔でシコオたちを睨み付けた。

「女ではないか！」

男の衣にみずらを結っていたので直ぐには気付かなかったのである。シコオとタカヒコは呆然とその場に立ち尽くした。

「殺せ！　でないと舌を噛む」

女は足をばたばたさせて叫んだ。

「なるほど、それで捕らえたというわけか」

タカヒコは気丈そうな女の顔をしげしげと見詰めた。きつい眉に切れ長の目をしている。なかなかに美しい。

「慰み者とする気だったのさ」

それにシコオは頷いて腰の剣を抜くと女に近付いた。女は観念した顔で目を瞑《つむ》った。

縄が切られたと分かると女は目を開けた。

「俺たちは連中の仲間じゃない」

シコオの笑顔に接して女は地面に膝をついた。安堵の涙が溢れる。

「あいつたちは？」

女は側に投げられていた剣を手にして立ち上がった。女の持ち物だったらしい。

「三人とも殺した。俺たちを襲って来たのでな。このシコオが気付かなければ素通りするところだったぞ。おまえも運がいい」

タカヒコの言葉に女は口許を緩めた。

「それにしても、女の身で剣など持って……まさかおまえも因幡を目指しているのではなかろうな？」

「おまえたちもか？」

「やれやれ……」

タカヒコはがっくりと肩を落とした。

「女までもとは……」

「油断したのだ。砂浜に一人が倒れていた。近付いたら目潰しを食わされた」

「もうよい。行こう」

タカヒコはシコオを促した。

「剣を振り回す女など好きになれぬ」

「礼をせねばならぬ」

女は荷物を背にして二人と並んだ。

「礼よりも故郷に戻った方がいいぞ。あの連中の話では何十人もが因幡に向かっておる。腕では男にかなうまい。行っても無駄となる」

「勝負してみるか？」

女はタカヒコの前に回って剣を抜いた。

「私は出雲《いずも》の里のタカヒメと言う」

シコオは名を聞いて笑った。

「なにがおかしい！」

「こっちは須佐《すさ》のタカヒコ」

シコオの言葉にタカヒメはきょとんとした。

「まるで兄と妹のようだ。気性も似ている」

「タカヒメか。いかにも背が高い」

タカヒコは似た名前と知って苦笑いした。

「これはなにかの因縁であろう」

シコオは二人を交互に見詰めて、

「神の引き合わせかも知れない」

大きく頷いた。

9

安来《やすぎ》の里の賑《にぎ》やかな明かりが間近にある。大きく膨《ふく》らんだ袋を二つも担いで珍しく息を切らせていたタカヒコは安堵の顔をした。

「欲張るからだ」

シコオはタカヒコを振り向いて笑った。浜で退治した三人の盗賊たちの強奪品を詰め込んできたのである。タカヒコの腰には五本の剣まで吊《つる》されている。まともには担いで歩けるような重さではない。タカヒコなればこそ、と言えるのだが、欲がらみなので褒められたものではなかった。

「そう言うがな、これとて安来の里で食い物に換えてそなたらを喜ばすつもりで持って来たのだぞ。勾玉《まがたま》や鏡には罪がない。今夜死ぬほど飲み食いしたとてまだまだ余る。この剣一本にしても鶏の百羽と取り換えられよう」

「そうして因幡《いなば》まで鶏を連れて行くのか」

シコオの言葉にタカヒメも笑った。この道中でタカヒメもすっかり二人の仲間となっている。三人とも目指す道は一緒だ。

「おまえも案外冷たい男だ。タカヒメの袋は担いでも俺には断じて手を貸さぬ」

「盗賊の物など要らぬ」

「そこがまだ青臭い。これはもともと連中の物ではなかろう。世の中というものは持ち回りだ。葉が落ちれば虫が食い、その虫を鳥が襲い、そして鳥を人が食う。人が死ねば土に戻り草木を育てる。この荷をあの藪に捨ててくればだれの役にも立たぬ物となる。俺は盗んだのではないぞ。この物らが人に役立つよう取り戻してきてやったのだ」

「そういう理屈だけは上手い」

「本当に堅い男だな。おまえが腰に下げている剣より立派な物があるではないか。素直にこっちと取り換えたらよかろうに」

「それは盗賊たちが罪もない者たちを殺めた剣であろう。使いたくない」

やれやれ、とタカヒコは嘆息して、

「このシコオはな、俺が物持ちになったので面白くないのさ。シコオが担いできた鉄の鍬などより鏡や剣の方が遥かに人に喜ばれる」

タカヒメに言った。

「物持ちになりたくて因幡に行くのではない」

シコオは呆れて振り返った。

「あと三日やそこらで因幡に辿り着く。わずかの餅と水さえあれば十分だ。明日もそんなによろけた足取りなら俺は先に行くぞ」

「分かったよ。ではどうすればいいのだ？　まさか湖に投げ捨てるわけにもいくまい」

「私に任せろ。安来の里に着いたらシコオにもタカヒコにも頷けるようにしてやろう」

タカヒメは微笑んで二人の間に入った。

「しかし……おまえもよく分からん女だな。なんで女のくせして剣を持ったりする」

タカヒコはタカヒメを見やった。

「並外れて背が高いゆえ男のようだと皆から嫌われた。それならいっそ男になろうと決めた。それで心が楽になった。きつい畑仕事でも男に負けたことは一度もない」

並外れて、とタカヒメは言ったが、それは幼い頃の話であろう。確かにすらりとしているが、むしろそれは美しく感じる。反対に小柄なシコオは羨ましさすら抱いていた。

「空を飛ぶ船と出会ったのは？」

「仕掛けていた兎捕りの罠を見に出掛けたときのこと。その山の真上に現われた」

タカヒメはタカヒコに応じた。

「恐ろしくはなかったのか？」

「恐ろしかったが、間近で見ずにはいられなかった。あんなに綺麗な物は見たことがない。そうしたら空からだれかの声が聞こえた」

「大したものだよ。女のくせして」

「女、女と言うな。どこが違う」

タカヒメはタカヒコを睨み付けた。

「褒めたつもりだ。悪気はない」

タカヒコは素直に謝ると、

「男の髪を結い、男の衣を纏っているのは旅の難儀を避けるためだろうが、明日からはよかろう。俺たちと一緒なら心配ない」

「昔からみずらに結っている」

「おまえは俺がこれまでに見たどんな女より勝っているぞ。きっと似合う」

それにシコオも大きく頷いた。

「いまさら女の髪など照れくさい」

タカヒメの頬《ほお》が少し赤く染まった。

安来の里は賑わっていた。日暮れ時なのに広場にはまだたくさんの人間が出ている。道端に魚や野菜を並べている者たちも居た。三人はとりあえず今夜の宿を探した。漁師や旅の者を泊めてくれる大きな小屋が広場の裏手にあると言う。だが藁の寝床が用意されているばかりで食い物はそれぞれが調達しなければならない。三人は真っ直ぐ小屋を訪ねた。三、四十人は楽に寝転がれそうな小屋だった。先客も六人ほど居て談笑している。

「シコオは荷の番をしていてくれ。私とタカヒコとでこれを処分してくる」

タカヒメは盗賊から奪った品物をまたタカヒコに背負わせて広場へと向かった。

「どこから来た？」

奇妙な取り合わせと感じたのか、タカヒコたちが消えると酒を酌み交わしていた男たちの一人がシコオに声をかけた。

「俺は斐伊《ひい》の里だ。他の二人は須佐《すさ》と出雲《いずも》」

荷を脇に置いてシコオは胡座をかいた。厚い藁なので旅の疲れが取れていく。

「安来に物でも取り換えに来たのか？」

「因幡への旅の途中だ」

「因幡のどこへ行く？」

「まだ決めておらぬ。まずは因幡だ」

「妙な旅だな。因幡は広いぞ」

男たちは笑った。

「因幡をよく知っているのか？」

シコオは反対に訊ねた。

「俺たちは因幡の漁師だ。気多《けた》の浜に暮らしておる。余るほど魚が捕れたんで安来に持って来た。なにか珍しい物でもあるなら因幡まで舟に乗せてやってもいいぞ」

「いつ因幡に戻る？」

「まだ四日はこっちに居るつもりだがな」

「では遅い。我らは明朝に出発する」

「行く場所も定めておらぬのに急ぎの旅か」

またまた男たちは笑って、

「するとあの連中たちと一緒か？」

呆れた様子で顔を見合わせた。

「それなら止《よ》した方がいい。無駄足だ」

「なにか承知か？」

シコオは胡座をかきなおした。

「八上《やかみ》の里（現在の鳥取県八頭町郡家《こおげ》周辺）の噂であろう」

年長の男がシコオを見詰めて言った。

「八上は因幡一豊かな里。その里の長が娘に婿を探しておるという話だが、嘘であろう。

因幡に暮らす我らが聞いておらぬ。なのに他の国の者らがそれを信じて近頃やたらとやって来る。気多は通り道ゆえうるさくてかなわん。美しい娘があるとは耳にしておるが、なんでわざわざ他国の者を婿にせねばならんのだ。八上ならいくらでも若い男らがおるぞ。いずれ行ったところで笑われるだけだ。いい若い者がくだらぬ夢など見るな」

男はシコオに酒を勧めた。

「俺は酒を呑《の》まぬ」

「八上の長は、つまり因幡全部の長。どう考えても他国の者を婿に迎えるわけがない。我らとここで会ったを幸いと思え。兵になら雇うてくれるかも知れんが、その小さな体ではそれもむずかしい。斐伊に戻るんだな」

言って男たちはまた酒を呑みはじめた。

やがて上機嫌の顔でタカヒコたちが帰った。肩には相変わらず大きな袋を担いでいる。

「このタカヒメは口が上手い。安来の長のところを訪ねてたちまち話を取り決めた」

「なにと取り換えて来た?」

「新しい衣や沓とさ。互いにすっかり汚れた。おまえの剣もある。三本の剣と引き換えにしたものだ。拵えたばかりのものなら文句があるまい。細くて軽い。おまえ向きだろう」

タカヒコは腰に下げていた剣をシコオに渡した。シコオは鞘《さや》から引き抜いた。眩しい輝きが現われた。漁師たちも声を上げた。

「しかし……俺の剣は母者が苦労して……」

「拵えたわけではあるまい。どうせ里の長が持っていた古い剣であろう。父親の形見とでも言うなら別だが、妙なこだわりは捨てろ。俺もこうして新しい剣を手に入れてきた」

幅広で長い剣をタカヒコは得意気に見せた。

「これからなにが待ち受けているか知れぬ。剣は切れてこその道具。こっちを使え」

なるほど、とシコオも得心した。

「それから、これを見ろ」

タカヒコは懐《ふところ》から大きな三個の勾玉を取り出した。三つとも赤い怪しい光を放っている。シコオはうっとりとそれを見詰めた。

「仲間のしるしだ。俺とおまえは剣を下げる紐に結ぼう。タカヒメは首に下げるそうだ。これを得るには大変だったぞ。全部の勾玉と鏡を差し出した。よほど珍しい石だとか」

「仲間のしるしか」

シコオは一つを選んで握り締めた。

「これ一つで剣の二、三本と取り換えられる。失《な》くすなよ。まさかのときは三人が一月《ひとつき》も食い繋いでいかれる宝だ」

「一つでか！」

「そうだ。このタカヒメの知恵だ。食い物や鏡のままでは重くて持ち運べぬ。これならぶら下げているだけでいい」

「すると……その袋の中には?」

「衣の他には今夜の酒と食い物がほとんどさ。俺とタカヒメはもう沓を履いている。おまえが着替えれば明日は荷などそれきりだ」

タカヒコはシコオの脇の袋を顎で示した。

「そっちにはなにが入っているのだ?」

漁師たちは身を乗り出した。まさかタカヒコたちが下げて出て行った袋に勾玉や鏡などが入っていたとは思わなかったと見える。

「こっちは知れたものさ」

タカヒコはにやにやとして、

「干物と餅と鉄の鍬ぐらいだよ。もう一つの袋の方は分からんがな。この女の持ち物だ」

「私も塩や干物と蜂の蜜しか詰めておらぬ」

「蜜があるのか」

一人がタカヒメに詰め寄った。

「旨い魚があるぞ。生で食える」

「生の魚はこりごりした。遠慮する」

タカヒコは辟易《へきえき》した顔で断わった。

「蜜はどれだけある？」

諦め切れない様子で男は繰り返した。

「竹の筒に一本しかない」

「干した鮑《あわび》六つとではどうだ。娘らは蜂の蜜となると目の色を変える」

頷いてタカヒメは袋から竹筒を取り出して渡した。大きな干し鮑を受け取る。蜜は万が一山道にでも迷い込んで食い物が見付からぬときの用心に持ち歩いているものだ。今日からは三人連れなので心配は要らない。

「たっぷりだな。重い」

男は大切そうに自分の袋にしまった。

「因幡の国に暮らしているそうだ」

シコオに教えられてタカヒコは喜んだ。袋の中の瓶《かめ》を手にして酒盛りに加わる。タカヒメは食い物をシコオに配る。笹の葉に包んで蒸した小豆《あずき》飯《めし》や水菓子（果物）が袋から次々と出てくる。焼いて塩を振った山鳥の肉もある。目を丸くするような馳走だ。

「餅もまた手に入れて来た。これで因幡までは安心だ。山に野宿もできる」

「海岸沿いに向かえば楽に行けるさ。気多の浜までなら二日とかからんよ」

漁師がタカヒコの杯に酒を注《つ》いだ。

10

朝早く三人は出発した。すっかり荷が軽くなっている。真新しい衣が朝の爽《さわ》やかな風を孕《はら》んで心地好い。沓も上等で足に馴染む。

「じろじろ見るな」

何度も振り返るタカヒコにタカヒメは声を荒らげた。みずらを解いて長い髪を背中に垂らしている。その髪が風に揺れる。

「似合うよ。この方がずっといい」

シコオにタカヒコも同意した。道で擦《す》れ違う男たちが見惚《みと》れるほどの美しさだった。

「髪が頬や耳に触って気になる」

タカヒメは何度も髪をかき上げた。

「十七ならシコオより一つ上か」

「それがどうした」

「男となって生きてきたと言ったが……男に言い寄られたことはないのか？」

「だれも恐れて近寄らぬ」

「なにを恐れる？」

「私に触れれば怪我をする」

「実際に怪我をさせたのか？」

「七、八人は足腰の立たぬまで叩きのめした」

けろりと言ったタカヒメにシコオは笑った。

「だがいつまでも男でいるというわけにもいくまい。親が案じていように」

「父はとっくに死んで、母は別の男の厄介《やっかい》になっている。私は里の長のところでずっと働いていた。母とは何年も会っていない」

「三人とも似たようなものだな。空を飛ぶ者たちはそういう者を選んだのかも知れん」

タカヒコは珍しくしんみりとした。

「八上《やかみ》の里のことはどう思う？」

シコオは二人に質した。

「娘の婿取りなら私を招くはずがない」

タカヒメは八上の里の話は自分たちとは無縁のことだと断じた。

「女とは思わずに誘ったのかも知れんぞ」

タカヒコは大真面目に口にした。

「あの漁師たちは因幡《いなば》を目指す者たちから聞いた話だと言っていた。我々は因幡になぜ招かれたか聞かされておらぬが、教えられた者が居ても不思議ではなかろう」

「婿取りごときのために空を飛ぶほどの力を持つ者たちが手助けしていると？」

タカヒメは信じなかった。それはシコオもそう思う。だが、あの者たちは因幡に向かえば目的の地が自ずと知れると言ったのである。八上の里の噂を耳にしたのは偶然と思えない。

「いずれにしろ選ばれた者らが八上の里に向かっているのは間違いなさそうだ。だったら俺たちも行くしかないさ。だれもおらぬところに向かっても仕方がない。本当に婿取り話のときは潔く諦めるんだな。その代わり選ばれる婿は一人。どっちかが余る」

「なんの話だ？」

「余った方と一緒になれば、この長旅も無駄にはならなかったことになる」

「ばかばかしい」

タカヒメはタカヒコの尻を蹴飛ばした。タカヒコは大仰な悲鳴を発して逃げ回った。


冗談を言い合いながらの旅は続いた。

二日後の夕刻に三人は白砂がどこまでも伸びる美しい浜に辿り着いた。ここが気多《けた》の浜であることは前方に突き出た小さな岬で分かる。あの岬の近くに漁師たちの住まいがあると聞かされている。知り合った漁師たちの名を言えば泊めてくれるだろう。ここまで来れば目的地の八上も近い。岬の側を流れている千代川《せんだい》を半日も遡《さかのぼ》れば着くはずだ。

「いかにも八上を目指す者は必ずあの漁師たちの暮らす里を通らねばならぬ。五、六十人が八上に向かったと言うが……いったい八上になにがあるのか……」

タカヒコは白砂に踏み入る前に岩場で足を休めた。砂を歩くのはことのほか疲れる。

今日も半日はその連続だった。迷う心配もなければ勾配も少ないので最初は楽そうに思えたが、足が砂に沈んで急ぎ足がむずかしい。特にタカヒコは巨体なのでこたえる。

「山道の方が俺の性に合っている。それにこの波の音がうるさくてかなわぬ。この側で毎夜寝るのは辛い。獣の気配にも気付くまい」

「海沿いは山と違って恐ろしい獣など滅多《めった》におらぬ。私はこの広い海の方が好きだ」

潮風を一杯に吸ってタカヒメは笑った。三人とも海を見るのは今度の旅がはじめてだ。

「なにか声のようなものが聞こえる」

シコオは言って耳を澄ませた。

「空耳だろう。だれの姿もない」

この岩場からは四方が見渡せる。タカヒコにタカヒメも頷いた。波の音だけだ。

「見てくる。二人はここに居てくれ」

シコオは声らしきものが聞こえた方角を目指して駆けた。白砂を越えた辺りには低い茂みが広がっている。シコオは入り込んだ。膝からせいぜい腰までを隠す茂みだ。それに疎《まば》らなので見通しが利く。だれも隠れようのない場所だった。それでも探し歩く。

「どうだ？」

遠くからタカヒコが叫んだ。二人の姿は豆粒のように小さくなっている。

〈ん？〉

シコオはまた耳鳴りを覚えた。

声と感じたのはこれだったのかも知れない。草笛の音に似た甲高《かんだか》い響きだ。その音を頼りにシコオは茂みから林へと進んだ。空耳などでないのははっきりしている。なぜこの音がタカヒコたちに聞こえないのか、その方が不思議だ。振り向いて見やったタカヒコたちはのんびりと岩場に腰を下ろしていた。

シコオは林の中を巡り歩いた。木に隠されてタカヒコたちの姿はもう見えない。前方の草藪に淡い光がぼうっと立ち昇っていた。シコオは目を丸くして佇《たたず》んだ。幻ではない。木洩《こも》れ陽《び》でもなかった。

そこから発せられた音だ、とシコオは直感した。シコオは躊躇《ちゅうちょ》もなしに足を進めた。

だが——

間近に立ってシコオは息を呑み込んだ。

そこには見たこともない不思議な生き物がぐったりと横たわっていたのである。

赤子のように小さいが人間の子供ではない。

その生き物はシコオの気配に気付いて静かに目を開けた。大きな目玉だ。その上、黒目ばかりである。シコオは屈み込んで顔を近付けた。弱々しく生き物は細い腕を伸ばした。思わずシコオはその腕を握った。不気味とは思わなかった。弱っている生き物にはすべて哀れさが先に感じられる。生き物はにっこりと微笑んだ。

〈これは……衣か?〉

手触りでシコオは感じた。てっきり裸だと思っていたのに握った細い指の感触と腕の辺りのそれはだいぶ違っていた。

〈衣を纏った獣など居るわけがない〉

シコオははじめて寒気を覚えていた。

11

怪しい生き物は弱々しい息をしていた。寒気を堪《こら》えながらシコオはそっと抱き上げた。淡い光に包まれている。生き物の細い首から下はやはり薄い衣だった。つるつるとした手触りである。蛇の皮の感触に似ていた。

「どうしたんだ？」

思わずシコオは顔を覗いて声をかけた。生き物は真っ黒な瞳をシコオに向けて微笑んだ。鳥の雛《ひな》のような顔だった。産毛が生えていないから皮を剝《む》いた兎の方が似ているかも知れない。いずれ慣れれば愛らしい顔立ちである。背丈は五、六歳の子供ぐらいだ。体の割に腕が異様に長い。指も箸のように細い。

〈怖くはないのか……〉

生き物が小さな口をわずかに開けて動かした。シコオの頭の中にはっきりと声が聞こえた。だが口から発せられたものではない。

「どうして人の言葉が話せる？」

抱いたままシコオは質した。

〈私の声が聞こえた者は何人か居たが……こうしてくれたのはおまえ一人だ〉

「俺がなにをしたって？」

〈抱いてくれている〉

「病気なのだろう。当たり前だ」

〈人の仕掛けた罠で足を傷付けた〉

言われてシコオは足を調べた。つるつるとして虹色に輝く衣が破れている。緑色の血のようなものが衣を汚していた。

「待っていろ」

シコオはそっと生き物を草むらに戻すと蒲《がま》の穂を探した。何本も手でしごいて柔らかな穂を集める。これが血止めに効く。シコオは掌で丸めた穂を生き物の痩《や》せた足にそっと押し付けた。穂が緑に染まった。

〈優しいんだな〉

嬉しそうに生き物はシコオを見上げた。

「おまえは……なんだ？」

やがてシコオは生き物と向き合った。

〈名前くらいあるぞ〉

生き物はおどけた顔をした。小さな体で胡座をかいているのがどこかおかしい。

シコオは呆れた。それはたった今自分が頭に思い浮かべた名だった。少彦《すくなひこ》、すなわち小さな男という意味である。

「噓をつけ」

〈スクナヒコ〉

「なんという名だ？」

〈それでいい、気に入った〉

「俺の頭の中のことまで分かるのか？」

気付いてシコオはぎょっとした。

〈人は私にいろいろな名を付ける〉

「たとえば？」

〈この海の真ん中にある島の者たちは私をエビスと呼んでいる〉

「エビス……」

〈スクナヒコでいい。おまえの名は？〉

「シコオだ。出雲《いずも》の国の斐伊《ひい》の里の者だ」

〈八上《やかみ》の里に行くんだな？〉

「なんでおまえがそれを知っている！」

〈おまえが選ばれよう〉

「なんに選ばれる？」

シコオは戸惑うばかりだった。

〈仲間が待っているぞ。もう行け〉

「大丈夫なのか？」

シコオはスクナヒコを心配そうに見詰めた。

〈おまえが案じてくれた思いが傷を癒《いや》している。本当の薬は心の中にあるものだ〉

スクナヒコは立ち上がった。さっきまでとはまるで様子が違っている。

〈人は愚かだ。そんなことも知らない。獣の母親は傷付いた子の傷口をただ舐《な》めて治す。唾《つば》で治すのではない。その心を子が感じるのだ。傷はそれで癒される〉

「………」

〈おまえの心が私に伝わった。もう歩ける〉

スクナヒコはシコオに腕を差し出した。シコオはその腕を握った。冷たかった掌に今は温かさが感じられた。

〈また会うことになる。それまで仲間には私のことを言わない方がいい〉

「言ったとて信じまい。兎が口を利いたなど」

〈兎？　私は兎か〉

スクナヒコはくすくすと笑った。笑いながらスクナヒコは藪に消えた。淡い光が藪に紛れて消えて行く。シコオは溜め息を吐いた。

「なにをしていた。腹でも壊したか?」

待ちくたびれた顔でタカヒコは訊ねた。

「兎と話をしていたんだ」

タカヒコとタカヒメは吹き出した。

「だろうな。信じてくれるはずがない」

「口を利く兎を捕らえられればわざわざ八上など目指すこともない。酒や宝を持って人が我らを訪ねてこよう」

「それで満足なのか?」

シコオはタカヒコを見詰めた。

「満足ということではないが……しかし、他になにがある? なんのために俺たちは生きているのだ?」

「その答えを探し求めて因幡《いなば》に来たはずだぞ。兎を捕らえに来たのではない」

「兎のことを言ったのはおまえの方だろう」

やれやれという顔でタカヒコは荷を担いだ。

「本当になにをしていた?」

タカヒメは並んで歩きながら質した。

「俺にもよく分からない。俺は斐伊の里のことしか知らないが……世の中は広いな」

シコオは言葉を濁した。もしかして他の地では珍しくもない生き物ではないかと思ったのだが、口にしないと誓っている。

「変な男だ」

タカヒメは口を尖《とが》らせた。

「今にはじまったことではないさ」

タカヒコはげらげらと笑った。


すっかり陽は沈んでいる。気多《けた》の岬は近い。集落の手前の浜では大きな焚《た》き火が燃やされていた。火を囲んで七、八人が陽気に騒いでいる。漁師ではないらしい。

「あの連中も八上に行くのではないか？」

うんざりした様子でタカヒメは言った。男たちの傍らには大きな袋が見える。旅の荷を詰めた袋としか思えない。

「いまさら数を気にしてどうなる」

タカヒコは反対に歩を速めた。男たちが砂を踏む足音に気付いて三人に目を向けた。

「旅の者か？」

一人の男が三人を見上げて質した。腰の刀や荷を見ての判断であろう。

「八上に行く途中さ」

「女や子供連れでか」

男たちは笑った。いずれも屈強な男たちだ。

「我らも明日は八上に参るが……おまえらは八上の者たちなのか?」

別の男がタカヒコに訊ねた。

「いや。空を飛ぶ船に呼ばれてのことだ」

その返答に男たちは顔を見合わせた。

「女ははじめて見るな。姫の婿取りらしいぞ。行ったところで無駄となる」

「婿取りは噂だけであろう。しかと聞いた者でもおるのか?」

タカヒコは男たちの顔を見渡した。

「では他にどんな理由が考えられる?」

痩せて冷たい目をした男が言った。

「知らんが……この女も選ばれたのは確かだ。婿取りであるなら誘いはすまい」

これ以上は無意味と感じてタカヒコはシコオたちを顎で促した。

「噂はそればかりではないぞ」

冷たい目をした男がタカヒコの背中に叫んだ。タカヒコは立ち止まった。

「ここから八上までの道が危ない。魂の抜けたような顔をして戻る者が多く居るそうだ。それで我らは昨日から様子を見ておる」

「魂の抜けたような顔?」

「たいがいが袋を担いだ者と言うから、我らと同様にして呼ばれた連中であろう。なにが起きたのかまるで分からん。しかし……約束の期限も迫っている。明日はこの人数で揃って八上へ向かおうということになった」

「試しだ……」

シコオは大きく首を縦に動かした。

「立派な剣を下げている。それをくれると言うなら我らの仲間に加えてやろう」

冷たい目の男がシコオに言った。

「守りがその男一人では不安であろう。どこから来たにせよ、せっかくここまで辿り着いたのだ。剣一振りなら悪い話でもあるまい」

「断わる。数を頼りとする者らなら何人居てもおなじだ。結局は一人と変わらぬ。なにか起きれば勝手に逃げ出すに違いない」

「ほほう……多少は腕に自信があると見える」

それに男たちもどっと笑った。

「相手にするな。行こう」

タカヒメはシコオの袖を引いた。

「村の者はおまえらを泊めてはくれぬ」

冷たい目の男が重ねた。

「それも今の噂のせいよ。巻き添えとなるのを恐れている。だから我々はこうして浜で焚き火をしているのだ。嘘と思うなら行って頼んでみろ。我らを村に入れぬよう男どもが銛《もり》を手にして入り口を固めている」

シコオたちは溜め息を吐いた。

「浜はだれのものでもない」

やがてタカヒコは諦めた顔をして、

「我らも焚き火を燃やして野宿するさ」

シコオとタカヒメの肩を叩いた。


「ほとほと嫌になるな。選ばれた者らにろくなやつらがおらぬ。油断するなよ」

ようやく燃えはじめた焚き火で干魚を炙り、餅を焼きながらタカヒコは離れた場所の焚き火を睨み付けた。酒盛りの声が届く。

「よりによってなんであんな者ばかり……野盗の群れと変わらぬ。あれでは村の者たちが寄せ付けぬのも当たり前だ」

「襲って来ると思うか？」

タカヒメは細い眉根を寄せて口にした。

「我らの刀とおまえを狙ってな。こっちが寝るのを待つつもりだろう。それならさっき勝負を挑めばいいものを……そこもだらしない。楽なやり方ばかり考えておる」

「まだ喧嘩にもなっていないのに」

シコオは苦笑いした。

「俺の勘は外れたことがない。それもあって村から離れたんだ。それこそ無縁の者らまで巻き込んでしまおう」

「そういうことだったのか」

シコオは焼けて膨らみはじめた餅を手に取ってタカヒメに渡した。ふわふわになっている。タカヒメは餅で掌を温めた。

「あの男だけは強そうだ。あいつの剣を見ただろう。太くて重そうだ。あの痩せ細った体であの剣を扱うとしたら相当な腕だぞ。兵としてだれぞに仕えていた者かも知れん」

珍しくタカヒコは案じていた。剣の扱いに慣れた男と争ったことはない。ほとんどはただ腰にぶら下げているに等しい。

「これを食ったら浜を立ち去るのがよくはないか？　喧嘩などしたくない」

シコオは熱い餅を頬ばった。

「闇の中を八上に向かうと言うのか？」

「やつらから遠ざかるだけだ。林の中にでも移ればいい」

「必ずだれかが尾《つ》いて来る。おなじことだ。林の中では暗過ぎて喧嘩がやりにくい」

この白い浜なら細かな動きも見える。

「喧嘩をしたがっているのはタカヒコだろう」

シコオは笑った。

「そうではないが、どうせやり合うなら浜の方が楽だと言ったのよ。林では枝も邪魔になる。木に隠れて敵の姿も見えん」

「これも試しの一つだとしたら嫌なことだな。俺たちに殺し合いをさせる気か……」

シコオは舌打ちした。

ちろちろと燃えている焚き火を目当てに三人の男たちがこっそりと接近して来た。シコオたちは焚き火から少し離れて眠りこけていた。男たちは静かに剣を引き抜いた。酒盛りの賑わいはまだ続いている。と言うよりこの男たちの接近をシコオらに気取《けど》られぬよう騒いでいるものらしい。

二人の男はタカヒコの巨体を狙って一気に踏み込んだ。剣が深々と突き刺さる。

「なに！」

男たちは慌てて離れた。

それは砂を盛り上げて拵えたものだった。

「罠か！」

一人が口にした途端、その頭を太い棒が唸りを発して襲った。タカヒコの振り回した棒はもう一人の顔面をも粉砕した。シコオを狙った男も異変に気付いて立ち尽くす。その足にシコオが背後から飛び付いた。二人は砂浜に転がった。シコオは馬乗りとなって殴り付けた。砂を手で摑むと相手の口の中に押し込む。相手は悶絶した。タカヒコが駆け寄って頭を蹴り上げる。相手は動かなくなった。

「罠はどっちだ。ふざけやがって」

タカヒコは唾を顔に吐きかけた。

「またシコオの知恵に救われたな。なにも言わずに剣を突き立てるとは呆れた連中だ」

「やったか！」

二人の男が勇んで砂浜を駆けて来る。

タカヒコは無言で待った。八人を一度に相手とするのは骨が折れる。この二人を倒せば敵も三人に減る。その狙いもあって砂の人形で誘い込んだのだ。

タカヒコは棒を身構えた。焚き火の炎を背にしているので顔は見えないはずだ。シコオも剣を抜いた。タカヒメはのんびりと後ろで見守っている。

「やったのはこっちさ」

タカヒコは砂を蹴って跳んだ。一人の目の前に立つ。同時に棒を突き出す。棒は相手の腹に決まった。相手は情けない声を発して転がった。腹を押さえて暴れ回る。シコオはもう一人と向き合っていた。相手の剣先は震えていた。動転したのである。喧嘩慣れしているシコオは間髪《かんはつ》を入れずに突進した。相手は勢いに呑まれて後退した。砂で足がもつれて不様《ぶざま》に尻餅をついた。闇雲《やみくも》に剣を振り回して威嚇《いかく》する。これではシコオも迂闊《うかつ》に近寄れない。タカヒコは棒を投げた。棒は相手の額の真ん中を一撃した。そのまま昏《こん》倒《とう》した。

「やっぱり剣より棒の方が役に立つ」

にやにやとタカヒコは笑った。

「やっと察したようだな」

タカヒコは喚きながらやって来る三人に目を動かした。棒を拾って身構える。

「貴様ら！」

倒れている仲間を見渡して三人は絶句した。

「こいつが試しってやつだ。ろくでもねえやつらは八上に辿り着けねえことになっている。先に襲ったのはそっちだ。恨むなよ」

タカヒコは鼻で笑った。

「だから侮るなと言ったのだ」

冷たい目をした男は仲間らに言って、

「怪我をするだけだ。手を引け」

「じゃが……仲間の仇ではないか」

「昨日知り合ったばかりだ。義理はない」

「襲えと命じたのはそなたであろうに」

仲間の二人は呆れた。

「酒の呑み過ぎで力が出ぬ。やると言うなら構わぬが、こやつら、俺が睨んでいたよりもずっと強い。それを覚悟でやるんだな」

「うぬはそれでも人か！」

二人は男の方に剣を向けた。

「唆《そそのか》しておきながら抜けるだと！」

「やめておけ。まだ貴様ら程度なら殺す力が残っておる。俺は寝るぞ」

「ふざけるな！」

背中を見せた男に二人は躍りかかった。男は素早く剣を抜くと振り向きざま一閃《いっせん》させた。二人は呻き声を発した。膝から崩れ落ちる。

タカヒコとシコオは目を剝いた。

二人の背中越しに見ていたので男の剣の動きがよく分からなかったのである。

倒れた二人にタカヒコは目をやった。

一人は左の腕を肘《ひじ》から落とされ、もう一人は腹を血に染めている。

「まともなときにやり合おう」

男はタカヒコとシコオを見詰めて唇を歪《ゆが》めた。ぞっとするような笑いであった。

「酔っておらずば貴様らの腕を見抜いた。いかにも五人には気の毒なことをしたものよ」

「…………」

「途中になにが待ち受けているか知れん。俺と組んで八上に向かわぬか？」

「まだ酔っているようだな。でなければそんなたわごとを言うまい。なんでうぬのような者と組む。たいがいにしろ！」

タカヒコは怒鳴り返した。

「試しの一つだと言ったのではないのか？」

男はまだ笑いを崩さずに、

「行けぬ者は途中で外される。そなたらと俺は残った。それだけのことであろう」

「よくもぬけぬけと！」

タカヒコは棒を手に詰め寄った。

「七人減った。これで楽になると思え」

男は剣の柄《つか》に手をかけた。シコオはタカヒコを制した。尋常な腕ではない。

「名だけは聞いておこう」

シコオは男に叫んだ。

「ブトーと言う。忘れるな」

ブトーは高笑いして自分の焚き火には戻らずにそのまま闇へと消えた。

「あの野郎、今度会ったらただじゃ済まさん」

タカヒコは砂を蹴散らした。

「直ぐに会う。あの男も八上に行くのだ」

「なんてやつだ！　信じられるか？」

タカヒコは駆け寄って来たタカヒメに喚き散らした。おなじ人間とは思いたくない。

「あれを！」

タカヒメは天を指差した。幾万もの星が綺羅《きら》めく空にひときわ大きな輝きが見られた。

月とは違う。タカヒコとシコオは目を凝らした。輝きはゆっくりと膨らんでいる。

「近付いているのではないか？」

タカヒコはシコオに確かめた。シコオも頷く。そうとしか考えられない。

「空を飛ぶ船よ」

タカヒメの言葉に二人も声を上げた。まさしく自分たちを因幡に導いた船である。船は色を変えた。白い光が炎の色となって点滅を繰り返しながら三人の頭上を通過した。三人は目で追った。船は明らかに八上の方角を目指している。

「これで間違いない。あれは道案内であろう」

タカヒコは二人の肩を両腕で抱えた。

12

八上《やかみ》を目指すシコオたち三人の足取りは軽かった。空を飛ぶ船に導かれているという確信が生まれたからだった。船は間違いなく八上の方角を示して夜空に消えた。なにがそこに待ち受けているにせよ、あとは迷わず進むばかりだ。気多《けた》の浜を早く出たので日暮れ前には八上の里に辿り着けるはずである。気多の浜に流れ込む千代《せんだい》川に沿った道をそのままどこまでも進み、川が二股に分かれた場所に差し掛かったら左手の川を遡れと教えられている。大きな川なので道を見失う心配もない。八上までの間には大きな集落が三つはあると言う。それはすなわち道もしっかりしているという意味だ。

「いろいろとあったが……旅も今日で終わりだ。あと半日で八上だ」

タカヒコは二つ目の集落の藁屋根が見えはじめると張り切った。餅や干し肉を背負っていても気が急いて途中で休むつもりにはなれなかった。あの集落で飯にしようと、それを楽しみに歩き続けたのである。

「まだ安心はできない」

シコオは首を横に振った。八上まで辿り着けずに放心の状態で気多へ引き返した者が何人も居るらしい。

「あのブトーの言葉だ。本当かどうか分からんぞ。あれほどの強さなら仲間を頼ることもなかろう。むしろ八上の郷の回し者かも知れん。ああやって脅かして度胸を試していたということも考えられる。どうも怪しい男だ」

タカヒコにタカヒメも頷いた。仲間を募ってこの道を辿る男には見えなかった。

「だとしたらブトーがどこかで襲ってくる。酒を呑んでいてもあの腕だ。山の獣などよりよっぽど手強《てごわ》い。勝てるかどうか……」

シコオは言って吐息した。

「あいつと剣でやり合うのは無理だな。こっちの剣は飾りのようなもの。派手に逃げまくって疲れさせ、石でもぶつけるしかない」

「それなら子供の喧嘩だ」

シコオは呆れて笑った。

「なんでもいいのさ。勝って八上に辿り着けばいい。正面で戦う必要がどこにある。顔色一つ変えずに人を殺す男なんだ」

シコオもそれには頷いた。死んだのは野盗も同然の男たちで哀れみなど感じないが、ブトーはその男らと直前まで陽気に酒を酌み交わしていたのだ。自分ならやはり躊躇がある。それを思えば尋常な人間ではない。

「とにかく飯だ。あれほどの村なら食い物もさまざま蓄えておろう。いよいよおまえが大事にしてきた、このくそ重い鍬が役に立つ。ここで食えば八上まで一息だ。食い物と取り換えて貰おう。いいな？」

タカヒコは背負っていた袋を揺すった。鍬同士が触れ合って鈍い音を立てる。

「帰り道のこともある。全部は駄目だ」

「帰り道だと？」

タカヒコは呆れた。

「俺たちに帰り道などない。八上で追い返されたときは死んだも同然の身。すごすごと郷に戻り、なにもなかった顔でこの先生きていけると思うのか？　そんな甘い考えでやって来たのならとっとと帰れ」

「俺には母者がある。戻らずにはいられぬ」

「だから帰れと言った。母者ならどれほど情けない倅《せがれ》でも喜んで迎えてくれよう。そんな腑《ふぬ》抜けた気持ちではどうせ外される。恥を掻《か》かぬうちに引き返すのが賢い道というもの」

「親があっては選ばれぬと言うのか！」

さすがにシコオはむっとなった。

「親の問題ではない。命を賭けた試練であると言うのに帰り道の心配をしているおまえが気に食わぬ」

「おまえこそ俺が母者のことを口にすれば直ぐ突っ掛かる。いい歳をして大人気ない」

「やめなさい！」

タカヒメが割って入った。

「覚悟と親があるのは別物だ。このタカヒコこそ途中で旅を諦めかけていたのだぞ」

シコオはタカヒメに叫んで、

「俺の中にある限りの力を振り絞ったとて、選ぶのは他の者だ。それなら仕方あるまい。俺はそれを恥とは思わぬ。怯えて逃げ帰るのではない。まだ力が足りなかったのだと胸を張って帰れる。それがなぜ分からぬのだ！」

シコオはタカヒコに詰め寄った。うーむ、とタカヒコは唸った。

「その帰り道で飢え死にすることこそ恥だ。それこそ母者が嘆き悲しもう。第一に俺はタカヒコが俺を羨むのが分からぬ。おまえは親の力もなしにたった一人で生き抜いた男。おまえの方が俺には眩しく感じられる」

そうだ、とタカヒメも大きく頷いた。

「分かった、分かった」

素直にタカヒコは笑いに戻して、

「この鍬が背中に当たってかなわん。それで思い付いただけのこと。おまえがいかんと言うなら半分は残そう。それでもたっぷりと食い物を手に入れることができる」

「食い物のことから喧嘩になるなど……」

タカヒメは大袈裟《おおげさ》に嘆いた。

「そうは言うがな……山の中に一人きりで暮らしていると一日の半分は食い物のことで頭が一杯になる。ことに幼い頃はそうだった。嵐に祟《たた》られて三、四日なに一つ口にせぬのもしばしばだ。その癖がなかなか取れぬ」

言われてシコオたちは辛い顔をした。そういう暮らしを二人はしたことがない。

「思えば、よく死ななかったものさ」

「食わぬ割には大きく育った」

タカヒメの冗談にシコオも笑って、

「それなら全部を取り換えてもいい。思えば俺たちにはこれがある」

剣の下げ紐に結んである赤い玉を握った。

「重い袋を背負わせていながら俺が言うことではなかった。美味《うま》いものを食おう」

「そうか。俺は遠慮などせぬ。そうするぞ」

タカヒコは大股で歩きはじめた。

シコオとタカヒメが村の広場の大きな木陰の下で陽射しを避けているとタカヒコが若い娘を引き連れて戻った。娘は美味そうな果物を載せた籠を小脇に抱えていた。タカヒコも両手に酒の詰まった瓶子《へいし》や笹の葉に包んで蒸したちまきの束などを重そうに下げている。それで娘にも付いて来て貰ったらしい。

「なにかあるのはこの村の先だ」

タカヒコは食い物をタカヒメの側に置いて娘を紹介した。

「五、六十人の者たちがこの村を通り過ぎて間もなく戻って来たそうだ。村の者たちも首を捻《ひね》っている。村の連中も先の村に用事があって出掛けるが、なんの不審もない。きっと我らのような者を選んでなにかしているのだ」

「なにかとは？」

「まったく分からん」

「少し前にこの村を通ったことさえ覚えていないの。なにを訊いてもぼんやりとして」

娘がシコオに言った。

「つまりブトーの言っていた放心というやつだ。ブトーが襲っているのではなさそうだな。あいつなら生かして返さんだろう」

タカヒコはどっかりとシコオのとなりに腰を下ろすと酒の瓶子にそのまま口をつけた。

「恐らく最後の試しだ。それだけにきつい。先の村に無事辿り着いた者の数は少ない。この十日で四、五人らしい。いったいどれほどの数が呼ばれたか知らぬが、二百やそこらはおろう。その中でたった四、五人だ。これは侮れぬことになったぞ」

「だが行くしかない」

「行かぬとは言っておらぬ」

タカヒコは不敵に笑って、

「腹拵えをしたら直ぐに出発だ。俺もすんなりと八上に入れるとは思わなかったさ」

焼いて塩を振った鳥の肉を頰ばった。


村をあとにしてわずかも進まぬうちに三人は緩い山道へ差し掛かった。川は右手の崖の下を流れている。ここから先は深い森となって川が見えなくなるのだが、道なりに行けばまた川にぶつかると聞いている。

「ここら辺りが怪しい」

薄暗い森に踏み込んでタカヒメは案じた。

「と言って崖を下りるのは面倒だ。腰までの水を掻き分けて行かねばならないかも知れん。細い道だがちゃんと通じている。ここで恐れては試しの意味がなかろう。大丈夫だ。森には慣れている。俺の後に付いて来い」

タカヒコは構わず突き進んだ。

「それにしても、この暗さは変だ」

シコオは頭上を見やった。確かに茂った葉で空が隠されているとは言うものの、一筋の木洩れ陽さえ目につかない。まるで洞窟《どうくつ》の中を歩いているような気分だ。辛うじて互いの顔が見分けられる程度だった。

「空も曇っているのではないか？　山では珍しくもない。少し厚い雲が日輪を覆っただけで山の中は夜と変わる。怖いか？」

「怖くはないが、ただごととは思えない」

それにタカヒメも同意した。

「俺は平気だが松明《たいまつ》を点《とも》そう」

タカヒコは傍らの松を選ぶと身軽に攀登《よじのぼ》って枝を何本か折った。火打ち石を用いて枝に火を付ける。松の枝は油を含んでいるので炎が長持ちするばかりか火も大きい。タカヒコはそれぞれに手渡した。途端に周辺が照らし出されて道もよく見える。

「これで獣も近付いてはこない」

さすがに山に慣れている。シコオとタカヒメはタカヒコに微笑んだ。

「しかし、いかにも暗過ぎるようだな。雨雲でも真上にあるのかも知れん」

「あれは？」

タカヒメが身を強張らせた。二人も耳を澄ます。なにやら風の唸りのような音だ。

「大勢の人の呻き声に聞こえる」

シコオが言うとタカヒメも頷いた。

「この森に身を潜めて八上の郷の者らが脅しにかかっているのだろう。この暗さであういう声を聞けば足がすくむ。あいにくとこの俺には通用せぬ。山に十年近くも一人で居た」

タカヒコは鼻で笑って二人を促した。

「どんどん声が大きくなっていく」

タカヒメはシコオの袖にすがった。気丈なタカヒメだがこういうのは苦手らしい。

「今にも死にそうな声ばかりだな」

タカヒコは反対に面白がった。

「我らは三人ゆえ耐えられるが、一人で歩いていれば薄気味悪いに違いない。それだとてこの程度の脅しで引き返すとはだらしない。たかが人の呻き声ではないか」

笑い飛ばしたタカヒコの足がびくっと止まった。前方に白いものが転がっている。肩から切断された腕と分かってタカヒコは笑いをひっ込めた。しかもその腕は明らかに生きていた。じりじりと道を這《は》って藪に消えていく。タカヒコは叫ぶと突進した。

「くそっ、逃げられたか」

タカヒコは悔しがった。

「今のはなんなの？」

タカヒメは気を取り直して質した。

「知らん。恐らくだれぞが藪に隠れて紐で結んだ腕を引いたんだろうさ。斬《き》り落とされた腕が動くなど考えられん。子供騙《こどもだま》しだ」

タカヒコは自分に言い聞かせるように口にした。シコオは辺りに目を動かした。呻き声はさらに大きくなっていた。

「見ろ！」

シコオは上を顎で示した。タカヒコは振り向いた。その顔が恐怖に襲われた。

闇に巨大な首が浮いている。

三人はじわじわと後退した。

普通の二十倍はあろうかと思われる男の首の瞑《つむ》られていた瞼《まぶた》がぎろっと開いた。赤く燃えている目玉が三人を見据《みす》えた。タカヒメは悲鳴を発した。首は闇の中で右に左に揺れ動いている。

「うぬっ！」

タカヒコは腰の剣を抜いて身構えた。

「ここより先は汚れた死の国であるぞ」

首が地を震わせる声で言った。低い声だが耳の奥に響き渡る。

「なにゆえ迷い込んだ。立ち去れ」

「迷うてなどおらぬ！」

シコオは二人の前に飛び出て睨み付けた。

「脅しのつもりだろうが恐れはせぬ」

「では地の底の国を這い回るがよい。出口などどこにもないと知れ。心を失えば地の底に暮らす者どもに食われてしまうぞ」

不気味な笑いを立てて首は消滅した。

「ああっ」

タカヒメが握っていた松明を慌てて投げ捨てた。地面に落ちた松明は蛇となって蠢《うごめ》いていた。シコオは自分の松明に目を動かした。鎌首を持ち上げて蛇がシコオを狙っていた。シコオは振り払うように遠くへ投げた。二つの松明が消えたせいで闇が深まった。

「蛇のなにが怖い」

タカヒコは苦笑した。タカヒコの松明はそのまま燃えている。

「あの首は作り物などではなかった。ちゃんと口を利いて俺たちを見ていた」

「だが、襲ってはこぬ。眺めていればいいだけならなにも心配要るまい」

タカヒコは腹をくくった顔で言った。

「タカヒコは鈍感なだけだ」

元気を取り戻してタカヒメは口を尖らせた。

「今のは魂であろう。魂に取り付かれれば死者とおなじになると言う」

「だれが言うた？」

「お祖母《ばば》だ。引き返した連中が皆ぼんやりと見えたのは取り付かれたからに違いない」

「俺にはあいにく、だれ一人としてそういうことを教えてくれる者はおらんかったからな。今聞いたばかりでは怖くもなんともない」

タカヒコはタカヒメに言って前に進んだ。この森を抜けることしかタカヒコにはない。

ざざざざ、と草藪から音がした。タカヒコは松明をその方角に向けて探った。夥《おびただ》しい地虫が現われた。百足《むかで》やかまきりなどに加えてみみずや蜥蜴《とかげ》まで混じっている。三人はそれらに囲まれた。道が蠢く虫で埋められている。進むと虫を押し潰した嫌な感触が足の裏から伝わってくる。虫たちは三人に這い上がって来た。必死で三人は払い落とした。払う手が追い付かない。虫は袖や襟から中に入り込む。

「だめだ。走り抜けるしかない。タカヒコ、先に行け。明かりを目当てに続く」

シコオはタカヒコを促した。

「可哀相《かわいそう》だわ。虫を殺してしまう」

タカヒメは反対した。

「どんどん増える。やるしかないんだ」

よし、とタカヒコは奇声を発して勢いよく走りはじめた。シコオはタカヒメの腕をしっかりと握って松明の明かりを追った。真っ暗なので虫のことも気にならない。ぶちぶちっと虫の潰れる音が耳障《みみざわ》りであるだけだ。タカヒメが倒れ込んだ。足を滑らせたらしい。

「虫が口の中に入った」

起き上がったタカヒメは吐いた。

「これが試しなら嫌な真似をする。何百もの虫を殺してしまった。人も虫も命は一緒だ」

泣きそうな声でタカヒメは訴えた。

「それはそうだな。虫を使うのはひどい」

シコオは足を地面に滑らせて虫を潰さぬよう気を配りながら歩きはじめた。

「ここはもう虫がおらぬぞ」

目の前でタカヒコが松明を振っていた。

「虫の上に転んだ。虫の汁でべとべとになった。こんな衣は着ていられぬ」

タカヒメは手で衣をあちこち触った。

「どうした？」

怪訝そうな様子にタカヒコが訊ねた。

「さっきはどろどろになっていたのに……臭《にお》うか？」

「どれ」

タカヒコは胸の辺りを嗅《か》いで首を横に振った。乾いた泥が付いているばかりだ。

「あれほど居た虫が一匹も見当たらぬ。衣の中にまで潜り込んできたはずなのに」

タカヒメは二人を見詰めて首を傾げた。

「夢ではない。皆が見たのだからな」

タカヒコは道を戻って確かめた。

「やはりおらぬ。どういうことだ？」

「魂は本当の体を持たぬと言う」

シコオが口にした。

「死者の国であるなら虫たちの魂があってもおかしくない」

「なるほど、そうかも知れん」

タカヒコは得心した。そう考えるしかない。

「となれば、ここは間違いなく死者の国ということか？　どこで道を誤った」

「八上の里の者たちの仕業ではない。魂を操れる力があれば俺たちなど招かぬ」

シコオは剣を引き抜いた。

「魂を追い払う力は剣と鏡と聞いている」

「鏡なら私が持っている」

タカヒメはタカヒコに預けていた袋の口を開けて小さな鏡を取り出した。

「タカヒメが今度は先に歩け。後ろ向きになって鏡で前方を見ながら行け」

「この暗さでは見えない」

「鏡には死者の魂が映らぬそうだ。母者がいつも言っていた。それを見ながら進めば死者に惑わされずに済もう」

「おまえらはいろいろと知っているな」

羨ましそうにタカヒコは呟《つぶや》いた。

「行くぞ」

タカヒメは後ろ向きでゆっくり進んだ。足元の指図はタカヒコがする。

「なにか見える！」

少ししてタカヒメが立ち止まった。もちろんシコオたちにもはっきり見えていた。

白い二つの影である。

「おまえはタカヒコではないのかや……」

女のものらしい影が手招いた。

「あれは……」

じっと見詰めていたタカヒコに喜びが浮かんだ。駆け寄ろうとする。その腕をシコオはがっしりと摑んで引き止めた。

「あれは俺の母者と親父だ。顔はよく覚えておらぬが、俺の名を呼んでいる」

見る見る涙を溢れさせてタカヒコはシコオの腕を払った。

「タカヒメの鏡に映ったのだぞ！　それなら魂などではない。騙されるな」

シコオはタカヒコの腰に腕を回して制した。

「なんでも構わぬ。あれは俺の親たちだ」

シコオを引き摺りながらタカヒコは影に近付いた。影は手招きを続けた。

13

「タカヒコ！　落ち着け」

シコオは前に回って両腕を広げた。

「うるさい！　俺の親でなければ、なんで俺の名を知っている」

前を塞ぐシコオに喚き散らしたタカヒコの目は虚《うつ》ろになっていた。

「母者に守られているおまえには俺の気持ちなど分かるまい。あれがなんであろうと俺は構わぬ。邪魔すれば容赦せぬぞ」

タカヒコはシコオの肩に手をかけて揺さぶった。シコオは必死で踏ん張ると、

「俺を殺しても行くつもりか！」

「おお！　それがおまえの望みと言うならな」

タカヒコは応じて腰の剣に手をやった。

「あの首がなんと言った！　忘れたか」

シコオは臆《おく》せず怒鳴り返した。

「心を失えば地の底に嵌《は》まると言うたぞ！　目を醒《さ》ませ！　やつらはおまえの心の弱味に付け込んでいるのだ。タカヒコともあろう者がだらしない。いまさらなんで親にすがる。その辛さを一人で乗り越えてきた男ではないか！　それでは親が泣くに違いない」

「…………」

「親など頼るなと叱ったのはタカヒコだ。あの二つの影はタカヒメの鏡に映っておる。魂などではない。地の底の魔物だ。それともタカヒコの親は魔物と成り果てたのか！」

「うぬっ！」

タカヒコは剣から手を放して憤怒の形相でシコオに摑み掛かった。シコオはタカヒコの重さに負けて潰された。二人はごろごろと地面を転がった。タカヒメが止めに入るが、タカヒコには聞こえない。

「気をしっかりとしろ！」

頬を殴りつけながらシコオは叫んだ。

「案ずるな。もう心配ない」

タカヒコがシコオの耳元で囁《ささや》いた。

「こうして暴れて近付いているのだ」

シコオはタカヒコの目を見詰めた。虚ろな目ではなくなっていた。

「派手な喧嘩をしよう。向こうが油断する」

「よし」

シコオも頷いてタカヒコの腹を蹴り上げた。タカヒコは大仰《おおぎょう》な呻きを発して立ち上がった。

「おのれっ」

タカヒコは剣を引き抜いた。遠くでタカヒメの悲鳴が聞こえる。タカヒコとシコオが組んでの芝居とは知らずにいるのだ。タカヒコは剣を高く掲げてシコオを襲った。シコオは横に転がって逃れた。白い影が薄笑いを浮かべて喧嘩を眺めている。シコオはわざと白い影の立つ方角に這った。タカヒコが地面を踏み付けて追って来る。

「食らえ！」

タカヒコは大きく跳んで白い影の足元に着地すると剣を振った。剣は男の体を確かに切り裂いた……はずだったが、タカヒコは重心を失って膝をついた。剣が男の体を素通りしたのである。と同時に二つの白い影は目の前から掻き消えた。タカヒコは目を剝いた。

「来るな！」

タカヒコはシコオを制した。

「深い穴が空いているぞ。中に転がり落ちる」

タカヒコは二つの影が立っていた辺りを顎で示した。いかにも落とし穴となっている。

「どういうことだ？」

「シコオの言った通りさ。親と思って近付けばこの穴に真っ逆様《さかさま》だ。やつらはこの穴の上に浮いていた。くそっ、薄汚い手を用いてきやがる。俺の心をどうやって盗んだんだ。ふざけやがって」

タカヒコは闇に吠え立てた。タカヒメがほっとした顔で駆け寄った。

「嘘の喧嘩だったのね」

「当たり前だ。シコオに剣など向けぬ」

タカヒコは笑って剣を腰に戻した。

「それほど深くはない。地の底に通じているとは思えないな」

シコオは穴を覗き込んで言った。道に転がっている石を拾って穴に落とす。石が穴の底にぶつかる音が直ぐに聞こえた。

「まさか地の底がこんなに浅くはあるまい。間違いなく人が掘ったものだ」

「じゃあ……あの二つの影は？」

この世のものとは思えない。タカヒメはシコオを見やって首を傾げた。

「なにかは分からないが、穴が人によって掘られたものなら、あの連中も魔物とは思えぬ。鏡に映ったのだから魂でもない」

「水に映る影のようなものだったぞ。剣にまるで手応《てごた》えがなかった。俺は確かに男の方を切り裂いたのに……」

「陽炎《かげろう》とおなじものかも知れない」

シコオにタカヒメも大きく頷いた。白い影はふわふわと揺れていたのである。

「別のところに隠れて穴に俺たちを誘っていたというわけだな」

タカヒコは悔しそうに舌打ちした。

「鬼道というものがあるそうだ」

「きどう？　なにそれ」

タカヒメは細い眉をしかめた。

「空に居る鬼が使う術のことだ。母者から教えられた。どういうものか母者もよく知らぬらしかったが、人にはできぬ術と聞いた」

「おまえの母者はなんでそんなことばかり知っている？　鬼道などはじめて聞く」

「俺の親父は……」

シコオはそこで言葉を止めた。言ったところで信じてはくれないだろう。むしろ薄気味悪く思われるだけだ。

「親父がなんだ？」

タカヒコはシコオを促した。

「俺の親父は……鬼の一人だ」

諦めてシコオは口にした。タカヒコとタカヒメはあんぐりと口を開けた。

「山の中に傷付いて倒れていたそうだ。それを母者が見付けて手当てした。鬼と言っても人と変わらぬ姿だったと聞いている」

「鬼と一緒になったのか」

「ああ……そうして俺が生まれた。親父は俺がまだ幼いうちに立ち去った。いつまでも母者と俺を山の中に隠れて暮らさせるわけにはいかないと思ったらしい。親父がどこかへ消えたあと母者は俺を連れて斐伊《ひい》の里に戻った。里のだれにも親父が鬼とは言うておらぬ」

シコオは二人の様子を気にしつつ口にした。だが二人は真面目な顔で聞いている。

「鬼の乗る船が阿用《あよ》の里の山に現われたと耳にしたとき、母者がはじめて俺に打ち明けた。俺もそれまで親父が鬼の一人とは知らなかった。だから俺は空飛ぶ船を追いかけた。ひょっとして親父に会えるかも知れんと思ったのだ。母者が好きになった者なら鬼だとて少しも怖くない」

「それで母者は鬼のことをよく承知なのか」

タカヒコは唸って腕を組んだ。

「隠すつもりはなかったが……すまぬ」

「謝ることはないわよ」

タカヒメは微笑んだ。タカヒコも笑って、

「むしろありがたい。おまえが鬼の子であるなら選ばれやすい。それにくっついている俺たちにも運が増すということさ」

「平気か？」

「なんのことだ？　おまえはちっとも変わらん。だったら親父さんだとて我らとおなじ姿をしているに違いない。こっちもお陰で気楽になったぞ。船を操っている鬼がどういう連中か内心では気にしていた」

「これで肩の荷が下りた」

「嘘をつけ。重い荷はずっと俺に担がせていたくせして、よく言うよ」

三人はどっと吹き出した。

「すると……つまりはこの試しに鬼が絡んでいるということになるのだな」

タカヒコは話を戻して、

「すべては鬼が仕組んだ幻ということだ」

「だろうな」

シコオも首を縦に振った。

「その鬼道とやらでさまざまなものを見せている。心を失うなと言ったのはそのことだろう。鬼は我らの恐れや思いを巧みに用いている。タカヒメの嫌いな蛇や虫を出して見せたり、俺に親父たちを引き合わせたりしてな」

タカヒコは言ってにやりとした。

「だったらもう安心だ。仕掛けが分かってしまえばどうってこともない。ゆっくり楽しませて貰うとしよう。それとも……無駄な試しはもう止めるか！」

タカヒコは闇に大声を発した。

それに応ずるごとく幾百もの笑い声が闇のあちこちから聞こえた。樹木がざわめく。

そして遠ざかった。

明るさを感じてシコオは空を見上げた。

黒い闇が輪を縮めていく。輪の周りから青空が顔を覗かせはじめた。

〈そうか……〉

巨大な船が森の頭上にあって光を遮っていたのだ。もともと鬱蒼《うつそう》とした森なので昼に闇が出現したのである。

「あの船の中からいろいろな仕掛けを繰り出していたってことか」

タカヒコも得心した顔で船を見送った。

「音を立てねえから船が近付いたのを知らなかったのさ。急に真っ暗になったんでこっちも慌てた。大した連中だな」

タカヒコは豆粒ほどに小さくなった船をどこまでも目で追って呟いた。

「しかし……たいがいの者はあれで逃げ出す。鬼道と知らなきゃ本物の地の底に迷い込んだと思うぜ。心を失って当然だ。シコオが側に居なかったら俺も他の連中と同様にふらふらと村に逆戻りしていたに違いない」

それにタカヒメも頷いた。

「こんなことでいったい俺たちのなにを試しているのか知らんが、いくらなんでも試しはもうお終《しま》いだろう。鬼の仕業と分かってみれば他愛のないいたずらだ」

元気を取り戻してタカヒコは二人を促した。森はもう明るくなっている。

「それに、考えをあらためなきゃいかんな」

タカヒコは立ち止まってタカヒメを見詰めた。タカヒメも足を止めた。

「おなじ立場と思っていたが、シコオは特別だ。なにしろ親が違う。この中で選ばれるとしたらシコオのような気がしてきた」

「そうね」

「と言って、ここまで来ながら諦めるのは惜しい。いっそのこと俺たち二人はシコオの従者ということにするのがいいかも知れんぞ」

「なにを言っている!」

シコオは激しく首を横に振った。

「俺たちは仲間じゃないか」

「鬼の前ではの話さ。三人で居るときはおまえに偉そうな口を利かせはしないが、鬼たちの前では主従とするのがよさそうだ。まさか従者を追い返しはすまい。そうなれば俺とタカヒメも残れるという理屈になる」

「俺が選ばれるとは限らぬ」

「いや、三人の中ならおまえだろう。俺はさっき不様なところを見せてしまった。タカヒメも虫を恐れて泣きそうになった。鬼たちは空の上からすっかり見ていた」

「私もシコオが主人で文句はない」

タカヒメも言い添えた。

「よし、ご主人どの、そうと決まれば俺たちを見捨てるなよ」

タカヒコはくすくすと笑って肩を叩いた。

「いつ後ろで殴られるか分からぬ主人だな」

「知恵が回るのも確かだ。俺に自慢できるのは喧嘩の腕ぐらいのもんさ」

「ずいぶん気弱になった」

タカヒメは優しい笑顔を見せた。


やがて三人は森を抜けた。涼しげな川がふたたび右手に見えはじめた。この川に沿って上流を目指せば迷うことなく八上《やかみ》に辿り着くことができる。もはやきつい山道もない。なだらかな丘が幾つか見えるだけだ。

「あの煙の立っているのが八上だろう」

正面の空に白い煙が何本か立っているのを見付けてタカヒコは安堵の息を吐いた。

「定められた三十日にはまだ二日も余裕がある。これもシコオと巡り合ったせいだ。俺など途中で方角を見失って一度は夢を捨てた。その意味でもおまえは俺の主人だ」

「道も調べずに飛び出したそなたがおかしい」

タカヒメは呆れた顔でタカヒコに言った。

「着いた先々で訊けば足りると思ったのさ。第一、因幡《いなば》の国などはじめて聞く名だった」

「本当によくそれでここまで……」

「なんとかなるもんだよ。先のことばかり案じていれば一人で山には暮らせん。それに半分は駄目で仕方ないと見ていたからな。ぶらぶらしているより面白そうだと思っただけだ」

「その割には俺に覚悟がないと叱ったぞ」

シコオは口を尖らせた。

「はじめの気持ちはどうあれ、選んだ道であるなら命を賭ける。逃げ腰では獣に殺される」

当たり前のようにタカヒコは返した。

「獣相手では話も通じまい。たまたま通り掛かっただけだと言ったとて勘弁してくれぬ」

なるほど、とシコオは頷いた。

「里に暮らす者らは理屈ばかりを直ぐに口にする。因幡に出掛けて畑仕事はだれがするかとか、親が心配せぬかとか……せっかく誘われながら、それで諦めた者も多くいよう。なんのために誘われたのか知りたいから行くのさ。それ以外になにがある？　畑はまた耕せばいい。しかし誘いはこれきりかも知れぬ」

「タカヒコのような男は珍しい」

見直した顔でタカヒメは仰ぎ見た。

「私は二人と出会っただけで旅に出た甲斐があった。これ以上は望まぬ」

「なんだ、ここまで来て」

タカヒコは苦笑した。

「婿取り話なら諦めるしかなかろうが、そんな小さなことではあるまい。鬼まで絡んで大袈裟過ぎる。もっと別のことだ」

「たとえば?」

「そりゃ……行って見なければ分からん。俺にむずかしいことを訊くなと言ったはずだ」

「そうかも知れないが、私はなにをしても二人には勝てぬ。それははっきりしている」

「強さでは俺もシコオも昨日のブトーにかなうまい。だが選ぶのは鬼の方でタカヒメが決めることではない。それが里の者の余計な理屈というものだ」

「そうだな。諦めることはない」

タカヒメも力を得たように歩きはじめた。


因幡の国一番の里とあって八上には無数の住まいが立ち並んでいた。山間《やまあい》の集落とはとても思えない。畑もさほど見当たらない。どうやってこの里で多くの者たちが暮らしていけるのか不思議なほどだ。

三人の姿を認めて子供らが歓声を発して集落に駆け戻って行く。大人たちが小屋から出て三人を遠巻きにする。三人のいでたちを見て大きく頷く。ただの旅の者でないのを承知の顔だ。じろじろと眺められるのが妙に気恥ずかしい。特にその目は子供と変わらぬシコオと女であるタカヒメに集まっている。

「俺たちはただ因幡を目指せと言われて足を運んで来たが……この里でいいのか？」

タカヒコは目が合って小屋に身を隠そうとした娘に声をかけた。娘はまた顔を覗かせて小さく認めた。なかなか美しい娘だ。

「俺たちの他にも何人か先に着いている者が居ると聞いている」

「広場の大きな小屋に入っているわ」

タカヒコの笑顔につられて娘は出て来た。

「この二日ではあなたたちばかり」

「何人が小屋に居る？」

「三十人くらい」

「そんなに多いのか。森を無事に通り抜けたのは四、五人と耳にしていたが」

「南の道からはね。東や北の道もある」

そうか、とタカヒコは肩を落とした。よく考えれば出雲《いずも》の者だけが誘われたとするのがそもそも甘い。空を飛ぶ船ならどこにでも行ける。四方の国々から人を集めて当然だ。

「苦労が絶えぬな。ここへ辿り着けばそれで終わりと思ったに……三十人とはきつい。これから二日の間にもっと増えよう。いずれもが我らとおなじ試しを潜《くぐ》り抜けてきた者。これは安心できぬ。力を合わせなければ凌《しの》いでいけぬかも知れん」

タカヒコは深い吐息をした。出雲だけでも最初は百人近かったはずだから、ここに到達した者らは恐らく四方の千人程度から抜け出たと見ていいだろう。それを思うと急に自信が薄れていく。

「まさか三十人で戦えとは言うまい」

「どうか分からん」

タカヒコは眉根を寄せてシコオに言った。

「試しを潜り抜けたからにはだれもが一緒だ。そこからどうやって選ぶ？　殺し合いをさせて勝ち残った者を選ぶのが簡単だ」

「もしそう命じられたときは……」

「どうする？」

タカヒコは挑むようにシコオを見詰めた。

「その場で引き返す」

あっさりとシコオは応じた。

「人を意味なく殺してまで選ばれたくはない。そんなことを命じる者の下につきたくもない」

「私も」

タカヒメもはっきり口にした。

「おまえとタカヒメが抜けると言うなら遠慮なく戦うことはできるが……まぁ、俺も止めておこう。シコオの言う通りだ。それで選ばれたとて面白い先行きにはなるまい。さらに多くの人を殺せと命じられかねん」

さっぱりとした顔に戻してタカヒコは娘に広場の方角を質した。

「案内するわ」

やり取りを聞いていた娘はにっこりとして三人の前に立った。

「怖い男たちばかり。あなたたちとは違う」

「小屋に入っている連中のことか？」

「ええ。娘たちは怯えている」

「なんで呼び寄せたか聞いているか？」

タカヒコは首を傾げて訊ねた。

「なんにも。長もよく知らないみたいなの」

「分からんことだらけだな」

「鬼の乗る船はよくここへ来るのか？」

シコオが口を挟んだ。

「近くの山の中に鬼たちの里があるの」

娘は少し得意顔で教えた。三人は思わず足を止めて娘を見やった。

14

シコオたちは大きな小屋に足を踏み入れた。太い柱が何本も立ち並ぶ小屋の中には大勢の男たちが思い思いに場所を占めていて、その目がシコオたちをいっせいに見詰めた。こちらは明るい外から入ったばかりなので暗がりに目が慣れない。だが温かな受け入れでないことは冷笑で分かる。シコオの小さな体とタカヒメが女であるのを直ぐに見抜いたらしい。

「場所を間違えて案内されたようだな」

入り口近くで弓の手入れをしていた男が薄笑いを浮かべてシコオに言った。

「ここはおめえのような赤子が来るところじゃねえぜ。その女もだ。とっとと引き返せ」

何人かが笑って頷いた。

「あんたの小屋じゃなかろう」

気にせずタカヒコは返した。

「互いに空飛ぶ船に招かれて来たはずだ。それなら一応は仲間だろう。なのにこんな小さな小屋の中でも背中合わせにしている。俺にゃそっちの方が情けなく感じるぜ」

「なんだと！」

弓を手にして男は立ち上がった。まだ弦《つる》は張っていない。弓を振り回すと鞭《むち》の音がした。

「喧嘩をする気はない。ここまで来て怪我をしてもつまらん。だが、妙なことを言ったのはあんたが先だ。そっちが謝れば俺も頭を下げる。それで忘れよう」

それが凄味《すごみ》を増していた。

「ふざけるな。外へ出ろ！」

弓を手にした男はいきり立った。片方の目が潰れている。それが凄味《すごみ》を増していた。

「止した方がいい。見た目より強いぞ」

奥の暗がりから聞き覚えのある声が響いた。

「おまえか……」

タカヒコはゆっくりと姿を見せたブトーに目を円《まる》くした。自分たちの方が先にこの八《や》上《かみ》を目指したはずである。

「道はいくらでもあるよ」

先回りしてブトーは笑うと、

「やはり辿り着いたか。まぁ、おまえらの腕なら不思議でもない。ここには三十人ほど居るが、いずれ知れた腕だ」

「なんと言った！」

四、五人が喚いてブトーを囲んだ。

「どうせ明日か明後日には定まる。その前に死ぬのは無意味と思わんか？」

ブトーは言葉とは裏腹に挑発していた。四、五人は剣を手にしてブトーを外へ誘った。

「貴様らも出ろ！」

弓を手にした男はシコオらを睨み付けた。

「喧嘩をする気はないと言ったはずだ」

「聞くような連中ではない。諦めろ」

ブトーはにやにやとして先に出た。

「どうも……あのブトーと一緒になれば喧嘩ばかりだな。黄泉《よみ》の国の使いのようだ」

タカヒコは舌打ちしてシコオを促した。

男たちはすでに剣を引き抜いて身構えている。出て来たシコオらを取り囲む。小屋から他の男らも出て見物に回った。

「やれやれ、せっかく苦労を重ねて来たと言うに……勿体《もったい》ないことだ」

ブトーもゆっくりと剣を抜くと、

「着いたばかりだ。休んでおれ」

シコオらに言って一人で前に出た。

「相手は五人だぞ」

タカヒコは呆れた。それも並の相手ではない。試しをすべて乗り越えて来た男たちだ。

「この程度の者らではどうせ外される」

ブトーは平然として剣を突き出した。誘われるように二人がブトーに飛び掛かった。

ブトーはあっさりと一人の剣を弾き返し、その勢いでもう一人の右腕を両断した。一瞬のことだった。腕を落とされた男は、地面に転がっている腕が自分のものとは信じられないようで、何度も確かめた。激しい血が今になって噴き出す。男は喚きながら地面を転がった。

ブトーを囲んでいる男たちは青ざめた。

さすがにブトーの腕を見抜いたのである。

「俺に喧嘩を売ったのを不運と思え」

ブトーは嘲笑した。

「一気にかかれ」

弓を手にした男の叫びに三人が動いた。三人とも突きの姿勢で迫る。ブトーは思い切り地面を蹴ると空に跳んだ。くるくると頭上を回転しながら三人の攻めを避けた。ブトーの目の前には攻めを命じた片目の男が仰天の顔で立ちすくんでいた。

「ろくでもない男だな」

ブトーは剣を横に払った。不意を衝《つ》かれた男はなにもできずに首を刎《は》ねられた。首がブトーとおなじように空をくるくると回って地面に落ちる。体の方はまだ立っている。ブトーのあまりの鋭い振りに、衝撃が体には伝わらなかったのだ。

「な、なんじゃ！　なんで俺が見える」

斬り落とされた首が絶叫した。

そして絶命した。体の方も崩れた。

これを見てはだれもが啞然《あぜん》となる。

ブトーを襲った三人はぶるぶると震えた。

「失せろ！　二度と俺の前に姿を見せるな」

ブトーが言うと三人はそれぞれに散った。

広場はしんと静まり返っていた。

腕を落とされた男の呻きがその静寂を破る。

ほうっ、と皆の溜め息が広がった。

「この男の言うた通りだ。だれもが試しを経た仲間であろう」

ブトーは言うと剣を腰におさめた。

「どこへ行く？」

小屋の入り口に背を向けたブトーにタカヒコは怪訝な顔をした。

「殺した男と仲のよい者がおるかも知れん。寝首を掻かれてはたまらん。明日会おう」

ブトーは広場から立ち去った。

「何者だ？」

タカヒコに何人かが詰め寄って質した。

「知らん。少し前に出会っただけの男」

「あんな者と争わねばならんのか……」

「争う？」

シコオは言った男の顔を見やった。

「皆、そうではないかと内心で思うておる」

「そんな馬鹿なことでわざわざ呼び寄せはすまい。それで互いに背を向けていたのか」

シコオは首を横に振って、

「それに、もしそうだとしたら我々は即座に引き返す。殺すために来たのではない」

そうだ、と何人かが頷いた。

「明日か明後日には知れるさ。それまではせいぜい楽しくやろう。苦労した果てが喧嘩で終わるなどつまらんぞ」

タカヒコは皆に言って小屋に入った。ここには食い物や酒がたっぷりと用意されている。

武装した兵らが現われたのは間もなくだった。広場の騒ぎを耳にして駆け付けたのだ。

「長はお怒りである。広場を血で汚《けが》した者は消えたと言うが、どっちへ逃げた」

「逃げはせぬ。明日はまた現われよう」

陽気に酒を呑んでいたタカヒコが応じた。

「さっき到着したという三人か」

「だれもが案じている。長は我々を呼び寄せてなにをしようと言うのだ？　長もよく知らぬらしいと聞いたが、嘘だろう？」

「招いたのは長ではない」

「では近くに住んでいるという鬼どもか」

「明日になれば分かる」

兵らはタカヒコを睨んで消えた。

「嫌な雲行きだ。あの様子だと本当に殺し合いをさせる気かも……」

それにシコオも暗い顔で頷いた。

「この女もまさか船に招かれたのではあるまいな？」

大振りの瓶子を抱えて、でっぷりと肥えた男が三人のところへやって来た。下品な目でタカヒメをじろじろ品定めする。

「どっちの持ち物だ？」

「間近で酒臭い息をかけるな」

タカヒメは睨み返した。

「酔った体では怪我をするぞ。気が荒い」

タカヒコは男に忠告した。

「女が望みなら他を当たれ。ブトーの言った通りだ。まったくろくなやつがおらん」

「こやつ、俺をだれだと思う」

「聞きたくもないな。山の大狸《おおだぬき》でも化けて里に下りて来たか。その腹を見れば分かる」

うぬっ、と男はタカヒコの襟首に手をかけた。タカヒコは起き上がりざま膝で男の不様に膨らんだ腹を突き上げた。男は苦痛に身を捩《よじ》った。酔っているとは言え他愛ない。

「俺で幸いと思え。タカヒメとやり合っていれば腕の一本は断ち切られていたぞ」

男は恐れて逃げ去った。

「酒がまずくなる。俺たちも今夜は外で寝るとしよう。まったく呆れた連中だ」

タカヒコは酒のたっぷり詰まった瓶子を二本ぶら下げてシコオらを促した。


「この世はどうかしている」

美しい星を見上げる草原に腰を据えてタカヒコは嘆いた。

「選ばれて試しを潜り抜けた者らがあの程度だ。腕は確かにあるかも知れんが、なんともひどい。あんな者しかおらんのか」

「本当だ。よくあれで無事に森を抜けられたものだ」

タカヒメも吐息した。

「間抜けは迷いがない。鬼たちは人を買い被《かぶ》っておるのさ。親や身内を案じる心がなければ、なにを見たとて惑わされまい」

自分が迷ったことを、むしろ美徳のようにタカヒコは言って胸を張った。しかし、それはその通りである。人への情がいつも迷いの原因《もと》となる。あの森はそれへの試練だった。もともと情のない者は楽に通過できる。シコオは唸った。あの試しは人でない者を選ぶものとも言えそうだ。

「ブトーは情け容赦のない男だが、まだあいつらより増しだ。さっきは我々の手助けに回ってくれたに違いない」

「それにしても強い」

タカヒメはしみじみと口にした。

「あんな男は見たことがない」

「どうかな。剣に慣れているせいだ。鍛練すればシコオの方が強くなる。体の身軽さはシコオが遥かに優っている」

タカヒコは断言して、

「問題は明日に間に合うか、だ。今なら俺たち三人がかかってもブトーは倒せまい。最後の試しが試合でないことを祈るしかない」

「そのときは引き返すと言っただろう」

「殺し合いでなく試合だ。一対一で尋常な勝負と言うなら俺は残る」

「なぜ考えを変えた?」

シコオはタカヒコを見据えた。

「あんな者らに負けたくはない。タカヒメを見る目付きはどうだ? 獣と変わらぬ」

「俺とタカヒコを羨んでいるのだ」

シコオは微笑んだ。

「私は羨ましがられるほどの者か?」

「そりゃそうだよ。おまえは美しい」

タカヒコの言葉にタカヒメは頬を染めた。男の格好をして生きて来たタカヒメである。

「まぁ見ていろ。試合と定まったときは必ず勝ち残ってみせる。そのときはおまえたち二人は俺の従者として仕えればいい」

「さっきまでは俺が主人だったぞ」

シコオは吹き出した。

「ブトーには勝てない」

タカヒメは反対に回った。

「三人で帰ろう。この三人ならなんでもできる。無理をすることはない」

「俺の身を案じてくれているのか？」

「当たり前だ。仲間と誓ったではないか」

「ありがたいな。それでいつでも死ねる」

「なにを言っている」

「山に暮らしていて食い物がなくなるとな、考えるのはいつもそのことだ。ここで果てたとてだれ一人俺のことは気にすまい。その思いがなにより辛かったぞ。これからはおまえらが居る。泣いてくれる者が居るかと思えば死ぬのも怖くない」

「…………」

「だれかのために死んでやる気もなかった。そんな身内や仲間は一人も居ない。しかし、今は違う。ようやく俺も人になれた。それでこそ人と言うものであろう」

「おまえの考えは変わっているな」

胸を詰まらせながらもシコオは笑った。他のだれとも違う考え方をする。それだけ山の暮らしが厳しかったということだ。

「俺にとって信じられるものはあの星だけだった」

タカヒコは北に輝く一つの星を指差した。

「どんなときでもあの星はあそこにある。俺が山道にも迷わず生きて来られたのはあの星のお陰だ。あの星に母者や親父が居て俺を見守ってくれていると信じて暮らした。だが……今はその星におまえらが加わった」

タカヒメはぼろぼろと涙を溢れさせて、

「それなればなおさら三人で生きよう。試合などしてなんになる」

「かも知れん。明日にはまた気が変わるかも」

タカヒコは瓶子を口に当てて豪快に呑んだ。タカヒコの目にも涙が光っていた。


翌朝は眩いばかりの晴れとなった。

声をかけられてシコオは目覚めた。

「長が集合を命じたぞ」

ブトーだった。タカヒコも慌てて飛び起きる。ここまで接近されても気配を感じなかった。タカヒコの背筋を寒気が襲った。

「どこに行けばいい？」

「長の家だ。ここに寝たのは賢明だった。昨夜のうちに二人が死んだ」

「あの小屋でか?」

シコオは広場の方に目を動かした。

「一人は首を絞められ、もう一人は胸を一突きされたと言う。腕の立つ者らだったらしい。選ばれそうな者を何人かが組んで殺したのだろう。呆れてものも言えぬ。昨夜はだいぶ酒が進んだと見える。油断したのだろうが、いずれも必死のようだ」

「やったのはおまえではあるまいな」

タカヒコはずけっと言った。

「疑われぬように小屋から出たのと違うか」

「今後は腕での試しなどあるまい」

ブトーは怒りもせず言った。

「腕など鍛えればなんとかなるもの。それに、自分より弱いと思っている者を殺したとて意味はない。狙うならおまえらを先にする」

ブトーはくるりと反転して広場に向かった。

「なんという愚かな真似を……」

タカヒメは嘆息した。

「眠っている者を襲うなど人ではない」

「あの大狸が残っていれば、あやつが怪しい。あの腕では不安を抱いて不思議はない」

タカヒコは近くを流れる小川に顔を洗いに立った。シコオも続く。

「いよいよだな。俺たちはぎりぎりだったというわけか。一日遅れていれば間に合わぬところだった。運はある」

「ブトーが選ばれるのではないか」

シコオは本心から口にした。腕といい頭といい、とてもブトーには勝てそうにない。

「人を平気で殺す男だぞ。情けないことを言うな。鬼らもそこはちゃんと見ているさ」

「殺したのはくだらぬ者たちばかりだ」

「それはそうだが……だからと言って殺して構わぬものでもあるまい」

「分かっている。分かっているが……俺は生まれてはじめて負けた気がする」

「言うな。俺にまでその弱気が移る」

タカヒコは小川に膝まで浸かると冷たい水をすくって眠気を追い払った。

長の家の前に皆が揃っていた。三人もその群れに混じった。ブトーは一人離れて涼しい木陰に腕を組んで立っている。兵らを二十人ほど従えて長が姿を見せた。さすがに因幡《いなば》の国一番の里を纏める長だけあって貫禄があった。鋭い目が威圧する。五十ばかりと思われるが髪はもう白い。精悍《せいかん》な体なのにそれがよく似合っている。武力と知力の二つを併せ持っている男に感じられた。

しかし——

男たちのほとんどの目は直ぐに傍らの可愛らしい娘に向けられた。十三、四であろう。大きな黒い瞳と長い艶やかな髪が娘の肌の白さを際立たせている。娘は男たちの視線を撥《は》ね返すように毅然とした顔で見渡した。逆に男たちの方がたじたじとなる。

「よく参った」

長は通る声で言った。

「儂《わし》も大昔にこうして選ばれた」

男たちはざわめいた。

「だれがこの里に戻って来ることになるのか……この儂にも分からぬ。なにが待ち受けているかもお聞きしておらぬ。じゃが戻った者にはこの国と、望めば媛《ひめ》を与えよう」

おお、と男たちは歓声を発した。

「行くのは鬼の暮らす山じゃ」

歓声がたちまち静まる。

「仲間とつるんで向かったとて構わぬが、選ばれる者はただ一人。それも心いたせ」

「…………」

「長たるしるしを授かることになろう。それを持たずに戻った者はとっとと立ち返れ。もっとも、無事に戻れるものかは儂も知らぬ。因幡ばかりでなく諸国から招いたということはよほどの大事。これまでにないことじゃ」

「鬼とはどんな者でござるか？」

一人が訊ねた。

「言えぬ。そなたが選ばれたときは自ずと知れよう。長しか会うことは許されぬ」

「目が一つしかないとも聞いてござる」

「もはや怯えておるようじゃの」

長はぎろりと睨んで口を封じた。

「ここで引き返してもよいのだぞ。もし鬼が無用と見做したときは一人しか生きて戻れぬ」

何人かに明らかな動揺が浮かんだ。

「鬼から宝を預かっておる。一生を楽に過ごせる玉じゃ。ここまでの褒美《ほうび》と思え」

長は懐から玉を取り出して見せた。美しい色が太陽の光を浴びて輝きを増した。

「一人に袋一つずつ授けよう。ただし、この場で引き返す者に限る」

男たちに迷いが生じた。あれが一袋もあればなんでもできる。女も望み次第だ。

「俺はその袋で十分だ」

一人が名乗りを挙げて前に出ると七、八人が争ってそれに続いた。

「結局は楽な暮らしが望みか」

タカヒコは鼻で嘲笑《あざわら》った。シコオとタカヒメも侮蔑《ぶべつ》の視線を注ぐ。

「行けば親父さんに会えるかも知れんぜ」

タカヒコにシコオは大きく頷いた。

15

宝の玉の詰まった袋を所望する者が相次いで、鬼の試しを受ける者の数が減った。袋を貰った者たちはそのまま広場から立ち去り、残っているのは十四人となった。半数近くが諦めたことになる。

「案外減らなかったな」

タカヒコにシコオも頷いた。

「さすがに強そうな連中が揃っている。感心にあの大狸も踏み止《とど》まっているぜ」

タカヒコは顎で示すと、

「あいつの場合は欲が勝ったらしい。気前よく宝をくれるのを見てのことさ」

鼻で嘲笑った。

「もはや迷いはないのじゃな」

長は宝の袋をかざして念押しした。

「広間に朝餉《あさげ》を用意してある。存分に腹拵えしてから行くがいい。鬼の暮らす山には急いだとて二日はかかる。往復の食い物も調《ととの》えてある。じゃが、早く着いた者が選ばれるわけでもなさそうじゃ。この儂も今度の試しについてはなに一つ教えられておらぬでな」

「山への道は？」

一人が前に出て質した。

「ここからは見えぬが、あの山を……」

長は右手に見える山を指差して、

「越えれば分かる。伏せた椀のごとくなだらかで頂上は平らな広場となっておる」

形を説明した。皆も頷いた。


豪勢な朝餉だった。焼いたばかりの山鳥まで添えられている。タカヒコは真っ先に胡座をかいて杯に瓶子の酒を注いだ。

「朝から酒とは……」

タカヒメは眉をしかめてタカヒコを睨んだ。

「今日は山歩きだけであろう」

「どうかな」

ブトーが薄笑いを見せて前に座った。

「その油断が命取りになるぞ。たった今から試しがはじまった。鬼の山に辿り着ける者が果たして何人居るかどうか」

「仲間のような口を利くな」

タカヒコはブトーに迷惑そうな顔をした。

「俺たちはここへ喧嘩をしに来たのではない。おまえが居るとどうも血腥《ちなまぐさ》い」

「そっちはそうでも、喧嘩は相手次第だ。あの者たちを見るがいい」

ブトーは流し目をした。その先に例の大狸が見える。大狸は三人となにやら談合しながら酒を呑んでいる。

「あれらはついさっきまで他人。あのでぶがそれを一つに纏めた。一緒に山へ行くつもりらしいが、腹の底ではなにを企《たくら》んでいることやら。大方は途中で皆を殺す気であろう。そうすれば鬼もあの連中の中から一人を選ばねばならなくなる」

「馬鹿な！　腕試しとしても、それは鬼の前で行なうことではないか」

タカヒコの額に青筋が走った。

「言うたところで聞く耳など持たぬ。鬼は自分らの山に来いと命じているだけ。途中でなにが起きたとて鬼は助けてくれまい」

「あんな者らでも鬼は選ぶと言うか？」

「分からん。俺は鬼と違うでな」

笑ってブトーは湯気を立てているちまきを三本ほど摑むと立ち上がった。

「先に行くぞ。あの連中より前に出れば待ち伏せを案じることもない。やり合っても構わぬが、あやつらが何人か殺してくれると言うなら俺にもありがたい。それで競う相手の数が減る。おまえらもせいぜい気を付けろ」

「いつも自分のことばかりだな」

「そりゃそうさ。せっかくここまで来たのだ」

ブトーはにやっとして広間を出て行った。

「まったく」

タカヒコは舌打ちした。

「あいつは疫病神《やくびょうがみ》だ。嫌なことばかり言う」

「しかし、間違ってはいない」

シコオは大狸らの様子を見守っていた。怪しげな視線を皆に注いでいる。

「私たちも先に出る方がいいわ」

タカヒメは二人に耳打ちした。

「そして他のやつらが大狸に殺されるのを見過ごすのか？」

タカヒコはタカヒメを睨み付けた。

「それをやれば俺たちもブトーとおなじになるぞ。それでいいのか？」

「タカヒコの言う通りだ。許されぬ」

シコオも大きく頷いた。

「ではどうするの？」

「大狸らが出たあとに続く。まだ殺すつもりかどうかも分からぬ。それがはっきりしたときはやり合う。ただではおくものか」

「勝てると思う？　相手は四人」

タカヒメは不安を顔に浮かべた。ここまでの試しを乗り越えて来た男たちなのである。中でも大狸は強そうな連中を選んで仲間に加えている。

「ここで知らぬふりをするようなら、どうせ鬼には選ばれまい。喧嘩は時の運。俺はともかく、シコオにはその運がある」

タカヒコはシコオの肩を軽く叩いた。

「分かった。私もその運に預ける」

タカヒメも諦めて微笑んだ。

「なぜ喧嘩ばかりせねばならぬのかな」

シコオは悲しそうに呟いた。

「いずれもがおなじ試練を経たと言うに」

「俺にはまだ大狸らの心の方が分かりやすい。分からんのはブトーの方だ。あんな男とは生まれてはじめて会った。あれほどの腕があるなら、それこそ待ち伏せして皆を殺せるはずであろう。それをやらぬのは正義の心とも思えるが……大狸らのことは平気で見過ごす。なにがなにやら……」

「人には運命《さだめ》というものがある。それをブトーは承知しているのではないか？」

シコオは腕を組んで言った。

「神でもあるまいに。嫌な男さ」

タカヒコは山鳥の肉を嚙み千切った。

そこに二人の男が現われた。

「長よりそれぞれに守りの鷹《たか》の羽をくだされることとなった。一人ずつ奥の間に」

おお、と皆は歓声を発した。

シコオは三人の中では一番に呼ばれた。

シコオは緊張を隠さずに奥の間へと向かった。広場で見上げた長に威圧を覚えていたからである。小さな斐伊《ひい》の里の長などとは貫禄が違う。まさに王としか言えない。

奥の間には長と媛が並んで待っていた。

「若いの。広場でもそう思ったが……その歳でよくぞ試練に耐えたものじゃ。美しい娘と大男も側におったが、仲間か？」

長はくだけた口調で訊ねた。

「旅の途中で一緒になりました」

「その途中のことじゃが……」

長はシコオを見詰めて、

「なにか変わった者と出会わなかったか？」

「口を利く兎のことでしょうか？」

それ以外に思い付かない。言うと長と媛に微笑みが生まれた。

「それは仲間が皆で見たのか？」

「一人のときです。言うても二人は信じませんでした。兎が口を利くなど……」

「そなたも嬉しかろう」

長は媛に目を動かして笑った。媛はぽっと頬を染めて顔を俯《うつむ》かせた。

「媛はどうやらそなたが気に入ったようでの。歳も近い。そなたが選ばれるよう祈っておる」

長はシコオを眺めて何度も頷いた。シコオの体は熱くなった。媛をそっと見やる。媛は愛らしい瞳でシコオに頭を下げた。

「そなたは知るまいが……その兎は吉兆であるぞ。ここに一人ずつ招いたは密かにそれを質すためであった。間近に兎を見たのはどうやらそなた一人。必ず意味があろう」

ますますシコオは緊張した。

「どこの里からやって来た？」

「出雲《いずも》の斐伊の里にござります」

「楽しみに戻りを待っている」

長は言って大きな鷹の羽を手渡した。


三人は鷹の羽を衣の胸に突き刺して鬼の山を目指した。大方も出発している。

「おまえだけ妙に長かったが、なにか言われたのか？」

タカヒコがシコオに訊ねた。

「別に。斐伊の里の様子を訊かれただけだ。媛が知らぬ里のようだった」

「媛？　俺のときは居なかったぞ」

それにタカヒメも頷いた。どうやらシコオのときばかりだったらしい。

「気に入られたのではないか？　そう言えば広場でもおまえの方をよく見ていた」

「俺は知らん」

「シコオに運があるとはこのことさ。もっとも、広場に顔を揃えていたのはむくつけき髭面がほとんどだ。俺が媛でもシコオを選ぶ」

「選ぶのは媛ではない」

シコオは足早となった。

「タカヒメ、そなたも覚悟を決めねばな」

「なんのことです？」

タカヒメはきょとんとした。

「シコオが媛と一緒になれば、残りは俺しかおらん。俺はそなたで大満足だ」

「なにをくだらぬことを」

タカヒメは慌てた。顔が赤くなる。

「生きて戻れぬかも知れぬのに。そんなことは山から戻ってからのことにして」

「それは、承知の返事と取れるぞ」

わははと笑ってタカヒコはシコオに続いた。

「大狸らの先回りをしよう」

タカヒコは前方にひときわ高い木を認めると駆け出した。枝のない太い木を足で挟むようにして楽々と登る。まるで猿だ。

間もなくタカヒコは高い枝に立った。

「鬼の暮らす山まで見えるぞ。あれがきっとそうに違いない。だいぶ遠いな。どうしてもどこぞで野宿だ」

「先に出た者らの姿はどうだ？」

「茂った葉に隠されて見えん。だが進む見当はついた。道を辿るより林に入るのがずっと早い。この山は斜面もきつくない。真っ直ぐ上れば山頂まで皆の半分で行けよう」

「その間に連中が他の者を襲うかも知れん」

「やるなら闇に紛れてのことだろう。何人もが近くを歩いている。叫べば皆に伝わる」

なるほど、とシコオも頷いた。タカヒコはするすると木から下りて来た。

「タカヒコが居てくれて助かる」

「山は任せろ」

タカヒコは胸を張って二人を先導した。今歩いてきたばかりの道を引き返す。

「こっちでいいの？」

山頂が遠ざかる。タカヒメは声をかけた。

「そっちには深い谷がある。渡れぬでもないが余計に時を取られる」

「私の足を案じているのなら……」

「案じてなどおらぬさ。谷の上り下りはだれにもきつい。その苦労をするくらいなら道を辿る方が楽だ。心配せずに付いて来い」

それでタカヒメも納得した。


タカヒコが言うほど楽な道ではなかったものの、下生えの深い斜面を一直線に進んで、シコオたちはまだ陽の高いうちに山頂へと達した。山頂に立つと深い山々が一望に見渡せる。鬼の住む山は直ぐに分かった。ぽっかりと山々から突き出ている。山頂は高原となっているようで平らだ。

「まだまだ遠い。山を二つ越さねば」

シコオは数えて吐息した。

「間に里らしきものは見当たらぬ。それで長が食い物を用意してくれたのだな」

タカヒコは草に尻を落として汗を拭いた。

「美しい山。頂きが輝いている」

タカヒメに言われて二人も見詰めた。確かに眩しい輝きがときどき見える。

「お！」

タカヒコが思わず声にした。小さな輝きが空に浮き上がったのだ。輝きは山頂で左右に振れてから山の向こうに消えた。

「鬼の船か？」

「だろう。あそこに行けば船が見られる」

シコオの心は騒いだ。

「いよいよ明日には鬼と会える。あの頂きが鬼の暮らす里と定まった。あれを見たからには大狸のことなどどうでもいい気分だが、そうもいくまいな」

タカヒコは塩を振った屯食《とんじき》を頰ばりながら口にした。二人にも勧める。

「私は水だけでいい」

タカヒメは竹筒を受け取って飲んだ。

「朝にあれほど食べたのに」

「この景色を見れば腹も空く」

タカヒコは二つ目に手を伸ばした。

「ブトーはどうしたのだろう？」

シコオは下の山道に目を凝らした。

「ブトーの先回りもできたと思ったに」

どこにもブトーらしき姿は見当たらない。

「あいつのことだ。俺たちと同様に林を抜けたのではないか？　もはやこの山を下っているのかも知れんぞ」

ありそうなことだ。シコオも頷いた。

「気にするな。到着を競うものではないと長も言っていた。あいつが側におらぬ方がこっちの気も休まる。しばし昼寝でもしてゆっくりと向かおう」

「先回りは昼寝のためか」

「まあな。物事は急いてはならぬもの」

タカヒコは屯食を旨そうに食らった。

夕刻に三人は二番目の山の八合目に達した。

「たいがいの者たちもこの山に入っている。騒ぎが起きるのは今夜だ。俺の睨みではたった一人で歩いている者らが狙われるな。一人で歩いているのは腕に自信があるからだ。そういうやつこそ真っ先に倒そうとするだろう。捨て置けば侮りがたい敵となる」

タカヒコは夕陽を浴びている岩の上に立って下の様子を探った。細い道を辿る何人かの姿が小さく見える。ブトーを除けば自分たちが先頭を進んでいるらしい。

「大狸らの姿は見当たらんが……一人で歩いているのは二人だけだ。前の者に俺たちも的を絞ろう。大狸らは四人。二手に分かれればこっちも危うくなる」

「もし後の者を連中が襲ったときは？」

「そのときは諦めて貰うしかない。どのみち連中はその勢いで前の者も襲って来よう。そこで恨みを晴らしてやるさ」

「それしか方法がないのか？」

シコオは呆れた。

「だいたいは前の者を最初に狙う。後の者を先にやれば前の者が逃げ出す」

タカヒコは自信なさそうにだが請け合った。仕方なくシコオも了承した。

「二人はここで待っていろ。俺は的を絞った者の野宿の場所を突き止めて来る。三人で動けば大狸らに気取《けど》られる心配があるからな」

タカヒコは岩から飛び下りて山を下った。見る見る小さくなっていく。

「本当に山に入ると見違えるようになる」

タカヒメは頼もしそうに口にした。

「タカヒコのことが好きなんだろう？」

「分からない。これまでに男を好きになったことは一度もないもの」

「タカヒコには女のだれもが気を魅《ひ》かれる」

「それはシコオも一緒よ」

「そうかな。俺は女に好きと言われたことなどないぞ。第一、女はうるさいだけだ」

タカヒメは吹き出した。

その夜、三人は的と定めた男から少し離れた場所にひっそりと息を潜めていた。待たされるに違いないと覚悟していたが、大狸たちは星明かりとなって間もなく姿を現わした。相手は一人である。眠り込むのを待つまでもないと考えたのだろう。油断させるようにわざと大声を発しながら道を上がって来た。

タカヒコはシコオの袖を引いて促した。

「タカヒメはここに残って居ろ」

「どうして！」

タカヒメは首を激しく横に振った。

「おまえの腕は知らんが、あの四人にはかなうまい。怪我をしても詰まらん。こっちもあの男を加えれば三人。なんとかやれる」

タカヒコは厳しく制して藪を駆け下りた。

大狸たちが音に気付いて立ち止まる。

「気を付けろ！　そいつらはおまえの命を狙って来たんだぞ」

タカヒコはのんびりと焚き火の前に腰を据えている男に叫んだ。男は慌てて剣を手にした。大狸らも剣を抜いて男を襲った。シコオたちがその間に割って入る。

「くそっ、また貴様らか！」

大狸は二人を認めて喚き散らした。

「昨夜二人を殺したのもおまえだな？」

タカヒコは大狸を睨み返した。

「姿を見掛けぬと思ったら先回りか。ちょうどいい。どうせ殺す気でいた」

大狸は二人に矛先《ほこさき》を向けた。他の三人も二人を取り囲む形となる。

「なんで俺の命を狙う？」

的とされた男は怪訝な顔でシコオに質した。

「数が減れば鬼に選ばれやすくなる」

「ふざけた連中だな。浅ましい」

男は大狸らを見渡して嘆いた。

「なんとでも言え。鬼の宝は我らが貰う」

大狸は仲間に目配せした。二人が突進して来た。さすがに鋭い振りだった。辛うじて受け止めたシコオの剣が勢いで弾かれた。いつもの喧嘩とは勝手が違う。続いて襲った剣をなんとか躱《かわ》しながらシコオは取り落とした剣を握った。指がまだ痺れている。敵はシコオの腕を見抜いて嘲笑った。

「大丈夫か！」

タカヒコが援護に回って背中合わせとなる。

「こっちは任せろ」

的とされた男が敵の二人を誘った。

シコオたちには大狸ともう一人が敵となる。

「そんな腕でよくここまで来られたものだ」

大狸には余裕が見られた。タカヒコの剣とてまだまだ未熟である。

じりじりと二人は追い詰められた。タカヒコはシコオの脇腹を肘で突いた。それを合図に二人は二手に散って藪へ逃げ込んだ。大狸らもそれぞれを追う。シコオは柔らかな藪を蹴った。反対に大狸は自分の体で沈んだ。頭上を飛び越えつつシコオは剣を思い切り振り回した。大狸のみずらの片方がばっさりと斬り落とされた。ついでに耳も切断したらしい。大狸は絶叫した。シコオに自信が戻った。

16

「くそっ！」

片方の耳を落とされた大狸は鬼の顔となってシコオに迫った。激しい勢いで剣を振り回す。びゅんびゅんと剣が風を切る。シコオは辛うじて体を躱すしかない。それを掻い潜って飛び込む勇気は生まれなかった。少しでも切っ先が触れれば腕を断ち切られる。それほどの威力だった。幸いなのは耳から噴き出た血が大狸の目に入り、片目で襲って来ていることだ。それでシコオとの距離を上手く測れないでいる。そうでなければシコオはとっくに大狸の餌食《えじき》となっていただろう。剣の扱いに自信を抱いたのはほんの一瞬のことだった。じりじりと追い詰められるだけでなく、剣を合わせて防ぐ度胸もなくなっている。もし剣を弾き飛ばされてしまえば今度こそ首を落とされてしまう。

「殺してやる。よくも俺の耳を！」

大狸は喚き散らして突進して来た。後退するシコオの足がもつれた。シコオは不覚にも尻餅をついた。大狸の渾身《こんしん》の一振りがシコオを襲う。が、尻餅をついたのが幸いした。首を狙った大狸の剣はシコオの頭上すれすれを空振りした。的を失って大狸はぐるっと体を回した。背中が丸見えとなる。地面に転がっていたシコオは思い切り両足で大狸の尻を蹴飛ばした。大狸は悲鳴を発して藪に飛んだ。その隙《すき》にシコオは立ち上がった。すれすれをかすった剣の音がまだ耳に残っている。シコオは身震いを感じた。恐れと怒りの二つが混じった身震いである。死の恐怖をこれほど間近で体験したことはない。喧嘩なら数え切れないくらい繰り返して来た。殴られたら負けずに殴り返せばいい。痛みを我慢できる方が最後には勝つ。しかし、剣は違う。斬られたら死ぬ。それをたった今実感したのだ。剣の戦いは喧嘩などではない。シコオは剣をしっかりと握り締めた。

「貴様ぁ！」

大狸は片目を掌でこすりながら腰を浮かせてシコオを睨み付けた。正面に迎えて身構えるシコオの剣の切っ先はぶるぶると震えていた。腕の緊張のせいであって怯えではない。シコオから恐れは薄れていた。冷静に相手の動きを見守れば勝てるような気がシコオにはしていた。勢いは確かに認めるが、すでに息も上がっている。突き出た腹が波打っていた。

「どうした、震えているのか」

大狸は怯えとしか取らずに笑った。

「まずその腕から落としてやる。次は足だ。なぶり殺しにせねば俺の気が済まぬ」

大狸は無防備に踏み込んで来た。受けるつもりだったシコオの腕が痙攣《けいれん》した。受けては弾かれるという心の迷いが腕に伝わったのだ。反射的にシコオの体が沈んだ。右手に逃れる。逃れながらシコオは剣を振っていた。防御の態勢でしかなかったのに肉を切り裂く確かな手応えがシコオの腕に伝わった。風を切った剣が急に重くなり、ふたたび軽くなったのだ。

シコオは驚いて大狸を見やった。

大狸は信じられないという顔で脇腹を押さえていた。その指の間からどす黒い血が滲《にじ》み出ている。大狸は慌てて傷口の大きさを探った。堰《せき》を切ったように大量の血が噴出した。大狸の衣が見る見る血で染められていく。大狸は蒼白となった。シコオのことなど忘れて必死で傷口を塞いでいる。痛みなどないらしい。シコオは大狸から少し離れて見守った。どれだけの傷なのかシコオには分からない。それに気付いてタカヒコと戦っていた男も大狸に目を動かした。タカヒコも啞然としている。

「おのれ！　おのれ！」

大狸は絶望の顔をしてシコオに向かって来た。もはや姿勢もなにもない。がむしゃらにぶつかってくるだけである。シコオははじめて恐れを抱いた。相手は死を恐れていない。シコオは逃げ出した。大狸は叫びながら追って来た。だが、間もなく大狸はがっくりと膝を崩した。息も絶え絶えとなっている。

「今だ！　とどめを刺せ」

タカヒコが促した。しかしシコオにはできなかった。シコオは大狸から遠ざかった。

「襲って来たのはこいつらだぞ！」

タカヒコは舌打ちした。

そのタカヒコの隙を見澄まして鷹の目をした男が突きを入れて来た。タカヒコは慌てて横に飛んだ。左の袖が裂かれた。

「野郎、ヤソの仇だ」

男はふたたび突きの形で迫った。

「狸の名はヤソと言うのか」

「食らえ！」

鋭い突きがタカヒコの胸元を襲った。大きな体なので狙いやすい。タカヒコは敏捷《びんしょう》に逃れた。足腰は山で鍛えている。

「てめえ、逃げるばかりか！」

男は苛々と怒鳴った。

「どうせ猿の喧嘩と一緒だ。勝てばよかろう」

タカヒコはにやにやとした。シコオとおなじで剣には慣れていない。躱しながら次第に剣を馴染ませるしかなかった。剣先がどこまで届くものかもまだ実感できないでいる。それでも剣の重さにはすっかり慣れていた。普段はもっと重い棒などを手にしている。

それに較べれば頼りないくらいの軽さだ。

タカヒコは左右から勢いをつけて剣を振り回した。びっ、びっ、と甲高い音が出る。相手の眉が動いた。並の振りではないことを知ったのである。タカヒコは手近の木の枝を選んで手首を回転させた。ばさばさと枝が落ちた。太い枝が綺麗に断たれている。タカヒコは喜んだ。ときどきこうして剣を使っているが、これほど鮮やかにやれたのははじめてだ。

「そっちも剣が得手とは思えねえな」

タカヒコは薄笑いで相手を見据えた。

「さっきから突いてばかりだ。互いに嫌いな剣でやり合っても面白くなかろう」

「どうする?」

タカヒコを回り込みながら男は質した。

「こうするのさ」

タカヒコは地面に剣を突き立てた。

「殴り合いをする度胸があるなら受けてやろう。その腕っぷしならやれそうだ」

よし、と言って男も剣を突き刺した。

二人は同時に剣から離れて向き合った。

「俺はまだ喧嘩に負けたことはねえぜ」

タカヒコはくすくすと笑った。

「俺もだ。伯耆《ほうき》じゃ知られている」

　言うなり男は地面を蹴った。その勢いで左の足を繰り出してくる。タカヒコの肩に決まった。タカヒコは激しく地面に叩きつけられた。素早い動きだった。起き上がろうとした顔面に蹴りが入る。タカヒコは眩暈《めまい》を覚えた。鼻血が噴き出る。頭がぼうっとして右も左も分からない。男は顔を踏み付けた。タカヒコはその足首をなんとか掴んで払った。男が飛ばされる。よろよろとタカヒコは立った。

　早く意識を取り戻したいのだが、強烈な蹴りだったらしく目玉がおかしい。目の前の男が二人に見える。近付く気配を察してタカヒコは右腕を振り回した。それを掻い潜って男はタカヒコの懐に飛び込んで来た。腹と顎を男の拳《こぶし》が襲った。タカヒコは身を縮めた。吐き気が込み上がってくる。タカヒコは動転していた。反撃の隙が見付からない。目玉と鼻をやられたのが禍《わざわ》いしている。

　油断としか言えなかった。首の後ろを男の手刀が襲った。みじめにタカヒコは地面に伸びた。自慢するだけあって相当に喧嘩慣れしている。どこを攻めればいいか心得ている。タカヒコは根性で半身を起こした。男はその背中に跨《また》がるとタカヒコの首に腕を回した。タカヒコは苦痛の悲鳴を発した。息ができない。男の足は脇腹も締め付けていた。気が遠くなっていく。タカヒコの目からぼろぼろと涙が溢れた。苦痛で涙が絞り出されているのだ。死ぬ気でタカヒコは立った。そのまま頭から転がる。上になっていた男の方が先に地面に激突した。男は絶叫してタカヒコから離れた。

ふらふらの足でタカヒコは反撃に転じた。腕を取って肘を反対から蹴り上げる。男はぐるっと回転して尻から落ちた。腕の折れるのをそうして避けたとしか思われない。タカヒコは男の後頭部を乱暴に蹴った。腕を摑んでの攻めなので衝撃は大きい。男は倒れ込んだ。と思ったが、男はその瞬間、石を握っていた。その石でタカヒコが摑んでいた手の甲を砕く。タカヒコは腕を放した。男は石をタカヒコの顔面に投げ付けた。タカヒコの額が割れた。間近だったので石に勢いがなかったのがタカヒコにとって幸いだった。

二人は飛び離れて間合いを取った。

「くそっ、化け物め！」

男はよろけながら毒づいた。

「やるな。喧嘩を受けただけのことはある」

タカヒコは口に溜まった血を吐き出して次の攻めを考えていた。

男は間髪をいれず一気に飛び込んで来た。タカヒコの腹に男の頭突きが決まる。タカヒコは飛ばされそうになった。腰に力を集めて踏み止まる。両腕で男の肩を抱えてタカヒコは振り回した。男の体が浮いた。タカヒコは腕を放した。男が弧を描いて飛んで行く。男は頭から落ちた。ごろごろと転がった直ぐ側に剣が突き立っていた。男は剣を引き抜いて身構えた。タカヒコの剣は遠い。

「そういう野郎か！」

タカヒコは目を剝いた。

「うるせえ！　ぶっ殺してやる」

男は剣を振り回して駆けて来た。くたびれ果てていたタカヒコは後退した。男が笑いとともに迫る。タカヒコと男との間に一つの影が飛び込んで来た。影は男の剣を思い切り叩き落とした。不意を衝かれて男は仰天した。

タカヒメだった。

タカヒメは落とした剣を足で遠ざけた。

男の戦意はこれで失われた。男は藪の中に逃げ去った。喧嘩慣れしているのがその動きでも知れる。タカヒコは安堵の息を吐いた。

「危ない真似はよせ」

近寄ったタカヒメをタカヒコは叱った。

「その前に礼を言わないと」

シコオがタカヒコに笑顔で言った。

「殺されていたかも知れない」

「まあな。油断もあったが、強いやつだ」

そう言ってタカヒコはタカヒメに頷いた。

「大狸はどうした？」

姿をくらましている。

「タカヒコが喧嘩している間に逃げた」

「なんで逃がした。これで諦めるような連中じゃねえぞ。情けなんぞ意味がねえ」

タカヒコは悔しがった。

「それより、あの人は？」

タカヒメは辺りを見回した。二人の敵を相手にしていた男がどこにも見えない。

「あっちだ。一人でいい」

剣の響きを耳にしてシコオは走った。林の中から聞こえてくる。

シコオは直ぐに男たちを見付けた。

二人に一人のはずだったのに、数が一人減っている。一人は倒したと見える。シコオはそれに力を得て乱入した。新たな敵と勘違いしたようでどちらもぎょっとした。

「大丈夫ですか！」

シコオは痩せた男の前に出ると敵を警戒しながら訊ねた。だいぶ手傷を負っている。腕自慢の男二人を相手にしては当然だろう。

「そっちはどうだ？」

「なんとか追いやりました」

それを耳にして敵はたじろいだ。辺りに目を動かす。だがそれ以上の援護がないと分かると、余裕を取り戻した。

「気をつけろ。この男、只者でない」

痩せた男は乱れた息で言った。手傷のほとんどは目の前の男に受けたものらしい。

「どっちとやり合った？」

男は薄い唇を歪めてシコオに質した。

「大狸だ」

「おまえが勝ったのか」

男は意外な顔をした。

「ちゃんと殺したか？」

「逃げた。残るはおまえ一人だ」

「逃がしたなら勝ったとは言うまい」

男は得心して剣を握り直した。

「人の命をなんだと思っている」

シコオは無性に腹を立てていた。喧嘩にはいつもそれなりの理由がある。相手の言い分に頷けないこともない。だが、目の前の相手は別だ。自分の得しか頭にない。なんの恨みもない相手を平気で殺そうとする。

「餓鬼《がき》だとて俺は容赦せぬ」

男は平然と前に進んで来た。シコオの剣がさほどではないことを見抜いている。シコオもそれは分かっている。大狸に勝てたのは運が半分以上を占めていた。それに大狸の片目が血で塞がれて平静を失っていたのが大きい。シコオが目の前の男に勝っているのは怒りの気持ちだけに過ぎない。だがそれは大きなことだった。怒りは死をも忘れさせる。身構えたシコオの剣はわずかの間に変わっていた。男は察して顔色を変えた。

「勝ったのは本当らしいな」

男は慎重になった。シコオの剣先から炎のような気迫が噴き出ている。

「せっかく選ばれたのではないか！　我らは仲間のはずだぞ。宝が欲しければ盗賊にでもなるがいい！」

「小賢《こざか》しい！」

ずっと年下のシコオに言われて男は額に青筋を立てた。シコオの気迫を振り払うように男は斜めから剣を振り落とした。頭上の樹木を気にしてか、振りが小さい。シコオは思い切り下から振り上げて剣を受け止めた。相手の剣がぴたりと止まった。シコオにも意外だった。柄を握っている指も痺れない。自信を持ってシコオは押し返した。気迫が勝ったとしか言えない。男は慌てて態勢を整えた。

シコオは剣を縦横に振り回した。今度こそ剣が腕の一部と化している。大狸と真剣にやり合ったことが格段に腕を上達させたのだ。

こうなるとシコオはさらに強くなる。

喧嘩で負けたことはない。その自信が余裕となった。立ち並ぶ樹木に邪魔をされて相手が自在に剣を使えないこともシコオを有利にさせていた。小柄なシコオの方が楽に動ける。

シコオは右、左と動き回った。男に焦りの浮かんでいるのがはっきりと分かる。シコオは太い木の腹を蹴って飛んだ。こうすれば剣に自分の重さが加わる。棒で喧嘩しているときに体で覚えたものだ。男は難無く弾いたものの、後ろによろめいた。眉をしかめて左手の指を振る。痺れを感じたらしい。続け様にシコオは木を蹴って襲った。簡単に倒せる相手ではないことを知っている。後手に回った男はその剣を受け止めるだけで手一杯となった。次第に不安な顔となる。

だが、シコオにも攻め手がない。どこを狙っても男は剣で躱す。蹴った勢いでシコオが素早く逃れるから男が反撃できないでいるだけだ。男もそうしてシコオの疲れを待っているのだろう。足を滑らせて地面にでも転がれば立場は一転する。

シコオは顔面や胸元を諦めて男の膝を狙った。一つの賭けだった。そうなれば男の足元に転がることになる。よほど機敏に動かなければ背中を襲われるに違いない。しかし、隙があるとすればそこしか見当たらない。シコオは高く跳ねると見せ掛けて地面すれすれに襲い掛かった。男は剣を地面に突き立てて防いだ。剣と剣とがぶつかった。火花が散る。シコオの剣には勢いがあった。男の剣が激しく押される。男は悲鳴を発した。押し込まれた剣が男の沓の爪先に食い込んで肉と骨を切り裂いたのである。男は堪《たま》らず屈み込んだ。背中ががら空きとなる。攻めるには絶好の機会だったが、シコオは襲った勢いで転がってしまっている。立ち上がったときには敵も片膝を立てて守りの姿勢を取っていた。シコオを牽制しながら腰を上げる。その顔は苦痛に歪んでいた。

「次は殺す。シコオ。覚えていろ」

男はシコオを憤怒の顔で睨むと左足を引き摺りながら闇に逃れた。シコオには追う気力もなかった。膝ががたがたになっている。

「あの者と対等にやり合うとは……」

痩せた男が草に尻をついて呆れた顔をした。

そこにタカヒコたちが駆け付けた。

「ひどい傷だな」

タカヒコは痩せた男を見て吐息した。

「心配ない。浅い切り傷に過ぎぬ」

「これじゃ山越えは無理だろう」

腿《もも》の傷が特に深そうに見える。

「かも知れん。これも運命《さだめ》と諦めるしかない」

痩せた男には笑いが見られた。

「そなたらが来てくれなければ間違いなく殺されていた。運はまだある。鬼の山に行かれぬことになっただけ。感謝する」

「血止めをして当分はじっとするのが一番だ。この辺りで俺たちの戻りを待って貰うしかねえな。無事に戻れたら必ず八上《やかみ》の里まで担いでってやるよ。それでいいか?」

「恩に着る」

痩せた男は嬉しそうに頭を下げた。

「あんた、名前は？」

「ナルミだ」

聞いてタカヒコたちも名乗った。

「シコオには命を救われた。この借りだけは返さねばならぬ。きっと無事に戻って来てくれ。それでなければ気が済まぬ。このナルミ、これまで人の世話になったことなどない」

「あんたも強情そうな男だな。気に入ったぜ。選ばれるのは一人でも、俺たち三人は仲間だ。そのときは互いに手助けすることに決めている。あんたも加わらねえか？」

「俺はもう選ばれはしない」

「気の合う仲間は何人に増えてもいい」

それにシコオとタカヒメも頷いた。

「決まったな。楽しみにして待っているがいい。俺の勘じゃシコオが選ばれる」

「なるほど」

ナルミは大きく頷いた。

「腕の強さとは無縁だ。それなら俺の方が強い。シコオの親父さんはな……鬼の一人だ」

ナルミは絶句した。

「だから死ぬんじゃねえぞ。あの連中ももはや襲っては来るまい。なんとか踏ん張って身を潜めているんだ。血の匂いを嗅ぎ付けて獣が寄って来ねえとも限らねえ」

「運がなくなったどころか、運が増した気がするぞ」

ナルミは三人に手を差し出した。三人は交互にナルミの手を握った。

17

夜が明けるとシコオたちはナルミを残して鬼の住む山を目指した。

「大丈夫かな？」

シコオは何度もナルミを振り返った。腿の傷を除けば他は浅いものばかりだが満足に身動きもできない。シコオたちの戻りを待つしかない体である。

「熱はすっかり引いた。熊にでも見付からない限りは心配ねえさ。剣も使える」

タカヒコは請け合った。

「しかし、これで九人に減った。大狸らもあの傷じゃ諦めるしかなかろう。鬼たちがいったい何人に声をかけたか知らんが、この山まで辿り着いたのはそれだけだ。あとは喧嘩なしに鬼の前に顔を揃えたいもんだ。これ以上減れば鬼もがっかりしよう」

タカヒコにシコオも頷いた。そのうち三人はここに居て、あとはブトーを含む六人だ。

「だが……賢い鬼のことだ。大狸のようなやつらが出てくるのも見通していただろう。八上《やかみ》の長は山に入るなり試練がはじまると言った。そいつは仲間割れを示していたのかもな」

シコオとタカヒメは不安な顔をした。

「山のてっぺんを目指せと言われただけで、あとはなにが起きるやら……その前にできるだけ数を減らそうとするやつが居ても不思議じゃねえさ。大狸らで終わったと油断すりゃ怪我をする。ブトー以外の五人がどんな気持ちで居るのか俺たちはまったく知らん」

「気が塞いできた。きりがない」

タカヒメの足取りが途端に重くなった。

「それも一日の辛抱だ。夕には山頂に着く」

「人の心を弄《もてあそ》んでいるとしか思えない……」

タカヒメの目には怒りが含まれていた。

「八上に集まっただけでいいじゃないの。鬼が八上まで来れば無駄な争いをせずに済んだ」

「よほどのことなんだろう。選ばれた者には国をくれると言ったぞ。空を飛べる鬼たちだ。その後押しがあれば本当に国の王となれる。八上まで旅をしたぐらいじゃ手に入れられん。きつい試しがあって当たり前というものさ」

「私は王になどなりたくない」

「だったらなんでここまで来た？」

「二人と一緒に居たかったから」

タカヒメはタカヒコに返した。

「私は二人と出会ったことの方が嬉しい」

「と言われてもな……」

タカヒコは苦笑いして、

「鬼たちは目の前だ。俺も王になどなりたいとは思わんが、なにが起きるか自分の目で確かめてみたいじゃないか。八上でそれを言ってくれたら長のところに預けたのに、もう無理だ。おまえをここへ残すわけにはいかん」

それにタカヒコも王が望みではないのか」

「タカヒコも王が望みではないのか」

シコオは微笑んだ。

「選ばれるということと王となるかは別物だ。王など窮屈なだけだ。好きに野山を駆け巡り、好きな女と子供に囲まれて暮らす。それ以上に望むものなどない」

「好きな女とはタカヒメか?」

いきなり言われてタカヒコはうろたえた。

「当たったみたいだ」

シコオは子供のようにはしゃいだ。

「こんなときによくそんな冗談を言えるな」

タカヒコはシコオを睨み付けた。タカヒメは頬を染めて、知らぬふりをしている。

「だったら二人はここで待っていればいい」

シコオは本気で口にした。

「俺も王はどうでもいいが、親父のことが知りたい」

「一人でなど行かせられるものか」

タカヒコは首を横に振って、

「仲間の約束を交わした。だいたい自惚《うぬぼ》れが過ぎるぞ。大狸らを一人で倒した気でいる」

「二人を死なせたくない。王が望みでないならなおさらだ。親父のことがなければ俺も二人と引き返す。タカヒメの言う通りだ。こんな試しになんの意味もない。二日前まで大狸らとは無縁だった。なのに殺し合いをしなければならないなんて……」

「ガキのくせして大人の心配をするな。それに、あの連中も山で会った獣と考えりゃおなじだ。獣にゃ言葉も通じねえ。無縁だったと言うがな、あの大狸なら縁があったとしてもいつかは必ず喧嘩になっただろうよ。自分の欲だけでしか生きていねえ野郎だ」

「そんなやつらを呼び寄せたのは鬼だぞ」

「しかし、結局は選ばれはしまい。俺たちが遠ざけた」

「そこまで鬼が承知していたとでも？」

「俺にはそんな気がするな。鬼が俺たちの運を試しているんじゃねえんだ。はじめから何人か選ばれていて、そいつらのために他の連中が集められたような気がしてきた」

「なんのためだ？」

「王にすると言うなら、王に育てるためだろうよ。たとえばそれがおまえだとしよう。おまえは鬼の子だ。その資格は十分にある」

「…………」

「だが、出雲《いずも》の斐伊《ひい》の里で砂鉄採りをしているガキにいきなり国をくれるわけにはいかんさ。喧嘩しか能のないおまえじゃな」

そうね、とタカヒメも同意した。

「それで試練が必要となる。一緒に居る俺から見たって、おまえはこの旅でずいぶん変わった。くそ生意気なガキだと思っていたのに、今じゃナルミのような男でさえおまえに喜んで従おうとする。他の六人の中にももしかして鬼の子が混じっているかも知れんが、俺の勘はだいたい当たる」

「考え過ぎだ」

シコオはそれ以上を遮って歩きはじめた。タカヒコの想像通りなら、自分のために何十人もの命がこれまでに失われたことになる。それを思っただけで耐えられない。

「ブトーも鬼の子かも」

タカヒコの言葉にシコオは吐息した。

きつい斜面が続く。それでも敵の襲って来る気配はいっさい感じられない。この調子なら明るいうちに山頂まで辿り着けそうだ。

「どんな不気味な山かと思っていたに、あまり変わりがないな。道がないだけだ」

タカヒコはのんびりした顔で言った。

「タカヒコが居てくれるからだ。でないと、どこをどう登ればいいか分からない」

シコオにタカヒメも汗を拭って頷いた。深い沢や森が行く手をしばしば阻む。山を熟知しているタカヒコがそのたびに道を決める。それで確実に高みに達している。迷っても不思議ではない山だった。

「これだけ兎や鹿を見掛ける山は珍しい。鬼を恐れて人が入り込まぬせいだろう。兎らもそれを分かって他から移って来ているのだ」

目の前の岩場に三羽の兎がちょこんと立ってシコオたちを眺めている。タカヒコが近付いてもさほど驚かない。

「少し休むか。岩場が続く。足の疲れを取っておく方がいい」

タカヒコは岩に腰を下ろして竹筒の水を飲んだ。二人にも回す。

「八上の里はあっちだな。煙が何本も上がっている。ここは見晴らしがいい」

タカヒコは欠伸《あくび》をした。

「確かに考え過ぎだったかも知れん。これほど大きな山だ。登り道はいくらでもある。それぞれが散り散りになっていよう。人のことより一番に辿り着こうとしているに違いない」

「だったら私たちが先頭ね。タカヒコが居る」

「そいつは分からんぞ」

タカヒコは岩場の向こうに見える薄い煙を目敏《めざと》く見付けて二人に示した。

「だれかが兎でも摑まえて食っているのではないのか?」

なるほど、とシコオも煙を見詰めた。

「それとも鬼が下りて来ているのかもな」

タカヒコは休めたばかりの腰を上げた。

「行ってみるか。襲うつもりなら目立つ煙など上げん。ちょうど昼時だ。我々も焚き火で干物を焼かせて貰おう。鬼ならもっと面白い」

「誘い込む罠だったら?」

タカヒメは案じた。

「この広い山で罠を仕掛けるのは厄介だ。やれるのは空から見下ろしている鬼だけさ。あれも試練ならなおさら行かなきゃなるまい」

タカヒコは二人を促した。

だが――

煙を目当てに進んだタカヒコは立ち止まって怪訝な顔をした。

「岩の隙間から洩れている。あの下に洞窟でもあるんじゃねえのか」

タカヒコは言って下の方に回り込んだ。

やっぱりだ、という顔でタカヒコは二人を手招いた。狭い穴が奥へ通じている。その穴からも少しだが煙が流れていた。

「どうするの?」

「行くしかないだろう」

タカヒメの腕を払ってタカヒコは入った。

「だれか居るのか!」

応じるように呻きが聞こえた。シコオがタカヒコの先に立って奥へと急ぐ。小さな焚き火が燃えている。その窮屈な空間に皺《しわ》だらけの老婆が横たわっていた。ぼろきれを身に纏い、苦しそうな息をしている。

「どうしたんだ」

近寄ろうとしたシコオの肩をタカヒコが摑んで止めた。その目がシコオに差し出した老婆の腕に向けられている。シコオは焚き火の明かりで見詰めた。皮膚がどろどろの膿《うみ》で覆われていた。白く見えるのは骨だろう。

あ、とタカヒメが身を縮めた。老婆の周りには白骨がいくつか散らばっていたのだ。

「どうして一人で居る?」

声が出ないのか涙を溜めて必死に救いを求める老婆にシコオは質した。こんな山の中に一人で暮らしているとは思えない。必ず身内が居るはずだ。

「出よう」

乱暴にタカヒコはシコオの腕を引いた。

「なにを言ってる！」

シコオは踏ん張った。

「出るんだ」

タカヒコは無理に引き摺って外に連れ出した。タカヒメも怯えた顔をしている。

「俺は何度も見たことがある」

タカヒコは洞窟に目をやって口にした。

「足腰の立たなくなった年寄りや病気に罹《かか》った者をああやって山に捨てる。あの腕を見ただろう。体が腐りかけている。どうしたって助からん。下手に触ればおまえも危ない。周りの骨を見ても分かる。ここは捨て場だ」

「だからこのままにしろと言うのか！」

シコオは食ってかかった。

「あの泣き顔を見たか？　俺に腕を伸ばして泣いていた。それを放って行くなど俺にはできない。タカヒコがああなっていたらどんな思いだ？　やっと来てくれた救いじゃないか」

「気持ちは分かるがな……あの様子では二日と保《も》つまい。俺たちにはなにもできん」

「そうだわ。無理よ」

タカヒメも沈んだ顔で言った。

「捨てた身内だって、よくよくの思いでしたことだ。見なかったことにしよう」

「身内が戻るまで待つ。あの老婆に焚き火は燃やせない。身内が近くに居よう」

「戻るものか。せめて焚き火を燃やして出て行ったんだ。相変わらずガキだな」

タカヒコは舌打ちして歩き出した。

「俺は行かない。ここで見届ける」

「なにをだ?」

タカヒコは振り向いた。

「助からぬなら側に居てやる。こんな場所で、たった一人で死なせるわけにはいかない」

「いい加減にしろ!」

タカヒコは怒鳴った。

「何人死骸を見て来た! 穴の中で死ねるだけありがたい方だぞ。身内の方がもっと辛い。それでも捨てなきゃならなかったんだ。おまえには大事な役目がある。それを忘れるな」

「大事な役目などない」

「それがガキだと言うんだよ」

タカヒコは戻って襟首を摑んだ。

「本当に哀れだと思うなら、おまえの剣で殺してやれ」

「正気か！」

「もちろんだ。可哀相だが助からん。それなら早く楽にしてやるのも救いだ。そいつはあの婆さんも承知さ。さっきの涙は、殺してくれという頼みだ。それが分かったからおまえを連れ出したんだ。いくら死ぬと決まっていても殺すなど俺にはできん。おまえはもっとだ。分かったらさっさと行こう」

「行ってくれ」

シコオはタカヒコの腕を解いて言った。

「それを聞いてしまっては、もう行けない。俺は婆さんの死に水を取ってやる」

タカヒコはタカヒメと顔を見合わせた。

「人には運命《さだめ》というやつがある」

シコオは二人を見やって、

「こうして出会ったからには避けられない。俺が身内なら捨てはしないが、身内を責めても仕方がない。俺が身内になる」

「分かったよ」

タカヒコは溜め息を吐いて、

「だったら俺とタカヒメが残ろう。ちゃんと付いていてやる。おまえは行け」

「馬鹿を言うな！」

「一人の婆さんに三人が残る必要もあるまい。おまえは親父さんという目的がある」

「これは俺が決めたことだ。そっちが行け」

「俺とタカヒメにはなんの望みもない」

「嫌だ。俺が残る」

「親父さんのことを諦められるのか？」

「今までだって母者と二人きりだった」

「まったく……強情なやつだ」

タカヒコは洞窟の前に胡座をかいた。

「これで俺の運もなくなった。おまえが選ばれると信じていたのに……勝手にしろ」

それでもタカヒコは笑っていた。

「いいじゃないの。三人居ればなんだってできる。なんだかすっきりした」

タカヒメは嬉しそうな顔をした。

「夕方までには死なんぞ。悔いはないな？」

タカヒコはシコオを見上げた。

「済まない。この通りだ」

シコオは二人に頭を下げた。二人の運を断ち切ったのは自分である。

「けど……妙ではあるな」

タカヒコは腕を組んだ。

「捨てるにしても鬼の住む山を選ぶとは……道もない山だぞ。念が入り過ぎている」

「どういう意味？」

タカヒメは首を傾げた。

「鬼の仕組んだことじゃねえのか？　こうして振り落とす気ならどうする」

言われてシコオは唸った。

「さっきも言ったはずだ。鬼なら俺たちの動きを見ている。煙は婆さんを見付けさせるための目印なのかも知れん」

「決めたことだ。それならそれでいい」

シコオは笑顔に戻した。

三人がふたたび戻ったのを認めて老婆は随喜の涙をこぼした。三人の腕には枯れ枝が抱えられている。

「婆さん、食う力はあるか？」

タカヒコは袋からちまきを取り出して見せた。老婆は小さく首を横に振った。

「なにかの縁だ。一緒に居てやるよ」

老婆は声を上げて泣いた。タカヒコに弱々しく掌を合わせる。

「礼を言うならこいつの方だ」

タカヒコはシコオの肩を叩いた。

「暖かくするわね」

タカヒメは涙を拭きながら枝をくべた。

「おらに……」

老婆が頑張って声にした。

「触るんじゃねえぞ……」

そう言って腕の裏側を見せる。

「婆さんがそう言うなら触らない」

シコオは優しい目をして頷いた。

「身内は帰ったのか？」

タカヒコに老婆はしょぼしょぼした目を伏せた。嗚咽となる。

「大事にしてくれていたんだろうな。俺なら焚き火も燃やさずに引き返す」

老婆はにっこりとしてタカヒコに頷いた。


「タカヒコの方がずっと優しい」

二人で外に出てシコオは言った。

「もう間に合わんな」

空を赤く染めている夕焼けを眺めてタカヒコは呟いた。他の連中はたいがい山頂に辿り着いているだろう。

「今夜一杯だ。朝までは保つまい」

タカヒコは辛そうに重ねた。

「でも嬉しそうにして眠っている」

「おまえにゃ負けたよ。ここまで来たんだ。じりじりするかと思ったのに……俺の方が覚悟がねえ。ガキ扱いはよそう」

「終わっていても山には登ってみよう」

「そうだな。それで気持ちが晴れる」

タカヒコもさばさばした顔で返した。

頭上から眩しい光が降り注いだのはそのときだった。二人は空を見上げた。真上に鬼の乗る船がいつの間にか現われていた。円い船が浮いたまままくるくると回っている。空気を震わせて耳鳴りが響く。異変を察してタカヒメも飛び出して来た。

「なんのつもりだ？」

怖さは感じないが意味が分からない。

そのタカヒコの腕をタカヒメが強く摑んだ。

「あのお婆さんが！」

歩けないはずなのに洞窟の前まで出て来ていた。細い光の束が老婆に注がれた。老婆の体が浮き上がった。見る見る船に吸い込まれて行く。老婆は三人に微笑んだ。

「やろう！　やっぱり罠かよ」

タカヒコは膝を崩した。

「ふざけやがって！　俺たちをなんだと思っていやがる。シコオの思いを無にする気なのか！　こんなやり方があるかよ」

悔しさにタカヒコはぼろぼろと泣いた。

「シコオのなにが不足なんだ！　出雲から呼び付けておいて、なにが試練だ！」

タカヒコは老婆の消えた船に喚き散らした。

「てめえら汚《きたね》ぇぞ。俺は許さねえ」

ゆっくりと山頂目指して動きはじめた船にタカヒコは石を投げ付けた。届く高さではない。シコオが制止した。

「おまえは悔しくないのか！」

タカヒコの目にはまだ涙があった。

18

シコオたちは銀の月明かりを頼りに山頂を目指した。三人とも無言でひたすら急な斜面を上がる。だれの心も沈んでいた。この時刻ではもはや間に合わない。他の六人はとっくに山頂へ到着しているはずだ。

「くそっ」

石に躓《つまず》いて転びかけたタカヒコが苛立ちの声を発した。石を蹴り飛ばす。

「腹が立って気が治まらねえ。鬼のやつらをぶん殴りたい気分だ。あんなやつらが俺たちの暮らす国を陰で操っているなんて……ふざけるんじゃねえ。なにが試しだ」

それにタカヒメも頷いた。

「返事によっちゃ暴れ回ってやる。こんなことのために何人が死んだ。まともな試しなら我慢もできるが、許しちゃおけねえ」

「もう居なくなっているかも知れない」

シコオは半ば諦めの顔で言った。山頂が約束の地ではあるが、そこに鬼の館があるとは限らない。到着した者たちを引き連れて姿を消していることも考えられる。

「この山中を捜し歩くさ。むざむざと引き返しはしねえ。鬼を捜し当てなきゃ、おまえの親父さんのことも知れなくなる」

「それもどうでもいい」

シコオは沈んだ声でタカヒコに返した。

「鬼たちがどういう者か分かった。もう会いたいとも思わない」

「そういうわけにはいかねえさ。せめてそれぐらいは果たさねえとな。これまでの苦労が全部無駄になる」

「会っても嫌な思いが残るだけだ」

「きっと悔やむぞ。直ぐ側におまえの親父さんが居るかも知れん。たとえ鬼でも、父親には変わりがなかろう」

足取りが遅くなったシコオをタカヒコは促した。シコオも吐息して登りはじめる。

やがて三人は山頂に達した。広い草原になっている。だが、だれの姿もない。

「変わったところだ」

山に慣れているタカヒコも思わず口にした。こういう山は珍しい。だからこそ鬼も本拠にしているのだろう。この広さなら船も楽々と下りて来られる。円い船の重さで潰されたらしい跡が草原のあちこちに見られる。

「どこかに行ってしまったのかもな」

荒涼とした草原に立ってタカヒコは呟いた。

「八上《やかみ》の長は鬼らがこの山に暮らしていると言ったが、それもどうだか。途中にそんな場所は見当たらなかった。里の連中が滅多に近付けぬこの山に船を置いて、長を呼び付けていたんじゃねえのか？」

それも考えられる。シコオは気が抜けた様子で草原に胡座をかいた。空を飛ぶ船の後など追いかけることができない。

これまでの疲れがどっと出た。

シコオはごろりと横になって星空を見上げた。手を伸ばせば摑めるくらいに星が大きく見える。月も煌々《こうこう》と照っている。

「朝まで待つしかなさそうだ」

タカヒコとタカヒメの二人もシコオと並んで横になった。深い草なので背中が気持ちいい。このまま眠り込んでしまいそうになる。

「私は平気」

タカヒメが明るい声で言った。

「ここにこうして三人が並んで星を眺めている。それだけでいい。シコオは間違っていない。あのお婆さんを見捨てる方が嫌だ」

「そりゃあそうだ」

タカヒコものんびりとした声に戻して、

「結局、俺たちがその程度でしかなかったということさ。俺たちのような者に国を任せるわけがねえ。はじめから分かっていたことだ」

くすくすと笑った。

「俺なんぞ、これまで鹿や猿としかまともに口を利いたことがねえ」

「俺たちは鹿や猿と一緒か？」

シコオはタカヒコの脇腹を小突いた。

「これまでと言うのは、おまえらと会うまでってことさ。こうなったら出雲《いずも》に戻って三人でなにかをしよう。三人ならなんでもできる」

「なにをする？」

タカヒメははしゃいだ。

「鬼たちの船だ！」

シコオが見付けて半身を起こした。星しかなかった空に月よりも眩しい輝きが出現して、それがどんどん大きさを増していく。船はたちまち夜空の半分を隠すほどになった。三人の頭上に降下して視野を塞いでいるのだ。

三人はその場に固まった。

真昼に等しい明るさに身が縮む。

「いまさらなんの真似だ！」

タカヒコは震えながらも叫びを発した。

それに答えず船は三人の上に浮いたまま回転している。船の輝きがさまざまな色に変わった。見詰めていると吸い込まれそうになる。

いきなり、船の輝きが消えた。

シコオの目には巨大な残像が焼き付いている。目をこすって船を捜す。白い光の束が地面に注がれた。光の束の中に三人が捕らえられている。出雲のときとおなじ光だ。この光の中に居ると鬼の声を聞くことができる。

「試しを乗り越えた者はおまえたちだけだ」

人間の声とは思えないが、確かにそう聞こえた。三人は顔を見合わせた。自分一人だけの空耳かと疑ったのである。

「試しを乗り越えた？」

シコオは船を仰いで言った。

「他の者たちはどうなった！　どこにも見当たらないぞ」

「八上の里に戻した。国を任せられぬ者たちは」

抑揚のない声が返った。

「招いた者たちは気多《けた》の岬から先をずっと見守ってきた」

鬼は重ねた。

「王たる者は虚言に惑わされず、共に闘う仲間の身を案じ、いつでも先頭に立つ覚悟がなくてはならぬ。だが、なによりも民のことを第一に考える者でなければだれも従うまい。病いの者を見捨てて己れの欲ばかり貫こうとする者にはその資格がない」

「そういうことか！」

タカヒコは小躍《こおど》りしてシコオを抱き締めた。

「シコオ……まだ試しを続ける勇気があるか」

名を呼ばれてシコオは仰天した。

「やっぱりだ。おまえが選ばれたんだよ」

タカヒコは泣きそうな顔で言った。

「因幡《いなば》の国はそなたにくれてやろう。それで足りると思えば八上の里に引き返せ」

「因幡の国を俺に！」

「八上の長もそなたに従う。長の媛もそなた次第。決めるのはそなただ」

シコオの体は熱くなった。信じられない。

「試しを続けるとは？」

シコオは質した。

「国は因幡一つではない。そなたの育った出雲をはじめとしていくつもある。すべての国を治めるにはまだ試しが足りぬ。だが……命を落とす恐れもある」

「すべての国……」

シコオは呆然となった。あまりに途方もない話で腰が砕けそうになる。

「あの老婆はどうなった？」

シコオは続いてそれを訊いた。鬼たちを信じていいかどうかはその返答にかかっている。

「我らに仕えている者。そのように見せただけで病いではない」

「………」

「信じぬと言うならそのうち会わせよう」

「信じる。俺たちを選んでくれたのがその証《あか》し。それなら次の試しも受ける」

「シコオ！」

タカヒメが慌ててシコオの袖を引いた。

「因幡では足りないと言うの？」

「国が欲しいんじゃない。まだ先に道があると分かっていて引き返せないだけだ」

シコオはタカヒメに言った。

「二人は八上の里で待っていてくれ。これは俺一人が言われたことだ」

「そうはいかん」

タカヒコはシコオを睨み付けてから、

「その試しに従者が同行してもいいのか?」

声高に言って船を見上げた。

「そなたたちが望むなら許す」

「よし、分かった」

「なにが分かった、だ。勝手に決めるな」

シコオはタカヒコに声を荒らげた。

「おまえにはタカヒメが居る。俺一人でいい」

「タカヒコが行くなら私も」

タカヒメも決心した顔で言った。

「しかし——」

「そんなことより親父さんのことを訊け」

タカヒコはシコオを促した。

「フユギヌはここには居ない。だが、いずれ戻ってこよう」

「親父の名だ!」

シコオは顔を輝かせて、

「本当に親父は鬼の仲間なのか！」

「いつか会えるはずだ。命があればな」

「……………」

「因幡の国の王となってその日を待つこともできる。それでも試しを受けるか？」

「ここで止めれば親父が笑われる」

「試しを乗り越えることを祈ろう。詳しいことは八上の長に伝えてある」

三人を照らしていた光の束が消えた。戻った暗さに目が慣れない。ようやく星を見分けられるほどになったときには船も消えていた。

「あれだ」

タカヒコは星の一つにしか見えない小さな輝きを示した。わずかに揺れている。そして流れ星のごとく夜空に線を描いて立ち去った。

「やったな！」

見送ってから三人は肩を組み合って足を踏み鳴らした。喜びが込み上げてくる。

「たった今からおまえは因幡の王だぞ」

「そんなことはどうでもいい」

シコオは父親の無事を聞かされて満足していた。これを母親に知らせれば狂喜する。

「おまえと一緒じゃなければ俺は外されていた。俺は老婆を捨てて山に登ろうとした。

おまえが王で文句はない」

タカヒコにタカヒメも大きく頷いた。

「鬼の子だからおまえが選ばれたんじゃない。おまえはおまえの力一つで王となった」

「二人が一緒だったからだ」

シコオは二人の手を握った。

「とにかく八上に戻ろう。途中で待っているナルミのことも気になる」

シコオは促して駆けはじめた。

19

翌日の夕方。シコオたちは八上《やかみ》の里に辿り着いた。腿を傷付けて満足に歩けないナルミを支えての戻り道にしては早かった。

夕日に照らされた広場には八上の里の者たちがすべて集まって四人を待っていた。シコオの姿を認めて歓声を上げる。

「よくぞお戻りになられた」

長が真っ先にシコオの前に出て膝をついた。他の者たちも長にならって頭を下げる。

四人は逆に尻込みした。

「すでに知らされてござる。今よりシコオどのは我らの長。エビスと話を交わしたと耳にいたしてシコオどのが新しき長に選ばれるであろうと思うておりましたぞ」

長はにっこりと微笑んだ。そのとなりには美しい媛も並んでいる。

「エビス？　それはなんだ」

タカヒコは不思議そうにシコオへ質した。

「気多《けた》の浜で口を利く兎と出会った」

「まさか。あれは冗談だろう」

「本当だ。タカヒコが信じなかっただけだ。旅の途中でなにかと会わなかったかと長に訊ねられてスクナヒコのことを教えた」

「スクナヒコ……」

「エビスとも呼ばれているらしい。スクナヒコが自分でそう言っていた」

それに長も首を縦に振って、

「エビスの試しもあると聞かされておりましたゆえ、この里まで辿り着いた者らに確かめてみたのでござるよ。姿を見た者は何人かござったが、間近で話をしたのはシコオどののお一人。儂の考えは当たっており申した」

「エビスってのはなんなんだ？」

タカヒコは眉根を寄せて長に訊ねた。

「あのお方も鬼のお仲間」

「あれが鬼なのか！」

シコオは目を円《まる》くした。赤子のように小さな体で、弱々しい生き物だった。ずいぶん昔に阿用《あよ》の里を荒らし回ったという鬼の話とはまるで違う。人の倍も背丈があって、大きな目玉が一つだったと伝えられている。

〈しかし……〉

母から聞かされた父の容貌はスクナヒコに近い。小柄で優しい気性だったらしい。

「鬼はさまざまでござる。我らとさほど変わらぬ背丈のお人も」

長の言葉にシコオは納得した。

「おまえも人が悪い。それならちゃんと言ってくれればよかろうに」

タカヒコは肘でつついた。

「ちゃんと話した。隠しはしない」

シコオは憮然とした。タカヒメも頷く。

「あの浜で運が定まっていたということか。それを知っていたなら諦めて帰っていたぞ」

タカヒコは吐息混じりの笑いを発した。

「それより、ナルミの手当てを」

シコオは長に頼んだ。何人かが飛び出してナルミを運ぶ。

「宴の支度を整えてござる」

長は館にシコオを誘った。

「俺たち以外の者はどうなったんだ？」

「朝のうちに山から戻り、即刻に里を出た。八上に残っていても仕方ないでな」

長がタカヒコに応じた。

「ブトーという男もか？」

「あの者は見掛けておらぬ」

長も言われて首を捻った。

「山で死んだ者もおるのであろう」

「ブトーが殺されるわけはないさ。恥じて里へは立ち寄らず姿を消したのかも知れん」

タカヒコは言った。そうとしか思えない。

「シコオは次の試しを受けると決めた」

「まことか！」

長は立ち止まった。

「俺とタカヒメも従《つ》いて行く。試しの詳しいことはあんたに訊ねろと言われた」

「儂は行かせたくない」

長は真面目な顔で口にした。シコオは振り向いた。長の目に不安が浮かんでいる。

「この国一つでは足りぬと申されるか？」

「そんなことじゃねえよ」

タカヒコが代わりに言う。

「先に道があると分かったからにゃ引き下がることができねえ。シコオはそういう男さ」

「行き先を知らぬから呑気にしていられる」

「どこだ？」

「黄泉《よみ》の島」

長の言葉にシコオたちは戸惑った。死んでから招かれる場所である。

「馬鹿を言わんでくれ。どうやったらそんな国に行ける？　先に死ねと言う気か」

タカヒコは笑い飛ばした。

「黄泉の国ではない。島だ。黄泉の国と変わらぬ恐ろしきところゆえ、そう呼ばれる。黄泉の国への入り口もそこにあるとか」

長は低い声でタカヒコに返した。

「そこでなにをすれば？」

シコオは寒気を堪えながら質した。

「すべての国を預かっておられるお人がそこにお暮らし召されておる。そのお人のお許しが得られねば王にはなれぬ」

「鬼とは違うお人か？」

「鬼の王。儂も話に聞いておるだけのこと」

長は言って身震いした。

「その島はどこに？」

「出雲《いずも》の安来《やすぎ》の里に近い」

「聞いた覚えはない」

シコオは首を横に振った。安来ならここへ向かう途中で立ち寄っている。

「だれも近寄らぬし、口にもいたしますまいな。我ら八上の者とて鬼の暮らす山のことを滅多に口にはいたさぬ」

「黄泉の島に、鬼の王か……こいつは考えもんだぜ。鬼たちも直ぐに行けとは言わなかった。少し思案するのが利口だぞ」

タカヒコは腕を組んだ。

「こうして国がいくつもに分かれているのは、鬼の王の許しを一人も得られぬためですか」

「でござろうな」

長はシコオの問いに頷いて、

「鬼がシコオどのになにを言うたか分からぬが、まともな試しとは思えぬ」

眉を曇らせた。なにかを隠している目だ。

「どういう意味だ。鬼が騙したとでも？」

察してタカヒコが長に食い下がった。

「山から戻された者らの動きが気になる。追い返されたと申すに、さほど怒った様子も見られんかった。まだ先があるような素振り」

タカヒコは唸った。いかにもおかしい。

「次の試しのために用いられるのかも……」

「あいつらが組んで襲って来ると言うのか」

「あの者らとて王になれたかも分からぬ力の持ち主。すべての国の王となるには、それらを打ちのめす力を見せねばなるまい」

「今度こそ殺し合いをしなきゃならなくなるってわけだ。シコオの嫌いなやり方だ」

タカヒコはシコオに目を動かした。

「長の睨みはさほど外れちゃいねえだろう。全部の国をくれると言うんだ。鬼も命を落とすかも知れねえと脅かしていた。よほどの試しが待っているのは確かだ」

「行くと口にしたからにはやめられない」

シコオは奥歯を嚙み締めた。ここで引き下がっては因幡《いなば》の王にもなれない。周りは認めてくれても自分が許せない。

「やれやれ、とんだ主人を持った」

タカヒコは苦笑して、

「そう言うだろうと思ったよ。おまえは一度口にしたことは曲げねえ」

「そっちこそ、行く気か？」

「一人じゃ間違いなく殺される。おまえが死ねば俺の役目もなくなる。行くしかなかろう」

「媛を今夜にでも貰ってくださらぬか」

長はシコオに願った。

「媛もそれを望んでおり申す」

「戻れないかも知れない」

シコオははじめて死を意識した。

試練行

1

シコオたちは八上《やかみ》の里で二十日をのんびりと過ごした。新たな試練への同行をナルミが強く願ったからである。幸いに今度の試しは日時が限られていない。ナルミの腿《もも》の傷の回復を待つ余裕があった。

いや、それよりなによりもシコオは因幡《いなば》の国の王となった自分の今を一目でも母親に見せたかったのである。弱気と思いながらもシコオは斐伊《ひい》の里から母親を呼び寄せることにした。このまま旅立てば生きて戻れないかも知れない。たとえ死んだとて、最初の試練を見事に乗り越えた自分を見れば母親もきっと満足してくれるだろう。その笑顔をなんとしても見ておきたい。そうすれば次の試練に悔いなく挑むことができるはずだ。ナルミの懇願はシコオにとってありがたいものとなった。

母親を迎える館も出来上がっている。

八上の里の者たちが総出で建ててくれたのだ。王の住まいであるから当たり前のことなのだが、斐伊の小屋とは較べ物にもならない。大屋根を支える柱が三十本を超える広い住居だ。八上の長《おさ》の館《やかた》と変わらない。

シコオも昨日からこちらの館に移っている。土間でしか暮らしたことのなかったシコオに真新しい板を張った高床の巨館は、まさに王となったことを実感させてくれた。

「起きたか？」

タカヒコがシコオの目覚めた気配を察して部屋に現われた。

「どうだ、今朝の気分は」

「いい。まるで王になった気持ちだ」

「王になったんだよ。おかしなやつだ」

タカヒコはげらげら笑って胡座《あぐら》をかいた。

「おふくろさんも今日辺り着くだろう。女の足でも二十日でやって来られる」

「そうだな」

シコオは照れた。母親の迎えには三人の男たちが行ってくれている。

開け放った蔀戸《しとみど》からは明るい広場が見渡せる。その向こうに長の館がある。館の前にはもう大勢の人影が見られた。ほとんどが近隣の里の長たちだ。シコオが新たに因幡の国を任せられることとなったので、その挨拶《あいさつ》に駆け付けたのである。

「因幡だけでもいいという気にはならんか」

タカヒコはシコオの視線を辿《たど》って言った。

「出雲《いずも》より小さな国だが豊かだ。せっかくおふくろさんも来る。一年やそこらこの暮しを楽しませてやったらどうなんだ」

「母者《ははじゃ》にか？」

「確かに近隣の長たちもシコオが鬼の目に適《かな》った者と承知で受け入れてくれている。八上の長の後押しもあるしな。しかし、本心じゃ次の試しはどうかと危ぶんでもいよう。それでどこかよそよそしいんだよ。どう見てもシコオは若過ぎる。気持ちは分かるが、こうなったからには焦《あせ》る必要もなかろう」

「…………」

「喧嘩《けんか》には勢いが大事だ。だが、今度の試しは喧嘩とはわけが違う。それに刻《とき》もかかるぞ。黄泉《よみ》の島に渡る前に紀伊《きい》の国とやらに出掛けて剣を授けて貰《もら》わなくちゃならん」

それが島に渡る者の条件である。

「紀伊はとてつもなく遠いそうだ。下手をすりゃ半年も戻って来られまい。その間は八上の長がこれまでのように因幡を守ってくれようが、他の長らの心はおまえから離れるに違いない。そいつを案じているのさ」

「いつ旅立ったとておなじだ」

「違うさ。一年の間に国を纏《まと》める力を示せば長らはおまえを頼りとする。半年留守にしても待ってくれる。おふくろさんを大切に扱ってな」

「母者の身を案じてのことか」

シコオはようやく察した。

「なんで媛《ひめ》と一緒にはならんのだ？」

タカヒコは膝《ひざ》を進めて迫った。

「嫌いなのか？　あんなに美しい娘を」

「自分に誓った。次の試練を乗り越えるまで媛のことは忘れる。無事に戻って来られたときは八上の長に願って媛を貰い受ける」

「長の方から頼んだことじゃねえか。俺《おれ》なら喜んで一緒になるがな。そうなればおふくろさんも媛の母者となる。おふくろさんにしても安心というもんだろう」

「死ぬかも知れない。それを分かっていながら媛と一緒にはなれない。黄泉の島に行かぬのであれば今日にでも媛と一緒になる」

「まったく呆《あき》れた男だよ、おまえは」

タカヒコは苦笑いして、

「人の運など分からぬもの。だからこそ生きていかれるし、楽しみもある。そうだろう」

「だったらなぜタカヒコはタカヒメと一緒にならぬ？」

「おまえが媛を貰わぬのに、俺がタカヒメとくっつくわけにはいくまい。タカヒメはひょっとしておまえが自分のことを好きなのではないかと内心で考えて喜んでいるぞ」

「訊《き》いてみたのか？」

「そんなことが訊けるか。男の恥だ」

「そっちこそ遠慮は要《い》らぬのに」

「試練の前にそうなっては互いに重荷となる。八上に置いていければ別だが、どこまでも一緒だと言い張っている。あれも頑固者」

「タカヒコのことを好きだからだ。タカヒコもタカヒメと出会ってから女に目を動かさなくなった。あれほど女好きだったのに」

「馬鹿を言うな」

　タカヒコは噎《む》せ込んだ。

「暇なときでなければ女の相手はしない。まだ俺のことが分かっておらぬらしい」

「ナルミはいつ頃出られるだろう？」

　シコオは話を変えて質《ただ》した。

「すっかり良くなった。あと二日もすれば遅れずに歩けるようになる」

「母者が着いたら八上の長にあとを頼んで翌日には出発する」

「一日だけで別れるのか」

「母者は強い。悲しみはすまい」

「だろうな。おまえのおふくろさんなら」

タカヒコは笑って頷《うなず》いた。

その母親が到着したのは夕方である。

シコオは里の入り口まで出て迎えた。

二人は笑顔で見詰め合った。

言葉が出てこない。

「わずかのうちに変わりましたね」

ようやく母親が口にして涙を溢《あふ》れさせた。

「鬼に親父のことを訊いた」

「…………」

「どこかに生きている。そのうち会えるだろうと鬼が言った。来た甲斐があった」

シコオの目からも涙が滴《したた》った。ついに我慢できなくなったのである。母親はシコオの手を取って何度も頷いた。

「母者が行けと言ってくれなかったなら今日という日はない。全部母者のお陰だ」

戦う剣を得るために斐伊の里の長のところで下働きまで覚悟してくれた母親だった。

「おまえの力です。おまえが望んだこと」

「これはタカヒコ。仲間だ」

シコオは胸を張って母親に紹介した。

「タカヒコには父も母も居ない。だから俺を羨《うらや》んでいる。タカヒコの母になってくれ。タカヒコとは兄弟の約束を交わした」

「そうか、兄弟なら俺にも母となる」

タカヒコは小躍《こおど》りして手を握った。出迎えに出た他の者たちも笑っている。タカヒメとナルミは館で宴の支度をして待っている。

「母者、夢ではない。シコオは本当に因幡の国の王となった。あれがその住まい」

タカヒコは館を指し示して言った。母親は目を丸くした。シコオも得意だった。


シコオの用意した真新しい衣に着替えた母親は見違えるほどに美しかった。宴の席で待っていた皆は思わず声を発した。シコオは自分のとなりに母親を座らせた。八上の長が笑顔で長旅を労《ねぎら》った。媛も一緒に頭を下げる。

八上の長はシコオの母の到着を祝って杯を飲み干した。皆も高々と杯を上げる。

「母者、受けてくれ。親子の固めだ」

タカヒコがタカヒメを伴って前に座った。

「母者は呑《の》めぬ」

「形だけだ。俺の嬉《うれ》しさに水を差すな」

タカヒコが口を尖《とが》らせると母親はにっこりと微笑《ほほえ》んで杯を受け取った。

「ほれ見ろ。おまえより話が分かる」

「私も子が増えて嬉しく思います」

母親は案じ顔のシコオを気にせず杯を綺麗《きれい》に飲み干した。今度はそれをタカヒメに与える。タカヒメも喜んで杯を受ける。

「シコオから聞きました。お二人が居てくれなければどうなっていたか。礼を申します」

「母者、それは違う。助けられたのは我ら」

タカヒコにタカヒメも同意した。

「これからもそうだ。シコオと一緒でなければ黄泉の島になど行く気にはならん」

「黄泉の島とは？」

聞かされていなかったらしく母親は怪訝《けげん》な顔をした。タカヒコは慌てた。

「いや……その」

「別の試練が待っている」

シコオは隠さずに打ち明けた。

「すべての国の王になりたくて行くのではない。親父に少しでも近付きたい。試練を果たせば親父に会えるような……」

「いつ旅立つのです？」

「母者が許してくれれば明日にでも」

「もう私の許しなど要らぬ身でしょう」

母親はくすくすと笑って、

「これからはおまえが自分で好きな道を」

「必ず戻る。この館で待っていてくれ」

シコオは母親の前に両手を揃《そろ》えた。

「なにがあったとて、そなたは因幡の王には変わらぬ身。皆もそう心得ておる」

八上の長の言葉に席の皆が平伏した。

「なにとぞご無事で戻られよ」

シコオはくしゃくしゃの顔でそれに頷いた。

2

ゆっくりと母親と差し向かいで朝餉《あさげ》を済ませたシコオは旅支度を整えて戸口に出た。

タカヒコ、タカヒメ、そしてナルミの三人が張り切った顔で待っていた。八上《やかみ》の長と媛も広場で皆とともに並んでいる。

「斐伊《ひい》で見送ったときとはまるで別」

母親がシコオに耳打ちした。

「安心して戻りを待っていますよ」

シコオは母親に一礼して三人を促した。

「因幡《いなば》の国の名を高めてくるからな」

タカヒコが言うと皆は歓声を上げた。二十日も過ごしていたので気心が知れている。

「シコオ、媛に戻ると約束を」

タカヒメが耳元で囁《ささや》いた。

「いい。皆の前だ」

「だからこそ言って上げなさい」

タカヒメはシコオの背中を押した。足が媛の方に出る。媛が駆け寄った。

「あの……母者をよろしく頼む」

媛は顔を輝かせて首を縦に動かした。

「では……行く」

こちこちになってシコオは媛から離れた。

「では……行く」

タカヒコの口真似にナルミが吹き出した。


「まだ怒っているのか」

里からだいぶ遠ざかったというのに、黙々と前を歩くシコオにタカヒコは声をかけた。

「当たり前だ。皆の前だぞ」

「愛《いと》しい娘にあの挨拶はなかろう。好きの一言でも口にしてやれ。女の気持ちが分からなさ過ぎる。俺が媛なら帰りなど待たん」

「おまえが媛なら俺も戻らない」

わははは、とタカヒコは笑った。

「呑気《のんき》な話をしているときじゃないわ」

タカヒメが割って入った。

「今夜辺りから気をつけないと」

「そうだ。あの連中がなにを仕掛けてくるか」

ナルミも真面目《まじめ》な顔で口にした。試しに敗れて八上の里を去った連中のことである。里を離れただけで、遠くへ消えたという噂《うわさ》も聞かない。恐らく近くの山にでも潜んでシコオたちの様子を見守っていたのであろう。二千もの人が暮らす里では手出しができない。敗れた恨《うら》みを晴らすつもりでいるなら里を出た今からが危なくなる。まさか連中だとて紀伊《きい》の国までのんびりと構えるわけがない。

「例の大狸《おおだぬき》らを入れても、せいぜい十人やそこらだ。こっちだって四人居る。それほど心配することもあるまい。それに、待ち伏せしているとは限らんぞ。だいぶ日が過ぎている」

タカヒコは悠然としていた。

「じゃあ、あの男はなんなの？」

タカヒメが遠く離れた木の下に腰を下ろしている男を見付けて言った。タカヒコは目

を凝らした。山に暮らしていたので人一倍遠目が利く。タカヒコは唸《うな》って、

「試しで一緒だった男の一人だな」

「ブトー？」

「いや、もっと若い」

タカヒコとナルミは早足となった。

木の下の男も道に立って待っている。

「なにか用でもあるのか？」

男と向き合ってタカヒコは質した。

「黄泉《よみ》の島を目指すのか？」

男は薄笑いを浮かべて聞き返した。

「だったらどうする」

「因幡の国の王にとどまるのなら手出しするなときつく言われている」

「だれにだ」

「鬼たちにだ」

シコオたちは顔を見合わせた。

「だが、もし黄泉の島に行くと決めたら俺たちにも望みが生まれる。おまえらを倒せば紀伊の国で剣を貰える。どんな手を使ってもいいが、最初にそれをおまえらにも伝えるよう命令された。それで待っていた」

「本当に鬼がそう言ったのか？」

シコオは詰め寄った。

「馬鹿な男だな。因幡では足りないか。それがおまえの命取りになる。一度この俺に口にしたからには後戻りも許されぬ。それも鬼が確かに言った。恐れて引き返せば、おまえは因幡の王でもなくなる。鬼が出向いて別の王を定める。我々の中からな」

「くそっ、なんてやつらだ。どこまでも人の心を試しやがる」

タカヒコは毒づいた。

「礼を言うよ。この二十日、来ぬのではないかとそればかり案じていた。他の者らも大喜びしよう。さっさと諦《あきら》めて自分の国に戻った者も二人居る。俺には運がある」

「どうかな。ここでおまえを殺して、知らぬ顔で八上に戻ればどうなる？」

「鬼はどこからでも見ている」

男は笑った。その通りである。

「ブトーも仲間か？」

シコオは確かめた。

「あの男は山頂までも来なかった。俺も骨のある者と見ていたが、さほどでもない」

男は嘲笑《あざわら》うと、

「因幡の国を出るまでは見逃してやる。それと……鬼からの命令だ。伯耆《ほうき》の手間《てま》の山に立ち寄って赤猪を退治しろ。その猪の牙《きば》がなければ紀伊の国で剣は貰えぬ」

「伯耆だと！」

ナルミは声を荒らげた。

「それでは出雲《いずも》近くまで引き返さねばならぬ。なんでそんな無駄足をさせる」

「鬼が命じたことだ。俺は知らん」

「てめえ、そうやって紀伊に先回りする気じゃなかろうな」

タカヒコは睨《にら》み付けた。

「だったらこんなところで二十日も待たん」

「…………」

「伝えたぞ。八上を出たからには行くしかない。なんとも気の毒な道を選んだものだ」

男は肩を揺すらせて細い山道に入って行った。シコオたちは声もなく見送った。

「あっさりと因幡の国をくれたと思ったら、こんな仕掛けかよ。国を出た途端に因幡とは無縁にさせられる」

やがてタカヒコは吐息《といき》とともに言った。

「しかもこの様子じゃ鬼は連中の味方をしている。先々が思いやられるぜ」

「だからこそ試練」

逆にシコオの気が引き締まった。八上の里での二十日間が頭から薄れていく。

「二度と八上には戻るなと言ったが……そうなると伯耆にはどうやって行く？　山越えしかなくなるぞ」

タカヒコはまたまた吐息した。

「里を通らずに食い物はどうする？　それならそうとはじめから言ってくれりゃよかろう」

「行くしかない」

シコオは吹っ切れた顔で笑った。

「タカヒメは八上に戻そう」

タカヒコにナルミも頷いた。

「いやよ。今の話を聞いたからには安心して待てない」

タカヒメは激しく首を横に振った。

「山で動けなくなったら見捨てるぞ」

タカヒコは厳しい目をして向き合った。

「今のうちから言っておく。行くと決めたのはおまえだ。それを忘れるな」

タカヒメは顔を強張《こわば》らせて頷いた。

「それにしてもブトーが気になる」

タカヒコは首を捻《ひね》った。

「あんな連中に引けを取る男じゃねえ。あるいは山頂でこっそりと様子を窺《うかが》っていたのかもな。ブトーの方が俺たちより先に歩いていたんだぜ。あの連中の仲間に入るやつでもなかろう。油断のできねえ男だ」

「赤猪にはかれこれ五十人が殺されている」

ナルミはそっちの方を気に懸《か》けていた。

「知っているのか？」

「俺の里にまで聞こえている。小屋ほどもある体らしい。弓矢ぐらいでは倒せない」

「そんな猪が居るものか」

タカヒコは信じなかった。

「鬼がわざわざ退治しろと命じた相手だ。見たことはないが化け物には違いない」

「なに、猪なら何匹も獲っている。どんな大きさだろうと猪ならやりようがあるさ」

タカヒコは動ぜずに、

「獣道を捜し出して罠《わな》を仕掛けりゃいい。そっちのことは俺に任せろ」

シコオたちに請け合った。

3

目指す手間《てま》の山は出雲《いずも》と伯耆《ほうき》を分ける国境にある。四人はあえて難儀な山越えを選んで一直線に向かった。海に出て海岸線を辿れば楽な道となるが大迂回《だいうかい》を強いられる。それでは泊まった里に迷惑をかけるれに鬼の命令を受けて旅の途中を襲ってくる敵が居る。こちらには山に詳しいタカヒコがついている。深い山では敵も同様に苦労するはずだ。シコオはそう判断したのだが……思った以上に辛《つら》い旅となった。さほど高い山はないものの、延々と連なって阻《はば》んでいる。上り下りの繰り返しだ。本当に確かな方角に進んでいるのかもはっきりしない。そもそも手間の山の形をよく知らないのだから不安になる。ナルミが口にしただいたいの方角を頼りに歩き続けているだけだ。三日で辿り着けると踏んでいたが、その三日目もそろそろ陽《ひ》が暮れようとしている。試しの日時が限られていないのがたった一つの救いであった。

「ナルミの言った方角に間違いさえなけりゃ明日には山の麓《ふもと》に出るだろう。星や陽の沈む方角から見ても迷ってはおらん」

途中で射殺した鹿の肉を串に刺して焚《た》き火の周りに並べながらタカヒコは請け合った。人がほとんど足を踏み込むことのない山ばかりなので獲物には困らない。獣の警戒心が薄れている。熊も腹一杯らしくシコオたちに興味を示さない。出会っても熊の方から遠ざかる。その意味では気楽な旅と言えたが、足腰の方はへとへとだ。

「済まぬ。私のせいだ」

タカヒメは責任を感じた顔で謝った。皆がタカヒメの足に合わせてくれているのを知っている。自分さえ居なければ半日以上は早くなっていたはずである。足には自信を持っていたつもりだが、さすがに三人は違う。

「そんなことはない。山を十五は越えたぞ。女とは思えぬ。大したもんだ」

タカヒコにシコオとナルミも頷いた。

「それより赤猪のことだが」

タカヒコは肉の焼け具合を見ながらナルミに訊《たず》ねた。

「手間の山にしかおらんのはどういうことだ。猪は広い縄張りを持っている。ましてや小屋ほどに大きな体であれば敵もおるまい。食い物を求めて山をあちこち動き回る。一つの山に隠れ住んでいるとは思えぬがな」

「そこは知らぬ。話に聞いているだけ。しかし手間の山とだれもが言うていた」

「よほど豊かな水場でもあるのかも。そうなら捜すのに面倒はない。最初にそこを見付けて罠を仕掛ければ終わりだ。二日も待たぬうち赤猪が必ず現われる」

「どんな罠を仕掛ける？」

シコオは首を傾《かし》げながら質した。本当に小屋ほどの大きさとなればむずかしい。

「きつい働きとなるが、どでかい穴を掘るしかなかろう。その穴の底に先を尖らせた杭を並べておく。ただし、猪は鼻が利くゆえ厄介《やっかい》だ。あれでなかなか頭がいい。人の臭《にお》いと知れば様子を見る。穴の上に蓋《ふた》をして腐った果実を積み上げようと思っているが、果たして近付いて来るかどうか」

タカヒコは腕を組んで舌打ちした。

「感付かれたらどうする？」

「槍と剣で殺すしかなかろう。一度でも罠を仕掛けた場所には当分戻らん。取り逃がせば苦労するのはこっちだ」

「猪の皮は堅いぞ。肉も厚い」

シコオは案じた。それに手負いの猪は牙を持つだけに油断がならない。

「では、一度姿を見てから罠の工夫をするとしよう。穴を掘っても、それよりでかい体なら無駄となる。柵に追いやってゆっくり退治するやり方もある」

「穴よりでかい猪か……」

シコオは吐息して焼けた肉にかぶりついた。

「手間の山の麓に里があると言ったな?」

タカヒコはまたナルミと向き合った。

「何十人と殺《あや》めているなら人への恐れもないはず。里を襲いそうなもんだが」

「それは聞いておらぬ」

ナルミは首を横に振った。

「本当におるのか? 怪しくなってきた」

「だったら山に入った者はなんに殺された」

ナルミは逆に質した。

「丸太ほどの足跡や赤い猪の毛が死骸《しがい》の側《そば》に散っていたのは確かな話に違いない。熊よりも遥《はる》かに大きい足跡だったとか」

「姿を見た者はおらぬのか」

なんだ、という顔でタカヒコは笑った。

「出会った者は必ず死んでいる」

「遠目なら殺されずに済む。二人や三人は見た者がいそうなものではないか」

タカヒコにシコオも頷いた。

「なにかがおるのは疑いない」

詰まりながらもナルミは力説した。

「獲物がなにかによって罠の仕掛け方も変わる。これはやはり見てからでないと」

タカヒコに皆も同意した。

「いつも猪の毛が散っているのであれば、だいたいは猪と定めてよさそうだがな。それほど強いやつが隠れ住んでいるのはおかしい。山の主は堂々と姿を現わす。人のことなど気にはすまい。なにか裏がありそうだ」

「裏とは?」

タカヒメは怪訝な顔をした。

「俺は山のことしか知らん。だが、そんな猪はいそうにないってことさ。それだけだ」

「鬼たちならなんでも承知のはず」

シコオは口にした。

「居なければ退治を命じはしない」

それにはタカヒコも大きく頷いた。

次の日。

四人は日の出とともに歩きはじめて二つの山を越えた。里の煙を見付けたのは昼過ぎのことだった。手間の山の麓に達したのである。狭い盆地だが集落はなかなか大きい。

四人は勇んで里に入った。

どこの里でも最初は警戒の目で迎えられる。タカヒメの存在はその意味でありがたい。若い娘が一緒と分かると途端にそれが緩む。

「こんな里になんの用事があって来た？」

里の若い長が広場に現われてタカヒコに訊ねた。背格好と歳《とし》で四人の纏めと見たのだ。

「赤猪とやらを退治に来た」

あっさりと応じたタカヒコに長は笑って、

「退治する知恵があってのことか？」

「見てから考える」

「見たときは命がない。何人もそうやって山に向かった。諦めて引き返すがいい」

「なんでこの里を襲ってはこない？」

「山の神として崇《あが》めているからだ」

「猪にそんな祈りが通じるものか。なにか他の理由があるに違いない」

タカヒコは鼻で笑った。

「他の里と少しも変わらん。理由などない」

「猪の方にさ。別にあんたらに迷惑はかけん。明日は山に入る。一晩泊めて貰いたい」

「それは構わんが……本当に死ぬぞ」

長はシコオとタカヒメに目を動かした。まだ若い。哀れと感じたのだろう。

「俺たちの他に訪ねて来た者はおらんか？」

「立ち寄ってはおらんが、何人かが山に踏み込んでおるらしい」

長は頷きつつ手間の山を眺めた。

「猪よりそいつらの方が厄介だ」

「知っておる連中か？」

「俺たちの命を狙《ねら》っている。手強《てごわ》い相手だ」

「あんたたちは何者だ？」

長は四人を見渡した。

「まだ耳にはしておるまいが、このシコオはつい先頃因幡《いなば》の国の王となった」

長は目を丸くした。噂は承知だったようだ。

「そんなお人らがなんで赤猪など」

「その牙を奪って紀伊《きい》の国に行く。牙と引き替えに剣を貰う約束だ。その剣を授かることができればすべての国の王となる資格を得る」

長は仰天して地面に膝をついた。他の者たちもシコオの前に跪《ひざまず》く。

「酒を馳走してくれ。望みはそれだけだ」

タカヒコに長は顔を上げて頷いた。

「猪のことも訊きたい」

「なれば手前のところへ」

長は張り切って案内した。


「だれ一人として見た者はおらぬのか」

長の言葉にタカヒコは唸った。

「猪はいつの辺りから暴れている?」

シコオは胡桃《くるみ》を頰《ほお》ばりながら訊いた。

「二年やそこらのことで」

「足跡が熊よりずっと大きいと聞いた」

「まことにござる。手前も見ました」

長は指先を合わせて円を拵《こしら》えた。

「そんなにか!」

タカヒコは仰天した。ナルミのときは話半分と聞き流していたのである。足跡がそれでは確かに小屋ぐらいの体となってしまう。

「二年程度でそこまでは大きくならない」

シコオは冷静だった。

「十年は少なくてもかかる。それまで赤猪はどこの山に暮らしていた？」

「そりゃそうだ。おかしな話だぞ」

タカヒコも眉をしかめて、

「そんな化け物がいきなり地から湧いてくるわけがねえ。手間の山に現われる前から騒がれていたはずだ。耳にしたことは？」

「ありませんな」

長も不思議そうに首を捻った。

「手間の山は特別な場所か？　猪の好物は山の芋だ」

「他の山とさほど変わりませぬが……」

「どうも分からん。何人殺された？」

「戻らぬ数は七十近くにもなります」

またまたタカヒコから溜め息が洩《も》れた。

「悪いことは申しませぬ。皆様方だけで山に向かうなどおよしくだされ。もしどうしてもと言われるなら人を集めまする」

「ありがたいことだが」

シコオは長を遮《さえぎ》った。

「それでは鬼たちが頷いてくれぬ。人を頼っては試しから外れる」

「そうだろうな」

鬼にそう言われたわけではないが、タカヒコも頷いて酒を口に運んだ。

「手助けのことなど他言いたしませぬ」

「言わずとも鬼はどこかで見ていよう。ごまかしが通じる相手と違う」

言ってタカヒコは苦笑した。

「鬼とは、あの光る船に乗っておる者たちのことで？」

「この里にも鬼たちの船が？」

シコオは膝を乗り出した。

「それこそ手間の山の頂き辺りに」

「それで鬼らも赤猪のことを承知なんだな」

タカヒコは得心した。

「退治してくれればいいものを」

タカヒメは小鼻を膨《ふく》らませた。

「里の者たちが苦しめられているのに……鬼たちなら仕留められるはず」

「鬼がなにを考えているか分からん。今にはじまったことではない。シコオに因幡の国を与えながら、連中にシコオを殺せと命ずるやつら。人のことなど少しも思うておるまい」

「そんな者のために命を捨てるの？」

タカヒメはタカヒコを睨み付けた。

「怖くなったのか？」

「怖くはない。でも、詰まらないことで死ぬのは我慢できない」

「相手がなにを考えていようと……決めたのは俺だ」

シコオは真っ直《す》ぐタカヒメを見詰めた。

「鬼に命じられたから行くのではない。ここで引き下がれば一生それを悔やむ」

「そうだ。道を選んだのは俺たちだ。おまえだとて一緒だろう。来るなと言ったのについて来た。鬼のために従ったのではなかろうに」

「それは……そう」

タカヒメは小さく首を縦に動かした。

「里の者たちは辛いことがあるとなんでも人のせいにする。山に一人で暮らしていればだれのせいにもできぬ。本当は里もそうなんだぞ。決めたのは自分のはずだ」

「いいことを言うな」

シコオは感心した。ナルミも唸った。

「ご無事に戻られたときはなにとぞ配下に」

長はシコオに両手を揃えて願った。

「ここは伯耆の国。因幡とは別だ」

「決めるのは自分。従いまする」

そう言われては断われない。シコオはぼりぼりと頭を掻《か》いた。

「と言っても黄泉《よみ》の島に出向いてからのこと」

タカヒコが付け足した。

「黄泉の島とは？」

長は顔を上げた。出雲の安来《やすぎ》の近くなのでこの里からさほど離れていない。なのに知らない様子なのはよほど秘密が保たれているのであろう。八上《やかみ》の長ぐらいにならなければ明かされぬ場所と聞いている。

「そこに鬼の王が住んでいるそうだ。国の王のすべてを一つに束ねている。その者と会うまでは試しが終わらぬ」

「鬼の王にござりますか」

長は身震いした。

「試しの旅の途中は配下を持たれぬ。さて、終わるのはいつになるか……」

タカヒコが言ったところに一人の若者が飛び込んできた。

「長！　赤猪が暴れておる」

シコオたちは慌てて腰を浮かせた。

「里には来ねえはずじゃなかったのか！」

タカヒコは剣を手にして叫んだ。

「山の中のことにござる」

長は落ち着かせた。

「なんで山の中のことが分かる！」

「赤猪はただの猪にありませぬ。体より赤き光を発しておりまする。里近くまで下りて参れば、その輝きがはっきりと。ご心配あられるな。麓には断じて踏み込みませぬ」

「光を発する猪……」

シコオは啞然《あぜん》とした。

「翌朝に光の見えた辺りを捜せば足跡と毛が見付かりまする。それで赤猪と呼ぶように」

「そいつを早く言ってくれ。そんな猪が居るわきゃなかろう。別の化け物だ」

タカヒコは喚《わめ》き散らしつつ外に出た。里の者たちも広場に集まって山を眺めている。

「あの光か！」

タカヒコはすぐに見付けた。山の中腹辺りに火事のような明かりが見える。火事でないのは動き回っていることで知れた。その上、だいぶ大きそうだ。

「どう思う？」

タカヒコは並んだシコオに質した。

「鬼たちが送り込んだ獣かも知れない」

シコオは低い声で返した。

「なんのためにだ？」

「赤猪に挑むほどの男であれば立派な兵となる。強い者を鬼たちは望んでいる」

「赤猪に殺された者の死骸を見たことは？」

タカヒコは長を振り向いた。

「ございませぬ。すっかり食われてしまったものと……」

「どうやらシコオの考えが当たっていそうだぜ。人は食っても剣や槍は残す」

タカヒコは薄笑いを浮かべた。

「それなら分かる。最初からおかしな猪だと首を捻っていたんだ。あれも俺たちを誘っているんじゃねえのか。あの光なら昼よりも夜の方が捜しやすい。来いってことだよ」

「今から山に向かわれますので！」

長は慌てて押し止《とど》めた。

「明日に延ばしたところでおなじだ。倒す工夫があるわけじゃねえ。ぶつかるだけさ」

「行こう」

シコオも決心した。


四人は松明《たいまつ》を手にして真っ暗な山に踏み込んだ。赤猪の居場所の見当はしっかりとつけてある。里に近い山なので道も拵えられている。今日までの山越えに較べれば夜道だとて楽なものだ。

「鬼はこけ威《おど》かしの好きな連中だ。偽の足跡や猪の毛を撒《ま》き散らして、どでけえ猪と思わせたのかも知れん。見たやつは一人も戻らん。それならなんとでも仕組めよう」

タカヒコは闇を払う大声で言った。

「こけ威かしだとしたら、牙はどうなる」

ナルミはその方を案じた。

「牙がなければ剣を貰えぬはず」

「なにかは目の前に出てこよう。そいつを倒して足でももぎ取れば証《あか》しになる」

「そう簡単にはいくまい。これまで七十人ほどが立ち向かって倒されている。猪ではないにしても、強さに変わりはない」

確かに、とシコオも認めた。

「ここまで来て余計なことを考えるな。ナルミは先々を読み過ぎる。どんなやつが現われようと争うしかなかろう。それとも強いと見たら引き返す気か？」

「策も大事と言うておる。猪であれば罠を仕掛けると言ったであろう」

「猪じゃなさそうだからこうしている」

「よくそんな調子で生きてこられたな」

「蛇に兎《うさぎ》の罠を用いても意味がない。そのくらいの知恵はある」

「俺が先回りして正体を確かめる」

呆れた様子でナルミは呼び止めた。

「誘いであればなおさら気をつけねば。それでは殺されに行くようなものだ」

「だったら俺に任せろ」

タカヒコは声を荒らげた。

「山のことなら俺だ。おまえはシコオとタカヒメを守って、ここで待て」

「一人では危ない。絶対にだめだ」

シコオは反対した。タカヒメも制した。

「では俺とナルミとでシコオたちより百歩先を進む。その近さなら正体を見届けられるし逃げることもできよう」

「タカヒコとナルミは？」

「どっちみちやり合わなきゃならん相手だ。俺たちの働きを見ていてくれ」

「見捨てては逃げられぬ」

「それなら二手に分かれる意味がない。心配するな。俺とナルミならたいがいのものに負けん。隙《すき》を見付けたときは手助けを頼む」

シコオは考え込んだ。

「ぐずぐずしてる暇はないぞ。光が薄くなっていく。逃げる気かも知れん」

タカヒコは前方の空を示した。仕方なくシコオもタカヒコたちに頷いた。

4

「嫌な試し……」

タカヒコとナルミの姿が小さくなっていくのを不安そうに見詰めてタカヒメは呟《つぶや》いた。

「ただ強さばかり求めている。そういう者をたくさん集めて鬼はいったいなにをさせようと言うの？」

「知らん」

シコオはあっさりと返した。

「男たちの気が知れない。きりがないわ」

「行こう。百歩は離れた。遅れれば咄嗟《とっさ》に間に合わなくなる」

シコオはタカヒメを促した。二手に分かれて進むと決めたときに松明は捨てている。だが、目はすっかり暗さに慣れていた。タカヒメは吐息してシコオに続いた。

「鬼がなにを考えていようと、俺はタカヒコとナルミを死なせたくない。赤猪がどんな相手かも俺には関係ない。喧嘩はいつもそうやって勝ってきた。長の息子だとか、人数を気にしはじめると叩《たた》き付けられる」

「いつも喧嘩を？」

「こっちは喧嘩などしたくなくても、相手がわざわざ斐伊《ひい》まで出向いてくる。鬼に指図されている連中たちと一緒さ。今度の連中はこれまでの喧嘩相手よりずっと手強い。しかし、それだけのことだ」

シコオはひたすら周りに気を配っていた。その連中もこの山に居るのは間違いない。襲って来るとしたなら皆が赤猪に注意を奪われているときと思われる。

「騒ぎがはじまったらタカヒメは藪《やぶ》に隠れろ」

「どうして！　私も行く」

「敵は赤猪ばかりじゃない。連中は絶対に隙を見てなにか仕掛けてくる。敵の動きを教えてくれ。敵は女と見て油断している。タカヒメの姿がなくても気にしない」

言われてタカヒメも納得した。


「地響きが大きくなった」

タカヒコはしゃがむと道に掌《て》を当てた。震えが掌にしっかりと伝わってくる。

「こっちに反転したようだな」

タカヒコは空に目を動かした。明るさも増している。接近を気取《けど》られたらしい。

「追うより来てくれる方がありがたい」

タカヒコは恐れを振り払うようにうそぶいた。ナルミも苦笑で頷く。

「さてと……どんな化け物が姿を見せるか。こけ威かしと睨んでいたが、この足音だと相当にでかい。苦労するかも知れんぞ」

タカヒコは大きく息を吸って吐いた。

「もはや松明は要らぬ」

ナルミは足で踏み消した。赤猪が光を発しているとしたなら照らす必要がない。赤猪にこちらの居場所を知らせることになる。

「向かって来たときは俺と反対側に跳べ。常に離れた位置に居るんだ。固まっていれば一度にやられる」

「心得ている」

ナルミは腰の剣を引き抜いて身構えた。巨大な光が間近に迫って来る。眩《まぶ》しさのために赤猪の輪郭も分からない。が、噂以上の大きさだ。まさに小屋ほどもある。

「こいつは……なんなんだ？」

タカヒコは思わず後じさりした。ぶるるる、と荒い鼻息がした。体から発している青白い光が炎のごとく揺れている。さすがのタカヒコも身を縮めた。

「こりゃあ……駄目だ。逃げるしかねえ」

タカヒコは傍《かたわ》らのナルミに耳打ちした。

「もう遅い。逃がしてはくれまい」

ナルミの声も掠《かす》れていた。どれほど大きくても熊とか猪なら戦いようがある。だが、目の前の化け物にはどう対処していいか見当もつかない。全身から炎を噴き上げている生き物など、もちろんはじめて目にする。獣は立ち止まって二人を観察しているらしい。鼻息が次第に落ち着いていく。

どすん、と地面が揺れた。

威嚇《いかく》のつもりなのか、化け物が前脚を高く上げて地面を叩いたのである。タカヒコの心臓が止まりそうになった。周りの太い枝もざわざわと揺れ動く。

「しかし……」

タカヒコは首を小さく傾げて、

「なんで熱くねえんだ?」

ナルミに質した。

「化け物に訊け」

ナルミはじりじりとタカヒコから離れつつ応じた。なんとか脇に回ろうとしている。

「本当の火ならこいつも死んでいる」

タカヒコは余裕を取り戻して見詰めた。光にだんだんと目が慣れる。化け物の輪郭が少しずつ見えはじめた。確かに大きい。が、小屋というほどではない。光が倍にも体を膨らませて見せているだけだ。

〈それにしても……〉

こんな獣は生まれてはじめて見る。体付きはいかにも猪に似ているが、毛はない。牙の代わりに鼻の頭から太い一本の角が突き出ている。脚は太くて、麓の村の長が言ったように一抱えもありそうだ。

〈ん?〉

タカヒコは巨大な頭のてっぺんに点滅している小さな赤い明かりを認めた。体の一部などでは有り得ない。

〈どうにも分からん化け物だ〉

戸惑っているところにナルミが気合いを発して踏み込んだ。無謀な真似をする。慌ててタカヒコも続いた。化け物は頭を低くして待ち構えた。鼻息がまた荒くなる。

ナルミは地面を蹴って跳んだ。剣を真っ直ぐ化け物の顔面に突き立てる。化け物はぶるっと首を振った。ナルミは簡単に弾《はじ》き飛ばされた。藪に投げ出されて呻《うめ》きを上げる。

タカヒコは辛うじて逃れた。信じられない。化け物の広い額にはナルミの突き刺した剣がそのまま残されている。なのに化け物は痛みさえ感じていないようだった。うるさそうに額を地面に擦《こす》りつけて左右に動かす。ナルミの剣は直ぐに外れた。皮が堅くて深く突き刺さらなかったのだ。本当に岩のような皮だ。

「大丈夫か！」

タカヒコはナルミの身を案じた。

「心配ない」

藪を掻き分けてナルミが戻った。

「お……ナルミ」

タカヒコは絶句した。ナルミの胸の辺りが眩しく光り輝いている。化け物の発しているものとおなじ光であった。ナルミは掌をタカヒコに突き出して見せた。掌も燃えている。

「熱くないか？」

「なんともない」

「光り苔《ごけ》か！」

タカヒコは化け物に目を戻した。ナルミを弾き返した辺りの光が明らかに薄れている。ナルミの体と触れて剝《は》がれ落ちたに違いない。

「光り苔？」

「湿った岩などを覆っている。闇の中でも光っている。粉のようなやつだ。この化け物はびっしりとそいつを体に塗りたくっているのさ。滅多にお目にはかかれねえが、こいつが広がっている場所は真昼のように明るい」

タカヒコにナルミも頷いた。

「だが、手に取って半日もすりゃ自然に弱まる。似たようなやつかも知れん。あるいは鬼が塗りつけたものかもな。知らねえやつがこの姿を見りゃ腰を抜かす」

「逃げろ！」

ナルミが叫んだ。化け物がタカヒコを狙って突進して来たのだ。光の正体が分かっても不利な状況には変わりがない。剣が通用しない相手である。咄嗟に二人は左右に散った。化け物はタカヒコを追って林に入った。タカヒコから冷や汗が噴き出た。細い木など簡単にへし折って迫る。タカヒコは太い木を選ぶと枝に取り付いて攀登《よじのぼ》った。と同時に化け物は頭から木にぶつかって来た。振り落とされそうになるのを必死で堪《こら》える。ここで落とされれば終わりだ。化け物は太い角を用いて何度も根本に突き立てる。樹皮の剝がれる音がタカヒコを不安に駆り立てる。倒されるのは時間の問題だ。激しい振動で、しっかりと摑《つか》まっている腕も危うい。タカヒコには知るよしもないが、その化け物は犀《さい》であった。普段はおとなしくしているが、憤怒に変われば凄《すさ》まじい破壊力を持っている。地上で最強の生き物と言ってもいい。それが全身から光を放っているのだから恐ろしい。片手が外れてタカヒコも覚悟を決めた。

「俺が相手だ！」

シコオの声がした。目をやってタカヒコは仰天した。化け物の背中にシコオが飛び乗って剣先を下に身構えている。シコオは思い切り剣を突き立てた。化け物は悲鳴を発した。前脚を高く上げて暴れる。シコオは予測していたようで、振り落とされる前に自分から跳んだ。力を得てタカヒコも枝から腕を放すと着地した。化け物はシコオを狙っている。

「尻や腹なら剣が刺さるぞ！」

シコオがタカヒコに声を張り上げた。ナルミの剣が通じなかったのは分厚い皮に阻まれたせいである。タカヒコは喊声《かんせい》を発して背後から襲った。尻に斬《き》り付ける。浅い傷でしかないが手応《てごた》えがあった。化け物は振り向いた。痛みが伝わったと見える。ナルミも剣を拾って加勢に駆け付けた。

「案外と鈍いぞ。俺がこうして引き付けている隙に後ろを攻めろ！」

タカヒコはまた枝に取り付いた。化け物が木にぶち当たって来る。シコオとナルミが同時に化け物の尻を襲う。

意を決してタカヒコは化け物の背中に馬乗りとなった。巨大な耳を摑んで振り落とされないようにする。足で太い首を挟《はさ》んでから首筋に剣を突き刺した。化け物は闇雲《やみくも》に走りはじめた。枝がタカヒコを地面に叩き落とした。化け物はそのまま逃げ去った。

「追え！」

勢いづいてタカヒコは立ち上がった。しかし化け物の逃げ足は速い。

「無理だ。速過ぎる」

シコオは荒い息で言った。

「俺の剣はどうなる」

首筋に刺さったままだ。タカヒコは喚いた。

「助かっただけ運がいいと思え」

ナルミはタカヒコの強気に呆れた。シコオが来てくれなければ間違いなく殺されている。

「あんなやつを見たことがあるか？」

タカヒコは二人に質した。二人は首を横に振った。頭だけでもタカヒコの体の半分くらいはあった。熊の何倍も大きい。

「この足跡を見ろ」

タカヒコは柔らかな土に残された足跡を示した。足跡も微《かす》かに光っている。

「いかにも猪に似ているな。この足跡ばかりを見りゃ小屋ほどの体と思う」

それにシコオも頷いて、

「きっと鬼たちがどこからか連れて来た生き物だ。山に詳しいタカヒコが知らない獣など居るわけがない。鬼たちの国の生き物かも知れない」

そこにタカヒメが泣きそうな顔で駆け付けた。タカヒコは笑いで迎えた。

「俺たちの腕を見直したか」

「殺されるとこだったじゃないの」

タカヒメはタカヒコを睨み付けた。

「今度は倒す。たぶんやつは巣に戻った。光の粉が散っている。そいつを追おう」

「まだ続けるの！」

「当たり前だ。あいつの角を切り取る。でなきゃ紀伊《きい》の国に行くことができんだろう」

「倒すのはむずかしい」

ナルミは眉をしかめた。

「やつは驚いただけだ。尻に斬り付けたとこで殺せぬ。急所には剣が通じぬ」

「頭のてっぺんになにか赤い光がついていた。あいつが気に懸かる」

シコオとナルミも見ていて頷いた。

「鬼の指図を受ける道具と違うか？ 鬼が操っていると見て間違いなかろう。野放しにされているんなら麓にも下りて来る。俺の勘だが、あいつはそんなに恐ろしい獣と違う」

「なんで分かる？」

シコオは小首を傾げた。

「歯だ。奥に引っ込んでいて鋭そうでもなかった。熊や狼とはまるで別だ。喧嘩好きのやつは皆牙を持っている。あの長い角だって鹿と一緒かも知れん。ただの見せ掛けさ」

「だが、襲って来たではないか」

ナルミが反論した。

「だから鬼に操られていると言ったんだ。肉を食らう獣とは思えん。そりゃ自分の身を守るために抗《あらが》いはするだろうが、直ぐに逃げたとこを見ても当たっていそうな気がするな。熊は傷も気にせず死ぬまで戦う」

なるほど、とシコオも同意した。

「頭にくっついているやつを取ればおとなしくなるのと違うか？」

「どうやって取る？」

ナルミもその気になった。

「一人が木に登って待っているとこへ誘い出せば簡単にやれる。背中に飛び下りて毟《むし》り取ればいい。さっき見たが、結び付けているのとは違う。突き刺しているみたいだったな」

「俺がやる。誘い出すのはタカヒコだ」

シコオは言った。

「タカヒコなら木に逃げられる。あいつは木登りができない」

「骨に突き刺さっている。楽に取れねえかも知れん。振り落とされりゃ潰《つぶ》される」

「これは俺の試練だ」

シコオはきっぱりと口にした。

四人は道に零《こぼ》れている光の粉を辿った。さほどの量ではないが闇に輝いて目印になる。

「連中に動きは見られんな」

「あの化け物に殺されれば楽だと見たんだ」

シコオはタカヒコに返した。

「だが、それだと連中の手柄にはなるまい」

「それでも因幡《いなば》の王は居なくなる。あの連中の中から選ばれることに変わりはない」

「汚《きたね》えやつらだ。手軽な道を選んだか」

「連中は先に山に入っている。あの化け物を見掛けたんだろう。あんなものに俺たちが勝てるとは思わないはずだ」

「だったら今頃は慌てていよう。逃げたのはあの化け物の方だ」

タカヒコは高笑いして、

「いつでも来やがれ。化け物と較べりゃ餓鬼《がき》相手の喧嘩みてえなもんだ」

わざとがなり立てた。近くで様子を窺っていると見てのことだ。それでも気配が感じられないのはさすがである。

「道から外れた」

ナルミが右手の林に消える光の痕跡《こんせき》を認めて立ち止まった。

「待ち伏せしているとは思えないが……」

「巣が近いのさ。俺が見て来よう」

タカヒコは制する間もなく先に進んだ。

「シコオが助けなければ死んでいたのに」

タカヒメは心配そうにして、

「勝てるつもりでいる」

「獣のこともタカヒコはよく知っている」

シコオは請け合った。


直ぐにタカヒコは足音を忍ばせて戻った。

「洞窟《どうくつ》がある。あいつは中だ。音がした」

「誘い出すのは？」

「騒げば出て来ると思うが……木で待つのは無理かも知れんな。林は広い。洞窟の上の岩がいい。そこなら間違いなく通る。けど楽にゃいかねえぞ。飛び移るのに失敗したときは逃げ場がなくなる。こっちもなんとか入り口で踏ん張って、いきなり飛び出ては来ねえようにするが……確かなことは言えん」

「やってみる」

シコオは首を縦に動かした。大きい体の割に足が速い。だが失敗を恐れていてはなにもできない。

「まったくおまえは大した度胸だよ」

タカヒコはほとほと感心した。

「後から来て誘い出してくれ」

シコオは洞窟に向かった。さすがに緊張がつのる。タカヒコたちの前だから勇気が湧《わ》いただけで一人なら引き返したかも知れない。頭の光を外せば力が弱まるというのはこっちの考えに過ぎない。それが駄目なら他に打つ手はない。いや、他に打つ手がないからこそ、やるしかないとも言える。そう思ったらシコオの心も落ち着いた。

〈あれか〉

洞窟は間もなく見付かった。シコオはこっそりと近付いた。中から確かに化け物の鼻息のような音が聞こえる。シコオは慎重に岩に手をかけて登った。洞窟の入り口の真上に屈《かが》んでタカヒコらの到着を待つ。機会は一度だけだ。シコオは攻め方を頭に描いた。光を発するものが化け物の頭の骨にまで食い込んでいるとしたら手で外すのはむずかしい。隙間に剣を差し入れて持ち上げるしかなさそうだ。それにはよほど気持ちを鎮《しず》めていないと失敗する。何度も試させてはくれないだろう。

シコオは静かに呼吸を繰り返した。

ようやくタカヒコたちが現われた。タカヒコは洞窟の中に向かって叫びを発しながら石を投げ付けた。ナルミも雄叫《おたけ》びを上げる。化け物の動きがシコオに伝わった。地響きが岩を揺さぶる。シコオの心臓が高鳴った。が、なかなか出て来ない。化け物も警戒しているのだろう。タカヒコは入り口に接近した。シコオは首を横に振った。あまりに近過ぎる。どどどど、と足音が速まった。それでもタカヒコは逃げずにとどまっている。タカヒコは腹の底からの声を出した。洞窟に反響している。化け物の足が止まった。

「出て来い。俺はここだぞ」

タカヒコは誘った。シコオが覗《のぞ》き込んでいるところに長い角が突き出た。化け物は真下に居る。だが、まだ角ばかりだ。

「どうした、俺が怖いか」

タカヒコは化け物に石をぶつけた。

怒りの唸りを発して化け物は肩まで姿を見せた。今だ。今しかない。

シコオは跳んだ。

化け物の背中に飛び下りるまでのわずかの瞬間がシコオには永遠に感じられた。

シコオは見事にそれを果たした。広げた足が化け物の太い首をしっかりと挟んでいる。

化け物が暴れる前にシコオは耳の根本をがっしりと摑んだ。シコオは右手の剣で狙いを定めた。ここまでは頭に描いた通りである。

5

シコオの目の前に赤く点滅する明かりがある。シコオは化け物の耳を摑んでいる左手を放して明かりに伸ばした。火傷《やけど》するかも知れないと思ったが、この際そんな心配をしてはいられない。が、眩しく光を発しているのに明かりは少しも熱くなかった。手触りも水晶の玉に似ている。これなら楽に左の手で支えていられる。明かりのお陰で周囲も照らされている。タカヒコが言っていた通り明かりは化け物の分厚い皮に二本の爪でしっかりと固定されていた。明かりと皮の間に剣を差し込む隙間を見付けてシコオは大きく頷いた。思い切りシコオは隙間に剣を滑らせた。隙間の幅の方が剣よりも広い。鍔《つば》のところで剣は止まった。化け物も察したのか頭を低くしてシコオを振り落とそうとする。右に左にと暴れ回った。弾き飛ばされそうになりながらシコオは踏ん張った。がっちりと隙間に食い込んでいる剣の柄《つか》を両手で握っているので滅多に落とされはしない。化け物は体を激しく揺すって後退した。洞窟に逃げ込もうとしている。不安を抱いているのは化け物の方だ。タカヒコとナルミが駆け付けて必死で誘いにかかる。狭い洞窟に入られてはシコオが危ないと見たのだろう。

「早くそいつを取れ！」

タカヒコは叫んだ。

「やってる！　どうしても動かない」

シコオは返した。何度も試みているのだが剣を上に持ち上げた程度では取れない。深いところまで爪が突き刺さっているようだ。無理をすれば剣の方が折れてしまいそうだ。

〈お〉

シコオは化け物の首筋にぶらぶらと垂れ下がっている剣を認めた。タカヒコが突き刺したものだ。柄を握っている右手だけを放してシコオは前屈みになった。タカヒコの剣に手が届く。化け物が何度も振り落とそうとしたらしく剣は外れそうになっていた。シコオは楽々と引き抜いて手にした。躊躇《ちゅうちょ》なくシコオはタカヒコの剣も隙間に差し込んだ。今度はきつい手応えだったが、なんとか成功した。二本の剣が重なっていれば折れることもないだろう。だが、渾身《こんしん》の力で引き上げても明かりはびくともしなかった。シコオは焦った。肝心の剣を隙間に差し込んでいるために戦う術《すべ》が他にない。ただ取り縋《すが》っていては、そのうち振り落とされるだけである。

化け物も余裕を取り戻しつつあった。シコオなど気にせずタカヒコたちを威嚇する。荒い鼻息を立てて前に出た。タカヒコとナルミは枝に取り付いて逃れた。化け物は追わずに前脚を高く上げた。シコオが背中から滑り落ちそうになる。このままでは負ける。

〈どうすればいいんだ〉

体を大きく振り回されながらシコオは頭を働かせた。化け物の激しい動きのために何度も堅い背中に叩き付けられる。息が苦しくなってくる。シコオは死を覚悟した。落ちた瞬間を狙って化け物は踏み潰すに違いない。

〈どうせなら！〉

シコオは賭けに出た。剣の柄をしっかり握ったまま回転して化け物の前方に飛び下りるのだ。そうすれば剣に自分の体重が加わって明かりを引き剝がすことができるのではないか？　腰も定まらぬ状態で剣を持ち上げても力など入らない。それに、落とされるのと自分から飛び下りるのでは差がある。着地さえ上手《うま》くやれば咄嗟に化け物から離れることが可能だ。明かりが取れなかったときは、また新たな策を立てればいい。

シコオはさらに力が加わるよう二本の剣が重なり合う形に狭めた。化け物の動きがわずかに鈍くなったときを見定めて広い背中に屈む姿勢を取った。腹這《はらば》いの形からでは勢いがつかない。化け物が巨大な頭を低くした。タカヒコたちの逃れた木を襲うつもりである。その瞬間を待ってシコオは気合いとともに化け物の背中を蹴った。両手は剣を握っている。逆立つ形となってシコオの足が大きく回転した。足が化け物の前に出ると同時にシコオの全体重が剣を引く格好となる。ばりん、と腕に確かな手応えが感じられた。化け物が呻きを発する。剣が化け物の頭から外れた。シコオはその反動で前に投げ出された。くるくると体が回る。肩から地面に転がった。幸い草地なので柔らかい。シコオは片膝をついて素早く体勢を保った。化け物を振り返る。

〈やった！〉

化け物の頭からは明かりが取れていた。タカヒコの歓声が聞こえた。シコオは化け物の襲撃に備えて身構えた。一本の剣はどこかに飛んでいってしまっている。

だが――

化け物は怯《おび》えていた。頭をしきりに動かして周りの様子を窺っている。小さな目玉が落ち着かなくなっている。荒々しく踏んでいた脚も弱まっていた。化け物は洞窟の入り口を認めてのろのろと後退しはじめた。タカヒコとナルミの二人が枝から飛び下りても反撃する様子は見られない。タカヒメも駆け付けた。

「まだだ！　下手《へた》に近付くな」

シコオは落ちていた剣を取って追おうとするタカヒコを制した。

「狙いが当たった。あの明かりが頭から取れたら途端にだらしなくなりやがった」

タカヒコは哄笑《こうしょう》した。その笑いに追われるように化け物は洞窟に逃げ去った。

「こうなりゃ一気に飛び込んで退治しよう」

タカヒコはシコオたちを促した。

「殺すのは可哀相《かわいそう》だ」

シコオは首を横に振った。

「やっぱり鬼に操られていたんだ。ここがどこかも分からないでいる。だから怖くなったんだ。タカヒコが言ったように本当は優しい生き物なのかも知れない」

「しかし、角はどうする？　そいつを切り取っていかなきゃ紀伊《きい》で剣は貰えんぞ」

「俺とタカヒメだけで行ってみる」

シコオは剣を鞘《さや》に収めて言った。

「タカヒコだと向こうが怖がるだけだ」

それにタカヒメも頷いた。

「危なくはないか？」

タカヒコは案じた。

「そのときは逃げる。心配するな」

シコオは洞窟に向かった。タカヒメも恐れずについて来た。

「生き物はこっちの気持ちが分かる。争うつもりがなければ襲って来ない」

シコオにタカヒメも頷いた。


洞窟の中は明るかった。体に塗られていた光る粉が壁に付着したのだろう。奥の方から弱々しい息遣いが聞こえる。シコオとタカヒメは思わず顔を見合わせた。すっかり参っているらしい。怪我をしたわけではないから気持ちの問題だ。二人の足音を聞き付けたのか荒い鼻息と変わった。が、威嚇とは違う。逃げ場を求めているように思える。

「大丈夫だ。いじめはしない」

シコオは優しく声をかけた。砂鉄採りには牛も用いられる。シコオはなぜか牛を扱うのが得意だった。それより少し大きいだけだと言い聞かせてシコオは奥に踏み込んだ。

洞窟の天井が高くなった。広間のようになっている。化け物はその奥に巨体を縮めていた。青白い光がぼうっと揺れている。小さな目玉が油断なくシコオを見ていた。タカヒメも続いて広間に入った。化け物の目玉がタカヒメに動く。敵意のないのを敏感に察したのか、化け物の鼻息が静まった。

「可哀相に、頭から血が出ている」

タカヒメは辛そうに口にした。明かりが取り付けられていた場所だ。だらだらと流れて血が化け物の右目を塞《ふさ》いでいる。怖さも忘れてタカヒメは近寄った。化け物は微かに唸りを発した。しかし、立ち上がる気配はない。

タカヒメは化け物の顔に手が届くほどのところに立った。しゃがんで見詰め合う。次第に化け物は落ち着いた。シコオも側に屈む。

「子供みたいな目玉だな。笑っている」

ように見えた。シコオは手を伸ばして化け物の鼻先を撫《な》でた。びくん、としたが化け物も直ぐに慣れて目を細めた。タカヒメも触る。ぶるるる、と化け物は鼻を鳴らした。喜んでいるとしか思えない。シコオは頭の傷を調べた。二つの穴が開いている。だが骨と皮を傷付けているだけで深くはない。血もすでに止まっていた。

「これなら直ぐに治る」

軽く頭を叩くと化け物は頷くように首を動かした。気持ちが通じたのだろう。

「こんな優しい生き物を操って人と戦わせるなんて、鬼もひどいことをする」

「前から言っているじゃないの」

タカヒメはシコオを睨み付けた。

「どうなってる？」

タカヒコの囁きが伝わった。ふたたび唸りはじめた化け物の鼻先をシコオは撫でた。

「なれてきた。姿を見せてもいいが、まだタカヒコたちが近付くのは危ない」

シコオは低い声でタカヒコに返した。二人が足音を忍ばせて広間に顔を見せる。化け物の傍らに屈んでいるシコオとタカヒメを認めて二人は溜め息を吐《つ》いた。

「痛がってはいるが、頭の邪魔なものを外して貰って嬉しがっている」

「本当か。信じられんな」

タカヒコはその場に胡座をかいた。

「しかし……見れば見るほど恐ろしい化け物だ。その太い角で家など簡単に潰される」

タカヒコにナルミも頷いた。

「懐《なつ》くなんて思えん。呆れたもんだ」

「タカヒコだって狼と暮らしていたと」

「小さな頃からだ。半年も食い物をやっていれば当たり前さ。こいつは今争った相手だぞ」

タカヒコはしきりに感心した。化け物の方もタカヒコらを気にしなくなった。

「あの明かりは？」

「もう光ってはいない。ここにある」

タカヒコは懐《ふところ》を軽く叩いた。

「それが角の代わりにならないか？」

なるほど、とタカヒコは首を縦に動かして、

「鬼が操っていたもんなら、これがなによりの証しとなる。頭から飛び出していたからにゃ角と一緒だ。これ以上傷《いた》めることはない」

「それで駄目だと言われたときは試しなどすっぱりと忘れよう」

「俺たちはいいが……悔やみはしないか？」

「自分で決めたことなら諦められる」

「そうよ。角を切るのは可哀相」

タカヒメは顔を輝かせた。

「このまま捨て置いて構わぬのか？」

ナルミはシコオたちを見詰めた。

「鬼が操って麓の里には下りて行かぬようにしていたのだろう。だがこれからは違う。食い物を捜して里を襲うかも知れん」

「試しは終わったんだ。鬼がなんとかするさ。まさかここに捨て置きはすまい」

タカヒコは断言した。

「それにこいつの食い物は草だ。そこら中に散らばっている糞《ふん》で分かる。山にいくらでも食い物があるってのに麓には行かん」

それでナルミも安心した。

「当分はここで静かにするんだぞ」

シコオは化け物に言い聞かせた。化け物はすっかり心を開いて瞼《まぶた》をゆっくりと閉じた。

「毎夜暴れさせられていたからな」

疲れているに違いない。タカヒコはそっと近付くと鼻先に触れた。もう騒ぎはしない。

「今からは朝寝もできるぜ」

タカヒコの言葉にタカヒメは涙ぐんだ。

高鼾《たかいびき》を掻いて眠りについた化け物をそのままにシコオたちは洞窟から抜け出た。だれの心も晴れ晴れとしている。

「あいつの背中に乗って紀伊まで行けば面白かったかも知れん」

タカヒコに皆は爆笑した。

「こんなもの一つで飼い馴《な》らすんだから鬼も大したもんさ」

タカヒコは明かりを取り出して皆に見せた。掌にちょうど載る大きさだ。タカヒメは触った。半球である。

「紀伊で見せて用済みとなったら貰えばいい。紐《ひも》を結べば立派な首飾りになるぞ」

「いやよ。操られる」

「頭に突き刺さなきゃ大丈夫だろう。それに赤く光ってもいない。水晶よりは綺麗だ」

「鬼たちの声が聞こえるのかな」

シコオは手にして底の方を耳に当てた。

「なんの音もしない。どうやってあの生き物を好きに動かしていたんだ?」

「まったくだ。鬼はなんでもできる。なにも俺たちの力など頼りにしなくてもいい。そっちの方が俺には不思議だ」

タカヒコは首を捻った。

「王は畑を耕したり兎を獲りはしないわ」

タカヒメは当然のように言った。

「すると……国をシコオにくれるんじゃなくて、鬼の代わりに治めろということか」

「そんな王なら、なりたくない」

シコオは即座に口にした。

「だよな。鬼に雇われての畑仕事だ」

タカヒコも不満そうな顔をした。

「それだったら皆で呑気に暮らしている方がずっと面白い。話が違うじゃねえか」

「畑仕事はしなくてもいいだろうが……」

ナルミも笑いつつ、

「鬼の言いなりになるのでは詰まらない」

「試しは試しだ」

シコオは皆に言った。

「やると決めた以上は続ける。だが、国を貰うか貰わないかは皆で考えよう」

タカヒコたちは笑顔で頷いた。


麓の里に戻ったのは明け方近かった。里の者も案じていたようで寝ずの見張りが出ていた。その知らせを受けて里の長が飛び起きて来た。目を丸くしてシコオたちを迎える。シコオたちは長の家に腰を落ち着けた。緊張が続いているせいか眠気はまるでない。

「こいつが化け物の頭についていた角だ」

タカヒコは得意そうに見せた。

「これを取ったらおとなしくなった。可哀相なんで巣にそのままにして来た。草を食う生き物だ。まぁ里を襲うことはなかろう。鬼がいずれ連れ帰ると思うが、しばらくは山に入らぬのが安心だな。猪とも違ったぞ。足跡は似ているが別の生き物だ。火を体から出しているのでもねえ。光り苔みてえな粉を体中に塗り付けていただけさ」

タカヒコの説明に里の者らは唸った。見たこともない角が目の前にあっては信用するしかない。長は祝いの酒盛りを命じた。

「大きさはどうでした？」

「そうさな……小屋よりはあるか」

長は仰天した。その化け物から角を取ったのがシコオと分かって吐息する。

「俺たちより先に山に入った連中の姿は一人も見掛けなかったが……」

「だれも山からは戻っておりませぬ」

「化け物に始末させる気だったんだ。しくじったと分かって襲って来るかも知れん。ここに迷惑をかけるわけにゃいかねえ。酒を馳走になったら紀伊に向かう」

「直ぐに旅立たれてしまわれるので？」

「屯食《とんじき》と兎の干し肉でも用意して貰えればありがたい。頼みはそれだけだ」

「やはりお供は許されませぬか」

長はシコオに願った。

「紀伊から黄泉《よみ》の島に戻るにはどうせこの辺りを通る。そのときにまた立ち寄る」

シコオの返答に長は喜んだ。


少し体の疲れを取っただけでシコオたちは里を離れた。これから半月は山道を辿らなければならない。

「行くだけでも面倒なのに、敵の心配をしなくちゃならねえ。先が思いやられるな」

長が用意してくれた干し肉の重い袋を肩に担ぎながらタカヒコは苦笑いした。

「あれは！」

山道に入って間もなく、シコオは坂の上からゆっくり下りてくる人影を認めて絶句した。

「ブトーじゃねえか」

タカヒコは思わず笑いを発した。八上《やかみ》の里で姿をくらまして以来ずっと見ていない。

「やつも結局は敵に回ったということか」

タカヒコは笑いを止めて剣に手をかけた。

ブトーは薄笑いで皆の前に立った。

「よく赤猪を退治できたな」

「うるせえ。そっちの思い通りになるか」

タカヒコは前に出て睨み付けた。

「この角が欲しけりゃ覚悟しなよ」

タカヒコは明かりを示して挑発した。ブトーの腕は承知だが人数ではこっちに分がある。

「それが角か」

ブトーは声を上げて笑った。

「あの連中と手を組んだのか」

タカヒコは確かめた。

「組んで動いてはいないが、やつらのすることはすべて心得ている」

「抜け。今日で決着をつけよう」

タカヒコは袋を置いて剣を構えた。ナルミも間合いを取って腰を屈める。

「俺が相手をするのは一番最後だ。くだらぬことで命をなくすなと言いに来た」

ブトーはタカヒコを無視してシコオに、

「赤猪との戦いぶりを見て連中はまともな勝負を捨てた。剣を用いて襲ってはくるまい」

「仲間とは違うのか？」

シコオは怪訝な顔で質した。

「おまえらの様子を見て決める。連中ごときに敗れるようなら俺が手を下すこともない」

「屍肉《しにく》をついばむ鳥と一緒だな」

タカヒコは毒づいた。

「剣の勝負なら俺とてわざわざ言いはしないが、汚い罠だ。せいぜい気を付けろよ」

ブトーはくるりと反転して去った。

「あの野郎、ふざけやがって」

タカヒコは土を蹴散らした。

「真っ当な喧嘩なら文句はない」

シコオは微笑んだ。

「あいつはどこかで信用してたんだ。そいつが面白くねえのさ」

鍔の音を高く鳴らして鞘に収めながらタカヒコは舌打ちした。

「二人がかりでも倒せぬ腕かも知れぬ」

ナルミは額に噴き出た汗を拭《ぬぐ》った。

6

意外なことに敵はまったく動きを見せなかった。赤猪を退治してから十日が無事に過ぎている。紀伊《きい》の国へもすでに入っている。

「諦めたんじゃないの?」

タカヒメにも余裕が見られる。

「いや、違うな」

タカヒコはあっさりと返した。

「どこを辿るか分からぬ山道ばかりでは罠の仕掛けようがない。どうせ行き先は向こうも知っている。それなら先回りしてゆっくり策を練るのが利口と踏んだんだ。俺の睨みでは剣を授かる里に入る直前が危ない」

それにナルミも同意した。

「遠回りでも平地を辿るのが早い。敵はとっくに紀伊に入って待ち構えているさ」

「だったらそれを早く言って」

タカヒメは口を尖らせた。無駄に緊張を強いられていたことになる。

「どんなときでも油断は禁物だ。だからこそ狼を追い払うことができたんだ」

互いに寝ずの番をしていなければ狼に襲われていたのは間違いない。何度か間近まで接近されたのである。

「道はこれでいいんだろうな」

どこまでも続く深い森にシコオは不安を隠せぬ顔で質した。紀伊の国の名は『木の国』がはじまりだと旅の途中で聞かされている。その名に違《たが》わず山の連なりだ。うっかりすると右も左も分からなくなる。

「心配ない。俺に任せておけ」

タカヒコはときどき高い木に攀登《よじのぼ》っては目標をきちんと見定めている。

「明日辺りは例の木が見えるはずだ」

「そんな木が本当にあると思うか？」

ナルミは疑っていた。剣を授けてくれる里の後ろには、山の高さに等しい巨木が聳《そび》えていると言う。根本近くの胴回りは五十人の男たちが手を広げて繋《つな》いでも届かない太さだというのだから信じられない。その太さなら確かに天まで貫くような高さだろう。

「あっても不思議はない」

タカヒコは真面目な顔で、

「ここら辺りには七、八人でも手が足りぬ太い木が珍しくない。出雲《いずも》とは違う」

それに皆も頷いた。

「木には寿命がない。雷や嵐で倒されぬ限り何百年でも生きる。中には山よりも高くなる木だってあるさ。その木があればこそ、鬼たちもそれを目印として里を開いたんだろう」

「あったら、登ってみるか？」

面白そうにシコオは言った。

「無理だろうな。そういう木はたいがい枝までに高さがある。腕を回して摑まることもできん。第一、神が宿っていて邪魔をする」

タカヒコは首を横に振った。


その夜も野宿となった。

「熊が居るぞ」

近くを見回っていたタカヒコが戻るなり口にした。狼などとは較べられない難敵だ。

「見たのか？」

シコオは腰を浮かせた。

「木に爪を研《と》いだ痕《あと》がある。だいぶ大きな熊だ。木の皮がばりばりに剝がされている」

「新しいものか？」

「剝がされたところの木の肌が湿っている。昼に付けたものに違いない。熊の縄張りの中かも知れん。面倒でも動いた方がいいな」

「この真っ暗な森をか？」

シコオは顎《あご》に指を当てた。タカヒメとナルミも返事をしない。道に迷う恐れがある。

「熊となれば寝ているわけにはいかんぞ。焚き火も消さないとな。熊はそいつを目当てに襲って来る。火など怖がりもしない」

「戦ったことがあるのか？」

「何度もな。しかし、今日のやつが一番大きそうだ。爪の位置が違う。俺が手を伸ばしても届かなかった。木登りして爪は研がない」

「動けば心配なくなるか？」

「それは分からん。熊が今どこに居るか俺は知らん。だが、縄張りを抜け出すことができればずっと安心だ」

「どっちもどっちか」

シコオは悩んだ。タカヒコはシコオに決めさせようとしている。

「よし、歩こう」

「道が分かるの？」

タカヒメは案じた。無理もない。

「寝込みを襲われるより歩いている方が直ぐに反撃できる。松明を点《とも》せば道も見える」

「そうだな。覚悟して進むしかない」

タカヒコは焚き火を足で蹴散らして消した。ナルミは残り火を松明に移す。

「朝まで歩くつもりなの」

タカヒメは疲れた声でタカヒコに訊ねた。

「縄張りを出るまでだ」

「熊の縄張りは広いわ。麓まで下りて来る」

「それはよほど腹が減っているときだけだ。この森には食い物がいくらでもある」

タカヒコはタカヒメの腕を取って立たせた。朝から歩き詰めでくたびれているのは承知だが、熊の怖さはタカヒコが一番知っている。

「熊とはどうやって戦う？」

シコオはタカヒコに質した。

「顎の下を突くしかない。熊の皮は堅くて厚い。剣だと切り裂くことができるかも知れないが、その前に鋭い爪が襲って来る。熊は図体がでかいくせして身軽だ。足だって俺たちよりずっと速い。傷付けたぐらいじゃこっちの負けだ。一撃で仕留めないとな」

「なにを使って突いていた？」

「削って作った木の槍《やり》だ」

「俺たちもそいつを作ろう」

「じっくり木を選ばにゃならん。堅い木だ」

でないと途中で折れてしまう。

「どんな枝でもいい。その先に剣をくくり付ける」

なるほど、とタカヒコは感心した。それなら簡単に槍が出来上がる。

四人は拵えた長い槍を手にして移動した。

タカヒコは熊の爪痕が残されている木を松明で照らして見せた。

小柄なシコオには飛び上がっても指が届かない高さだ。巨大な熊である。

「この辺りはなんでもでかいんだな」

ナルミも呆れた。

「深い山には人が滅多に近付かん。それで獣ものんびりと生きていられるってわけさ。麓近くにこんなやつが居れば退治される」

タカヒコは言って皆を促した。

「なるべく大騒ぎして歩け。熊が嫌うのは聞いたことのない音だ。どうせこっそりと歩いたところで匂いで気付かれる」

「なんでも知っているのね」

タカヒメはタカヒコを見やった。

「山のことだったらな。麓のことは知らん」

タカヒコは珍しく照れた様子だった。

ナルミは低く歌いはじめた。唸りのようにしか聞こえない。皆は笑った。ナルミは自棄《やけ》になって声を張り上げた。今度は唄らしくなる。ナルミの故郷の祭唄だと言う。

タカヒメも別の唄を口ずさんだ。シコオもまた違う唄を。タカヒコだけが静かにしている。タカヒメは肘《ひじ》でつついて誘った。

「唄など一つも知らん」

タカヒコは寂しそうに応じた。山で一人育っていれば唄とは無縁である。

「私のように歌って」

タカヒメは透き通る声で先導した。タカヒコは照れつつも低くそれに合わせた。シコオとナルミも自分の唄を止《や》めてタカヒメに従う。タカヒコは喜んだ。自信なさそうだった声が次第に大きくなる。剽軽《ひょうきん》な戯《ざ》れ唄だった。単調だが文句が面白い。タカヒコはぴょんぴょんと飛び跳ねながら歩いた。

「いいな、この唄はいいな」

タカヒコの嬉しそうな姿にシコオの胸は熱くなった。シコオも槍を振り回して続いた。四人の歌声が暗い森に響き渡る。

眠っていた鳥たちが慌てて逃げて行く。

草藪にもそういう気配があった。狐《きつね》や狸たちなのだろう。ますます四人は張り切った。

タカヒコは同じ箇所を繰り返す。

闇夜に餅と思って摑んだら、となりに寝ていた女房の乳だったという部分だ。繰り返しては高笑いする。

微笑んで見守っていたシコオの足が止まった。木を揺さぶる大きな音がしたのである。

タカヒコも察して唄を止めた。

「熊か？」

「耳打ちなど無用だ。熊に言葉など分からん」

タカヒコはわざと声高に応じた。ばかりか槍の柄で草藪を掻き回す。

「逃げてはおらぬ」

タカヒコは少し待ってから言った。

「熊に間違いない。俺も匂いで分かる」

タカヒコは鼻をひくひくさせていた。

「あっちも様子を見ているのか？」

「だれを最初にするか見ているんだ。唸り声を上げないとこを見れば、狩りに慣れている。人を襲ったこともありそうだな。普通の熊ならまず吠《ほ》え立てて縄張りから追い出そうとする。覚悟しておけ」

タカヒコは荷物を放って槍をしっかりと構えた。シコオたちも警戒する。

「俺の真ん前の藪に潜んでいる」

タカヒコはナルミに教えた。

「そこに思いっ切り松明を投げろ。投げたらタカヒメを連れて走れ。やつの方も松明に目が眩《くら》んでしばらくは見えない」

「シコオと二人だけで戦うの！」

タカヒメはタカヒコの袖《そで》を強く引いた。

「やつは必ずおまえを狙う」

タカヒコは断じた。

「人間よりずっと賢い。それにおまえは俺たちと匂いも違って見分けがつく」

「………」

「ナルミ、早くしろ！」

タカヒコの叫びと同時にナルミは松明を投げ付けた。松明は火の粉を撒き散らしながらくるくると回って辺りを照らした。闇の中に一瞬だが巨大な熊の姿が出現した。立ち上がって松明を目で追っている。タカヒコはタカヒメの背中を押した。ナルミがその腕を取って駆け出す。二人はたちまち消えた。

「来るぞ！」

熊の咆哮《ほうこう》が響き渡った。タカヒコは松明を地面に置いた。こうすれば周辺がなんとか見える。シコオも真似て身構えた。

藪を掻き分けて熊が飛び出た。

でかい。

思わずシコオは息を呑み込んだ。ときどき立ち上がっては威嚇にかかる。その頭が高い枝にぶつかるほどである。

「いいか！　喉元しか狙うな」

タカヒコは念押しした。

「下手に踏み込むんじゃねえ。やるときゃ仕留める気で行け」

言ってタカヒコは左に離れた。熊の目がタカヒコに動く。右手を掲げて唸る。

シコオは槍を小刻みに突き出した。そうやって間合いを取ろうとしたのだが、熊は直ぐに体を低めて右に左にと体を揺らす。これでは踏み込む隙がない。

「逃げるときも背中を見せるな。熊の方が速い。そうやって何人も殺された」

タカヒコは嫌なことばかり言う。

「怖かろうが、身を縮めるな。そうすりゃ熊も立ち上がって襲ってくる。そうやるしか勝ち目はねえんだ。俺のことを信じろ」

シコオは頷いて背筋を伸ばした。熊も体を持ち上げる。自分の方を大きく見せようとしているのだ。どれほど巨大な熊でも前脚を地面に付けていればシコオよりも頭が低くなる。

だが、そうなると威圧が違う。

熊はまるで壁のように感じられた。

体を揺らすばかりで襲って来ないのはこちらの力を量《はか》っているのかも知れない。

「人と何度もやり合ってるな」

タカヒコは見抜いた。熊の額に剣の傷のようなものが刻まれている。

「俺が誘う。隙を見て突け」

タカヒコは喚きながら踏み込んだ。槍を振り回す。熊が巨大な口を開けてタカヒコに向かった。タカヒコはそのままの態勢で後退する。シコオは熊に脇から接近した。熊も気付いてシコオと対峙《たいじ》する。隙を見付けたのはタカヒコの方だった。熊の脇腹にタカヒコの槍が繰り出された。熊は機敏に逃れた。わずかに剣先が掠ったに過ぎない。

「ちくしょう、手強い野郎だ」

タカヒコは悔しがった。肩や腹の肉が波打つほど太っているのに素早い。

「隙なんかどこにもないぞ！」

シコオも焦っていた。ほんの一瞬のうちに熊の姿勢がころころと変わる。

「こっちも堪えるしかねえんだ！」

タカヒコはシコオを怒鳴りつけた。

「こいつの方も俺たちの隙を狙ってる」

シコオは頷いて気を取り戻した。我慢較べを続けるしかない。

タカヒコとシコオは熊を前後から挟む形を取った。熊も槍の怖さを知っているのか、盛んに吠え立てる。と言ってシコオも踏み込むことができない。万が一、手にしている槍を失えば熊は迷わず突進してくるだろう。賢いからこそ熊も滅多な動きを見せない。でなければこの体になるまで生き延びることなどできなかったはずだ。

〈しかし……〉

このままいつまでもこうしているわけにはいかない。

「こいつは木に登れるのか！」

熊に隠されて見えないタカヒコにシコオは叫んだ。

「当たり前だ。妙なことを考えるなよ」

「派手に騒いでくれ。試してみる」

「なにをする気だ」

不安そうなタカヒコの声が返った。

「攀登ってくるときはこいつも爪が使えない。それに、顔が上を向いている」

「…………」

タカヒコの返事がない。シコオの口にした策を頭に思い描いているのだろう。

「無理と見たら枝から飛び下りる。任せろ」

「囮《おとり》になるってことだぞ。よせ」

「朝までこうしている気か」

それにタカヒコは舌打ちで応じた。続いてタカヒコの喚き散らす声が聞こえた。熊はタカヒコに集中した。すっかり背中を向けている。シコオは手近の木に駆け出した。木の根本を蹴り上げて高い枝に取り付く。その勢いで足が枝にかかる。楽々とシコオは登った。だが、この高さなら熊の腕が届く。シコオはどんどん高みを目指した。ざわざわと枝が揺れる。熊はシコオを獲物に選んだ。反転して襲って来る。シコオは槍を構えて待った。熊は太い木に取り付いた。攀登ると見ていたのに、熊は木を強く揺さぶりはじめた。シコオにも思いがけないことだった。危うく振り落とされそうになる。それほどに揺さぶりが強い。木は次第に嫌な音を立てはじめた。このままでは折られてしまうに違いない。

「この野郎！」

タカヒコも慌てて背中を突いた。熊は激しく暴れた。タカヒコの手には槍が見える。深い傷ではないらしい。熊はそれでも槍から逃げる形で木に登りはじめた。シコオも態勢を固めた。熊の息遣いが聞こえる。黒い頭が真下に接近した。狙い通りの展開だが、堅い頭では無理だ。ぎりぎりまでシコオは耐えた。熊がシコオを睨み付けた。木を揺するほどの唸りを発した。口が大きく開いている。喉とは違うが、今しかないとシコオは思った。すかさず槍を口の中に突き立てた。熊は木から転げ落ちた。確かに手応えがあった。シコオも熊を追って枝から飛び下りた。熊はごろごろと藪を転げ回っている。

「やったか？」

「口の中を突いてやった」

タカヒコは目を丸くした。

が、致命傷ではなかった。熊は藪から立ち上がると怒りの目で二人に迫った。

「なんてやつだ」

さすがにタカヒコもたじたじとなった。熊の口からは血が溢れている。

「まだやるか！」

シコオは恐れずに立ち向かった。熊の足が止まる。シコオに対する怯えが見られた。熊の躊躇が隙を作った。シコオは咄嗟に踏み込んで喉を狙った。熊は後退した。それでも剣先は熊の喉を切り裂いた。今度も大した傷ではない。シコオは熊から離れた。

熊は急におとなしくなった。

タカヒコは槍をぶんぶんと振り回した。

熊はじりじりと藪に逃れる。

下手に攻めることをせずタカヒコは槍を振り回す音だけで追い詰めた。

「もういい！」

槍を構えたシコオをタカヒコは制した。

「これで必ず逃げる」

タカヒコの言葉通り、熊はゆっくりと大きな背中を見せて藪に消え去った。

「あれ以上痛めつけると熊も死ぬ気で暴れる。これに懲《こ》りて襲ってはこねえよ」

タカヒコは安堵《あんど》の息を吐いて地面に腰を下ろした。シコオもそうした。

「一人なら殺されていたな。あんな熊を相手にしたのははじめてだ。まぁ、あいつの方もおなじことを思っているに違いない」

タカヒコにシコオは笑った。

「大丈夫か！」

ナルミとタカヒメが引き返して来た。

「その様子じゃ近くで見ていたな。追いやったからいいようなものの、やられてりゃ次は二人の番だった」

タカヒコは二人を睨み付けて、

「用心に越したことはねえ。出発だ」

さっさと腰を上げた。

「お陰でいい腕慣らしになった。今の熊より強い相手は滅多にいなかろう」

「人は汚い罠を使う」

シコオも荷物を手にして言った。

「熊と争う方がいい」

「それはそうかも知れんな。余計なことを考えずに済む」

タカヒコも神妙な顔で同意した。

「鬼も人など頼りにしねえで熊にこの国をくれてやればいいんだ」

タカヒコに皆は頷きつつも爆笑した。

7

斜面を登り切った途端にその巨木がシコオの目に飛び込んで来た。いや、咄嗟には木と分からなかった。奇妙に尖った山がある、と感じただけだった。しかし、タカヒコやナルミの驚きでシコオもそれと察した。目を凝らせば確かに山の頂上にどっかりと根を張っているのが分かる。

ただ唸るしかない。

山の高さとおなじ、は大袈裟《おおげさ》にしても、半分近くはありそうだ。それもたった一本、尖った被《かぶ》り物のように天に聳えている。

「とても信じられん」

巨木を見慣れているタカヒコでさえ呆れ果てて斜面に腰を下ろした。山はまだまだ遠い位置にある。木の高さは見当もつかない。

「あれを普通の木としたら、俺たちは鼠《ねずみ》みたいなもんだぞ。根も恐らくあれくらいの大きさに広がっていよう。山全部で支えている」

「なんで伐《き》られなかったんだ?」

ここから眺める限り、深い山には見えない。麓は平地となっている。

「何百年も前からあの太さだったんだ。神が宿っているとしか思うまい」

タカヒコにシコオは頷いた。

「あの影を見ろ。こんなのははじめてだ」

タカヒコは指差した。夕日を浴びた先端の影が遥か遠くまで伸びているばかりか小さな山一つがその影にすっかり覆われている。

「木の国の名に相応《ふさわ》しい」

タカヒコの呟きに皆も頷いた。

「いよいよね」

タカヒメは安堵の息をした。あの山の麓に目指す里がある。そこで剣を授かることができれば試練の半分は終わる。

「いよいよ危ないってことさ」

タカヒコは苦笑いでタカヒメを見やった。

「里には半日で着こう。敵も今度を逃せば後がない。里の入り口付近で待ち伏せしている。敵はきっと何日も前から待っている。どんな罠を仕掛けているか分からんぞ」

「迂回して裏から里に入ればどうだ？」

ナルミが案じて言った。

「決めるのはシコオだ。俺に訊くな」

タカヒコは口にしてシコオに目を動かした。

「それは敵も考えていよう」

シコオは首を横に振った。

「どうせ裏道も固められている。それなら堂々と正面から行くしかない」

「そういうことだ」

タカヒコもにやっと笑って同意した。

「敵の纏めはあの大狸に違いない。あれは結構頭が働く。二手どころか四方八方に目を光らせているさ。どの道を進んだとて無事に済むわけがねえ。むしろ正面の方が手薄ってこともあるぞ。あの大狸ならこっそりと裏から入ろうとするだろうからな」

「それより、今夜はどうする?」

シコオはタカヒコに質した。

「まだ明るい。半日と見たが、できるだけ近付いておく方が楽になる。場合によっては闇に紛れて里に入れるかも知れん」

皆に異存はなかった。今までのように先が知れない旅と違う。疲れもいつの間にか薄れていた。それに下りの道である。

四人は張り切って歩きはじめた。


川沿いに進めば里に辿り着くことができる。それが四人の励みとなって、なかなか足が止まらない。せせらぎの音が道案内だ。

「さすがにくたびれてきたな」

タカヒコは笑って立ち止まった。淡い月明かりでなんとか道も見えるものの、真夜中近い。

「もうすぐじゃないのか?」

シコオに疲れは見られなかった。

「とは思うが……なんとも言えん」

タカヒコは草に胡座をかいた。タカヒメがとなりに体を投げ出す。弱音一つ吐かずについて来たのだから偉いものだ。

「腹は減ってないか？」

それにタカヒメは首を横に振った。減ってはいるが、ここで食べれば吐いてしまう。歩き続けで胃が落ち着かない。

「なんだ？」

急に辺りが暗くなった。タカヒコは空を見上げた。淡い月が隠れてしまっている。

「あの木に隠されたんだ」

シコオが先に気付いて言った。月が輝いていた辺りが真っ黒な闇と化している。

「月まで隠されてしまうのかよ」

タカヒコは仰天した。まさに山と変わらない。ナルミとタカヒメも吐息した。

「ここで休めってことだろう。松明を点せば敵に気取《けど》られる」

シコオも諦めて草に尻を落とした。

「ここでと言ったって道端だぞ」

タカヒコは反対に腰を上げた。

「里に近ければ、さっき見掛けた小屋も間近のはずだ。待っていろ、探してくる」

「この闇の中をか？」

「慣れている。任せておけ」

タカヒコは闇に消えた。月明かりに小屋の屋根が見えたのは皆も承知している。

少ししてタカヒコが戻った。

「すぐだ。あそこならのんびりとできる」

「人が住んでいるのか？」

シコオは気にした。起こすことになる。

「山小屋だ。だれもおらん」

皆は歓声を発して立ち上がった。小屋の中なら焚き火をしても目立たない。多少の煙もこの闇で隠されるに違いない。

「いつもタカヒコに助けられるな」

「大したことじゃなかろう」

タカヒコは笑って先を進んだ。本当にすぐの場所だった。藁《わら》の小さな小屋だが、なによりもありがたく感じられる。

「小屋の後ろは山だ。この山を一つ越えれば里だろう。着いたも同然だ」

タカヒコは小屋に入ると遠慮なしに松明を点した。土間の真ん中に囲炉裏《いろり》がある。薪《たきぎ》も隅に積まれていた。タカヒメは囲炉裏に運んで燃えやすいように積み上げた。タカヒコが松明をその隙間に突き立てた。火はたちまち勢いを増した。小屋の中が明るくなる。

「生き返った気分だな」

ナルミは陽気な笑いを発した。小屋には寝るための藁もふんだんに用意されている。

「一つ気になるのは……」

タカヒコは小屋を見渡して、

「新しい小屋ということさ」

「つまり……敵が建てた小屋だと？」

「考えられる。敵もまさか里で待ち構えてはいないだろう。本当の山小屋ならもう少し頑丈に作りそうなもんだ。この柱の太さなら雪の重みで潰されてしまう」

なるほど、とシコオも頷いた。細い柱を組み合わせて藁屋根を支えている。

「でも……」

タカヒメは首を傾げて、

「敵がいつからここで待ち伏せしているのか知らないけど、せいぜい三、四日のことよ」

「だろうな」

タカヒコも首を縦に動かした。

「私たちがいつ着くかも敵は知らない。わざわざ小屋なんて建てると思う？　まだ寒くはない。野宿する場所はいくらでもある」

それも理屈だ。皆は頷いた。

「それに、敵がここに寝泊まりしていたなら荷物だって置いてあるはずだわ」

どこにも荷物は見当たらない。

「俺の考え過ぎってことか」

タカヒコはぼりぼりと頭を掻いた。

「どうかな」

シコオは暗い目をした。

「わざわざ建てはしないだろうが、この小屋を見付ければ必ず寝泊まりに使う。それが不思議だ。今夜は外に出ているにしても、そういう形跡があっておかしくない」

なのに魚を焼いた匂いさえしないのである。シコオは囲炉裏の真上の藁屋根を調べた。

「やっぱり藁が真新しい」

「どういうことなの？」

タカヒメは怪訝な顔をした。

「だれもここで火を燃やしてないってことだよ。一度でも燃やせば煤《すす》が溜まる」

タカヒコがシコオの代わりに説明した。

「だから？」

なんだという目でタカヒメは質した。

「だれも使わぬ小屋を建てるやつはおるまい。間違いなくこれは敵が拵えた小屋だ。と言って連中が寝泊まりした様子もない」

「罠か？」

ナルミも察して声を潜めた。

シコオとタカヒコは同時に頷いた。

「無人の小屋があれば、どうしても中で一休みしたくなる。里も近いし、様子を見るにも都合がいい。そいつを狙ったのさ」

「だったらすぐに出ないと！」

タカヒコの言葉にタカヒメは青ざめた。

「襲うつもりならとっくに仕掛けている」

シコオは微笑んで、

「火矢を飛ばせば藁小屋は簡単に燃える。それをしてこないということは、眠るのを待つつもりだ。まだ余裕はある」

タカヒメを安心させた。

「火をつけられたくらいじゃ逃げられる。敵もそこは心得てるってわけだよ」

タカヒコは剣を握って豪快に笑った。

「仲間を呼び集めているのかも知れん」

ナルミは警戒を強めた。

それからしばらく時が過ぎた。

藁小屋の屋根から洩れていた煙もすっかり消えている。辺りは静寂に包まれていた。

いきなり――

地を揺るがす震動がはじまった。樹木を薙《な》ぎ倒す荒々しい音も鳴り響く。

小屋の背後の急斜面から何十本という太い木が雪崩《なだれ》落ちてきたのである。木は互いにぶつかり合って弾《はず》み、さらに勢いを増した。

藁小屋は一瞬にして木に押し潰された。

本当に、あっという間の出来事だった。

藁小屋の建っていた辺りには木が折り重なっている。

やがて斜面の頂上に松明を手にした四人の男たちが現われた。小躍りしつつ駆け下りる。

「間抜けめが！　思い知ったか」

奇声を発して真っ先に駆け下りたのは大狸とシコオたちが呼んでいた男である。

「だが油断するなよ！　しぶといやつらだ」

大狸は仲間に叫ぶと松明で照らしてシコオたちの死骸を探した。折り重なっている木が邪魔をして手間取る。

藁小屋の残骸が見付かった。

男たちは木の間に潜り込んで点検した。

しかし、藁ばかりで他には見当たらない。

「ちゃんと探せ！」

大狸の声には焦りが加わっていた。

「おらぬ！　逃げたのではないか」

男たちも動転の声で返した。

「逃げる暇などない。木に弾き飛ばされたのだ。周りを探せ」

大狸は喚き散らした。

「あいにくだな」

聞き覚えのある声に大狸はぎょっとした。

「貴様ら、なんで！」

離れた場所から悠々と現われたシコオたちに大狸らは愕然《がくぜん》となった。

「おまえらとは、ここが違うのさ」

タカヒコは頭を指で示して笑った。

「ただ寝込みを襲う気なら小屋を建てるまでもなかろう。こういうことと睨んでたぜ。それで焚き火をそのままにしてそっと抜け出たのさ。七、八人のときはさっさと里に行くつもりだったが、その数なら問題もねえ。ここで片を付けてやる。貴様らもそこまで頑張って逃げられたんじゃ報われまい」

「くそっ」

男たちは木を踏み越えてシコオたちと対峙した。四人と四人だが、シコオたちには女のタカヒメが混じっている。

「先回りしたのが無駄となったな。お陰でこっちも楽な旅をさせて貰った。礼を言う」

タカヒコは長い棒を手にしていた。剣はまだまだ苦手としている。闇に潜んでいる間に拵えたものである。

「知れた腕だ。怯《ひる》むな」

大狸は仲間に声を張り上げた。

「その、知れた腕のやつらに大事な耳を切り落とされたってわけかい」

タカヒコはくすくす笑った。

「その借りはたった今返す」

大狸はシコオの前に一歩踏み出た。大狸の耳を落としたのはシコオだ。シコオも臆《おく》せずに剣を抜くと身構えた。赤猪や熊と戦ったことで剣にはだいぶ自信ができている。ナルミも男たちを相手に身構えた。シコオたちの中では格段に腕が立つ。ナルミは二人の敵を視野に入れていた。さきほどまで隠れていた月がふたたび顔を出して松明がなくても互いを識別できる明るさになっている。

「心配ない。脇で見ていろ」

タカヒコはタカヒメを下がらせた。タカヒメは素直に従った。勝てると見たのだ。

「さてと……他の仲間は来ないようだな」

タカヒコは棒をゆっくりと振り回した。タカヒコの相手は鼻で笑った。自分とて一度は鬼に選ばれたという自信に溢れた顔だった。

「餓鬼の喧嘩とは違うぞ」

「俺の棒は剣より痛い」

タカヒコは誘った。相手は躊躇なしに飛び込んで来た。しゅっ、と剣先が空気を切り裂いて顔前をかすった。タカヒコの額に冷や汗が噴き出た。勢いに負けて棒で受け止める余裕さえなかったのだ。いや、むしろそれが幸いだったかも知れない。下手に受け止めていたら棒が両断されて額を割られていた可能性とてある。

「なかなかやるな」

タカヒコは腰を屈めて体勢を取り直した。

「なんで貴様らのような者が選ばれた?」

男は怒りの目でタカヒコを睨み付けた。

「選ばれたのは俺じゃねえよ。シコオさ」

タカヒコは間合いを取った。男の腹を突くつもりだった。それなら剣の倍の長さがある。

策を決めれば迷いもない。

タカヒコはわざと一歩後退した。相手もそれに合わせて前に出る。その瞬間を狙ってタカヒコは一気に踏み込んだ。相手は思わず逃げ腰となった。胸が大きく開いている。

タカヒコは棒を突き立てた。先端が相手のみぞおちに決まった。相手は吹き飛んだ。

呆気《あっけ》ない勝負だった。

タカヒコにも信じられない。

タカヒコは泡を吹いて倒れている相手に近付いた。手足が痙攣《けいれん》している。

「悪いな。喧嘩は俺の方が慣れている」

タカヒコは相手の剣を奪って遠くに投げた。

ナルミもその頃には一人を片付けていた。

「手伝うか?」

タカヒコはナルミに声をかけた。

「いや、いい。覚えているだろう。八上《やかみ》の里の出口で待っていた男だ」

ナルミが相手を顎で示した。

「なるほど。そう言えばそうだな」

タカヒコは相手を見やって、

「尋常な勝負ってのはこのことか?」

「うるさい! 勝手にほざけ」

相手は毒づいた。すでに気持ちが負けている。タカヒコはナルミに任せることにした。

「殺すのは可哀相だぞ」

「分かっている」

ナルミは余裕で頷くと剣を正面に立てた。

相手は気合いとともに突進して来た。ナルミは動きを見定めて右に払った。剣と剣とがぶつかって火花が散る。それから激しい攻防となった。右に左に繰り出される剣をナルミがしっかり受けて弾き返す。相手の息遣いが荒くなる。ナルミとの腕の違いを悟りはじめた証しでもあった。攻めているはずなのにナルミはむしろ受けながら前に出て来る。

「遊んでいるのか！」

相手は苛立《いらだ》って叫んだ。

「人を殺したことがあるか？」

剣を合わせて顔を間近にしたナルミは質した。相手は首を横に振った。

「なれば許してやる」

ナルミは一度離れてから思い切り剣を振り回した。相手の剣が弾かれて宙に飛んだ。

「諦めろ」

ナルミは相手の喉元に剣先を当てた。

「腕を落としてやるつもりだったが、人を殺していないのなら気の毒だ。さっさと立ち去れ。次に顔を見たら殺す」

ナルミに言われて相手は尻餅《しりもち》をついた。が、直ぐに立ち上がって逃れた。

「思っていたよりも強いな」

タカヒコは唸った。

「あっちが弱いだけだ。腕の筋はいいが、攻めに迷いがあった。それで訊いたんだ」

ナルミはシコオを探した。

シコオと大狸は転がっている木の上に場所を移して戦いを続けていた。

「綺麗に片付けたぞ」

タカヒコはナルミと一緒に駆け付けた。

大狸は舌打ちした。

「熊に較べりゃ楽な相手だろう」

それにシコオは笑顔で頷いた。さすがに簡単には踏み込ませてくれないが、こちらも軽々と攻めを防ぐことができる。以前の立ち合いで感じた威圧もない。剣に対する恐れが薄れたせいでもある。

「借りはなかなか返せねえようだな」

タカヒコは大狸をからかった。

「その腰つきだと、また逃げる算段か」

タカヒコとナルミは手早く囲んだ。

大狸はまた舌打ちしてシコオに専念した。

シコオはじりじりと距離を縮めた。斜面を転がり落ちた木は皮が剝《む》けて足が滑る。それにぐらぐらして体勢も定まらない。その不安定さは大狸もおなじだ。

シコオは足を使って木を揺らした。

大狸は必死で堪えた。

次第に揺れが大きくなる。

大狸は巨体にもかかわらず身軽にとなりの木へ飛び移った。シコオも追う。二人が乗っていた木がごろごろと転がった。タカヒコは慌てて脇に逃れた。

大狸はさらに別の木に移った。大狸の重みが失われてシコオの足元が大きく揺れた。木から転げ落ちそうになる。

それを大狸は見逃さなかった。

大狸は一気にシコオの胸元に飛び込んだ。

8

大狸は一気に空へ飛び上がると剣をシコオに突き立てた。が、シコオは幸か不幸かその前に体勢を崩していた。大狸が飛んだことで足元の木の重心が傾き、脇に投げ出されていたのである。大狸も目標を失って慌てた。なんとか踏ん張って木に立ったものの足を取られて派手に転げ落ちる。その反動で藁小屋を覆っていた木の山が崩れた。がらがらと音を立ててふたたび斜面を転がりはじめた。

「シコオ!」

タカヒコは動転した。だがこの状況では近寄ることなどできない。タカヒメは思わず目を覆った。あの雪崩落ちている木の下にシコオが居る。ナルミは絶望の呻きを発した。

「シコオ！」

滑落《かつらく》が落ち着くとタカヒコは駆け寄った。しかし木が複雑に折り重なって安否を確かめられない。タカヒコは太い木を両腕で持ち上げた。とにかく一本ずつ取り除いていくしか方法がなかった。ナルミも手伝う。二人でようやく動かせる重さだ。この木の山の下敷きになっていれば結果は見えている。

「死ぬんじゃねえぞ！」

渾身《こんしん》の力で次々に木を動かしながらタカヒコは喚き散らした。ここでシコオを失っては、なんのために苦労してきたか分からない。

「死なせてたまるか！」

一本ずつなどもどかしい。タカヒコは選んだ木の端を肩に載せると思い切り持ち上げた。二、三本が一挙に転がる。大きな隙間ができた。タカヒコは潜り込むと下を覗いた。無残に潰された足がタカヒコの目についた。心臓が破れそうになる。タカヒコは屈んで確かめた。安堵の息がタカヒコから洩れた。

「シコオか！」

ナルミが不安そうに質した。

「大狸の野郎だ。死んでる」

タカヒコは立ち上がって見回した。大狸はシコオより上の場所に転げ落ちたはずである。となればシコオはもっと下に居る。

「おかしいな」

木が折り重なっているのはここだけだ。あとはばらばらに斜面に散っている。

「木に弾かれたのかも知れん。その辺りを捜せ。弾かれた程度なら見込みがある」

タカヒコはナルミとタカヒメに叫んだ。二人は力を取り戻して二手に分かれた。タカヒコも張り切って飛び出た。暗がりでよく見えなかったのも事実だ。

「タカヒコ、ここに！」

タカヒメの声が聞こえた。タカヒコは反転した。ナルミもその方角に突進する。草むらに倒れているシコオをタカヒメが抱き起こしていた。タカヒメはシコオの心臓に耳を当てて、

「生きている」

どっと涙を溢れさせた。

タカヒコはシコオの体を調べた。手足に別状はないらしいが、胸を相当に打ったようでシコオの顔は苦痛に歪《ゆが》んでいた。それで声を上げることができなかったのだ。

「俺の声が聞こえるか！」

タカヒコは耳元で叫んだ。シコオはうっすらと瞼を開けた。笑おうとするのだが無理と見える。タカヒコは不安にかられた。死ぬほどの苦痛にも耐えるシコオである。よほどのことと しか思えない。

「胸の骨が折れたのではないか？」

ナルミは溜め息を吐いた。その骨がもしも中に突き刺さっていれば助からない。苦しみ続けた果てに命が尽きる。

「剣を授けてくれるのは鬼の仲間だ。鬼ならきっとシコオを助けられる」

タカヒコはシコオを抱えると背負った。シコオは気を失いつつある。

「間に合うか？」

村はまだ遠い。ナルミは案じた。

「こっちも死ぬまで走り通す」

タカヒコは二人に言うと駆け出した。二人も慌てて後を追った。


タカヒコは駆けた。駆けて駆けて駆け続けた。一歩でも休めばシコオが危うい。シコオの体が軽いのをタカヒコは神に感謝した。

〈辛いか……辛いだろうな〉

タカヒコの体の揺れにシコオの呻きが重なる。それでも耐えて貰うしかない。シコオの痛みがタカヒコにそのまま伝わる。

「代わろう！」

ナルミがタカヒコと並んで言った。

「いくらなんでも保《も》たんぞ」

「村が見えている。余計な心配だ」

タカヒコは笑いで返した。膝ががくがくとなっているのだが自分の運を試すつもりでタカヒコは駆けている。一人で村まで運ぶことができればシコオは助かる。自分が楽になろうと思った瞬間にシコオの命の糸は切れる。助けるためには血反吐《ちへど》を吐いてもやり遂げるしかないのだ。

「よろけているじゃないの」

タカヒメがタカヒコの腕を支えた。

「ナルミと代わった方がいい」

「うるさい！　これは俺とシコオの賭けだ」

「なんのことよ！」

「俺はシコオに運を任せた。シコオが死ぬときは一緒だ。その覚悟で走っている」

タカヒコは気力を振り絞って足を速めた。

「ナルミ、先に行って村の者を起こせ」

「承知した」

ナルミは諦めて先乗りの役目を引き受けた。見る見る姿が小さくなっていく。

「怒鳴って悪かったな」

タカヒコはタカヒメに謝った。

「ナルミに渡せば死ぬ。そんな気がした」

「ナルミだって私たちの仲間よ」

「分かっている。俺の悪い癖が出た。山の中ではいつも一人だ。話し相手は自分しかなかった。それでいつも自分に聞いていた。あそこまで踏ん張れたら食い物が手に入る。一晩寝れば熱も下がるとな」

「…………」

「こうして休まずに村まで行けたらシコオに運が向く。俺の中の俺がそう言った」

「シコオの口から血が！」

タカヒメは青ざめた。

「もうナルミは居ない。タカヒコにかかってる。急いで！」

「絶対に死なせはしない」

タカヒコは自分に言い聞かせた。

9

村の入り口にはナルミが待っていた。

その傍らに三人が立っている。叩き起こしてくれたと分かってタカヒコの力が抜けた。あと二十数歩踏ん張ればいい。はじめは軽いと思っていたシコオが今は岩のように重い。後ろ手で支えている腕の感覚も怪しくなっていた。タカヒメが袖でタカヒコの額や首の汗を拭いた。それに笑顔で応じる余裕もない。

「あの者に任せてやってくれ」

よろよろとした足取りを見て飛び出そうとした村人らをナルミは制した。

「これも我らの試練だ」

ナルミの言葉にタカヒコは頷いた。一歩一歩タカヒコは前に進んだ。シコオはすでに呻きさえ発していない。だが心臓の音だけははっきりとタカヒコに伝わっている。

「早かったたな。俺とさほど変わらない」

ナルミは近寄ってタカヒコを労《ねぎら》った。

「鬼は聞き届けてくれたか？」

タカヒコは真っ先に質した。

「分からん。いつもこの村に居るわけではない。だが呼んでくれると言っている」

「当たり前だ！　赤猪の角は手に入れた。ここへ来いと言ったのは鬼たちだぞ」

タカヒコはそして村に辿り着いた。ナルミがシコオを抱いて背中から下ろそうとする。

「腕を外せ。シコオを下ろされぬ」

ナルミは声を荒らげた。シコオの尻にタカヒコの両腕ががっしりと食い込んでいる。

「外そうとしているが……外し方を忘れた」

「なにを馬鹿な」

「本当だ。どうやっても指が離れぬ」

タカヒコは泣きそうな顔で訴えた。あまりに長い間おなじ姿勢を取っていたので筋肉が固まってしまったのである。ナルミとタカヒメは指を一本ずつ剝がしにかかった。だが無理だった。指が血だらけでナルミたちの指に力が入らない。

「屈んで背中を丸めて！　そうやってシコオを引き抜くしかないわ」

タカヒメは命じた。タカヒコは静かに膝をつくと背中を丸めた。シコオが上になる。ナルミとタカヒメはシコオの腕をタカヒコの首から外して慎重に体を引き抜きはじめた。その力に引かれてタカヒコも前に出る。

「踏ん張っていろ！」

ナルミは叱り付けた。

「俺の肩に足をかけてシコオを引き抜け。でないとどうしても前に出てしまう」

タカヒコは二人に言った。

躊躇なく二人は片足でタカヒコの肩を押さえて試みた。今度はシコオだけが前に出る。タカヒコの顔が見る見る紅潮した。固まった腕が捩《ねじ》れているのだ。

「構わぬ。シコオが先だ！」

手を休めたタカヒメにタカヒコは叫んだ。

シコオの尻がタカヒコの腕から外れた。それから後は簡単だった。シコオは無事に大地に横たえられた。タカヒメは蹲《うずくま》ったままのタカヒコを揺り動かした。

「心配ない。俺のことはいい。シコオを早く連れていってくれ」

「腕はどうなの？」

「こうしていればやがて力が戻る。それを待つしかない」

タカヒコはぐったりとなった。タカヒメはタカヒコの両肩を探った。骨が異様に突き出ている。肩の骨を外しているらしい。タカヒメは胸を詰まらせた。

「ついていてやれ。シコオは俺が運ぶ」

ナルミはシコオを背負ってタカヒメに言った。タカヒメは涙顔で頷いた。

「この道程を背負って駆け通すなどタカヒコ以外にだれもできぬ。鬼はタカヒコの方だ」

タカヒメも微笑みでそれに応じた。

「鬼はきっと来てくれる。このタカヒコの思いが通じぬはずがない」

ナルミはタカヒコの背中を見詰めて不覚にも涙を零しそうになった。タカヒコの背中は擦《す》り切れた指から流れた血で真っ赤に染められている。信じられぬ痛みだったに違いない。それでもタカヒコは組んでいる指を一度も外そうとはしなかったのだ。


しばらくしてナルミは戻った。

タカヒコとタカヒメの二人は村の長の家に案内されていた。

「遅いぞ！」

手足を広げて寝ていたタカヒコはナルミと分かると即座に半身を起こした。

「シコオはどうなった！」

「預けたからには我らが案じたとて仕方ない。信じて待つしかないさ」

ナルミはだいぶ回復しているタカヒコの様子に安堵の笑いを洩らした。

「シコオ一人を山の頂上に置いて来たのか」

タカヒコは睨み付けた。あの巨木が聳えている場所だ。鬼はいつもその木の根本に空から降りて来ると言う。

「巫女《みこ》二人が世話をしてくれている。よそ者の俺は近寄れぬそうだ。何度も頼んだが拒まれた。定めを覆《くつがえ》すわけにはいかぬ」

それにタカヒメも頷いた。村の者たちも本心からシコオの身を案じてくれている。

「どうやって鬼を呼ぶ？」

タカヒコは苛立ちを隠さなかった。シコオの命は今にも尽きようとしているのだ。

「その巫女らがいつも呼ぶらしいな。方法は巫女以外に知らぬ。だが巫女は安心しろと俺に言った。俺たちがこの村の側に居ることを二日前から承知していたそうだ。鬼から聞かされていたような口振りだったぞ」

「巫女が請け合ったのなら望みはある」

ようやくタカヒコも得心した。

「外れた肩の骨もちゃんと戻ったようだ」

ナルミはどっかりと胡座をかいてタカヒコを見詰めた。タカヒコの両手の指も真っ赤だが血はもはや止まっている。

「粥《かゆ》を馳走になったが、箸を摑めなかった」

タカヒコは笑って両腕を突き出した。広げた指がぶるぶると震えている。

「タカヒメに食わして貰ったよ。おまえの分も残してある。頼んで来てくれ」

タカヒコはタカヒメを目で促した。タカヒメは頷いて部屋を出て行った。

「大狸は倒したが……まだ仲間がいる」

ナルミは眉を曇らせて口にした。

「シコオは動けぬ。それはかりが気になる。まさかここまで来て襲うとは思えぬが……」

「ブトーはそれほど卑怯《ひきよう》な真似をせぬ」

タカヒコは断じた。

「他の者はどうだ？　どこかで村の様子を見ているに違いない。村に辿り着くまでの間という約束だが、そんな潔い者らとは少し……」

「しかし山の頂上には近寄れぬのだろう？」

「敵はそんな定めなど気にするまい」

「それを承知で、なんで戻った！」

タカヒコは片膝を立てた。

「村の者らが一緒ではままならぬ」

ナルミも応じながら腰を上げた。二人の気持ちは重なっている。

「タカヒメには言わずに出よう。三人ともここから居なくなれば村の者らに気付かれる」

「歩くことができるか。山はきついぞ」

「俺を侮《あなど》るな」

タカヒコはよろけつつ鼻で笑った。


蔀戸から抜け出た二人は村の裏手を回り込んで山道に入った。そろそろ夜が明けようとしている。二人は駆け出した。

信じられないことにタカヒコの足の方が速い。山道に慣れているせいだ。

「本当に化け物だ」

なんとか並んでナルミは呆れた。

「俺より強い者などこの世におるまいと思っていたが、世の中は広い」

「ブトーはもっと強い。五人を相手にしたとて楽に斬り殺す」

タカヒコは暗い目で返した。これほど急いでも間に合わぬような気がしてならない。

「お！」

タカヒコの足が止まった。

「人の死骸だな」

ナルミも気付いた。細い山道の両側に三人の死骸が転がっている。二人は接近した。

「大狸の仲間だ……」

　顔に見覚えがある。タカヒコは吐息した。それにしても無残な死骸であった。いずれも腕や足を綺麗に切断されている。頭を二つに割られている死骸も見られた。

「どういうことだ？」

ナルミは途方に暮れた。三人とも一度は鬼に選ばれた者だ。人並み以上の腕を持っている。もはやシコオが動けぬ体と見て仲間割れをしたのかとも思ったのだが、側に転がっている剣にはどれも血が見られない。

「ブトーかも知れん」

タカヒコは腕を組んで言った。

「村の者ではこやつらを倒せまい。草むらもさほど乱れておらん。大勢で襲ったのではないということだ」

「ではブトーが手柄を独り占めに！」

「そういう者には見えんかったが……」

タカヒコも自信なさそうな顔をした。

「急ごう。シコオが危ない」

ナルミは頬を痙攣《けいれん》させて促した。


その頃。

シコオは昏睡《こんすい》状態にあった。その上、二人の巫女によって丸裸にされている。巫女たちはシコオの体の隅々に松脂《まつやに》を塗り重ねていた。こうすれば松脂の膜ができて体の中の熱を外に逃がさない。鬼を待つ間なんとか持ち堪《こた》えさせなければならない。

「美しい王になられる」

一人がうっとりとシコオを眺めて呟いた。

遥かに若いもう一人は空を見上げた。巨木の枝葉が空の半分を隠している。

「遅いではないか。もう一度知らせを」

シコオの側に付いている巫女が命じた。空を見上げていた巫女は首を小さく縦に動かして巨木の根本にできている洞《ほら》に潜った。そこが二人の巫女にとっての神殿である。

薄暗い洞の中に赤い輝きが浮かんでいる。

赤猪の頭に取り付けられていた明かりとおなじ輝きだった。

巫女は明かりの脇に飛び出している突起を指で押し込んだ。明かりが点滅に変わった。

そうしてしばらく待つ。

点滅が消えて普通の明かりに戻る。

鬼が知らせを受け取ったというしるしだ。

「もうよい。見えられましたぞ」

外の巫女の声がした。若い巫女は慌てて洞から出た。わずかのことでしかなかったのに頭上には鬼の操る船が出現していた。

「赤猪を退治した者が到着いたしました。ここに赤猪の角がございます」

年老いた巫女が空に掲げて示した。

「なれど今にも死にそうな身」

言った途端に船の底から白い光の束が放射された。二人の巫女は慣れた様子で両側に広がった。光の束はシコオを眩しく照らした。

シコオの体が少しずつ宙に浮いた。

シコオは気を失ったままである。

光の束はシコオをゆっくりと船の真下まで運んだ。船の底が開いていく。巫女たちは静かに見守った。いつもより大きな船だ。

シコオは船の中に引き込まれた。

船の底が閉じられた。

「明日の朝には戻せるであろう」

船から鬼の声が発せられた。巫女は地面に膝をついて鬼への感謝を述べた。

「この者の仲間が気遣って山を登っている。明朝には約束の剣とともに戻すと申せ。試練は終わった。その後は黄泉《よみ》の島を目指せとな」

「承知してござります」

年老いた巫女は微笑んだ。

「そなたたちも山を下りよ。この者は村の広場まで必ず届けよう」

鬼の声が消えると同時に船は急上昇した。たちまち木に隠れて見えなくなった。

「幸せな若者じゃ。あれで蘇《よみがえ》る」

若い巫女もそれに目を輝かせて頷いた。

聖　王

1

蔀戸《しとみど》をすべて閉じ切ってタカヒコたちは待った。祭壇をしつらえた広場には未明から二人の巫女《みこ》だけが出ている。合図があるまで決して外に出てはならないと厳命されている。


「遅いな。とっくに夜が明けた」

タカヒコは苛立《いらだ》った。蔀戸を閉じていても隙間《すきま》から朝の淡い光が差し込んで来る。

「覗《のぞ》いては駄目よ」

腰を浮かせたタカヒコをタカヒメが制した。

「まさか手遅れだったんじゃなかろうな」

「巫女は助かると請け合った。心配ない」

「あの女らが手当てするわけじゃなかろうに」

タカヒコはナルミに舌打ちした。

「おまえの方の傷の具合はどうだ?」

ナルミはタカヒコに質《ただ》した。

「こんなもんさ」

タカヒコは両腕を軽く振り回して見せた。

「肩の骨を外しただけだ。傷とは違う」

「とにかく落ち着け。待つしかない」

「大狸《おおだぬき》の野郎、あっさりと死にやがって……シコオにもしものことがあったら」

八つ裂きにしても足りない気分だ。タカヒコは床を激しく叩《たた》き付けた。

「来たのでは?」

タカヒメが声を弾《はず》ませた。隙間から差し込む光がゆっくりと動いている。太陽とは異なる輝きが広場を満たしている証《あか》しだ。

「音もする。間違いない」

タカヒコは蜂の羽音に似たものを聞き分けて大きく首を動かした。

「まだじゃ。出てはならぬぞえ」

広場の巫女が叫んだ。

「天よりお体が戻されておる。断じて見てはならぬ。神がお怒りになられるぞ」

タカヒコたちの他にも広場に飛び出して見ようとする者らが居るらしい。巫女は声を張り上げた。タカヒコも堪《こら》えた。

巫女の合図でタカヒコは飛び出した。ナルミも続く。あちこちの小屋から多くが顔を覗かせた。広場を探したタカヒコに笑いが生まれた。白い真新しい衣服に包まれたシコオが祭壇の前に横たわっているのだ。

「大丈夫か！」

巫女の側《そば》に駆け寄ってタカヒコは訊《たず》ねた。

「神の約束召されたことじゃ。眠っておるが案じる必要はない。熱も取れている」

シコオの額から掌《てのひら》を離して巫女は微笑《ほほえ》んだ。

タカヒコはシコオを見詰めた。確かに苦痛はどこにも見られない。いつものシコオだ。シコオの頰《ほお》には血の色も戻っている。

「シコオ！　分かるか」

タカヒコは肩を揺り動かした。

「乱暴にしてはいかん。焦《あせ》りは禁物じゃ」

巫女はタカヒコの腕を取った。

「眠ってるだけなら起こしたってよかろう」

タカヒコは喚《わめ》き散らした。

そのうるささにシコオの眉が動いた。タカヒコはさらに騒ぎ立てた。

シコオの瞼《まぶた》がぱっちりと開いた。

「俺《おれ》だ。俺はここに居る」

タカヒコの目から涙が溢《あふ》れた。

「どうしたんだ？　なにがあった」

横たわったままシコオは怪訝《けげん》な顔をした。

「ばかやろう。なに呑気《のんき》なことを言ってやがる。おまえ、死ぬとこだったんだぞ」

それにシコオはきょとんとした。タカヒメとナルミも側に膝《ひざ》をついて涙顔となった。

「なんにも覚えてねえのか？」

静かに半身を起こしたシコオにタカヒコは呆《あき》れた。あれだけ強く胸を打たれたというのにシコオには息苦しさもないようだ。

タカヒコに言われてシコオは襟元《えりもと》を広げると胸の具合を確かめた。傷一つ残されていない。深呼吸も楽々とできる。

「鬼が治してくれたのか？」

シコオは首を傾《かし》げた。巫女は頷《うなず》く。

「大狸とやり合ったのは分かっていよう」

「たった今のことじゃないのか？」

シコオは戸惑っていた。

「一日以上が過ぎてる。正直言って助からんと思ったよ。胸の骨がすっかり潰《つぶ》されてた」

「負けたのに……鬼はどうして俺を？」

シコオはタカヒコたちを見詰めた。

「でも、負けちゃいねえさ。その前に大狸は死んだ。勝ったのは間違いなくシコオだ」

「大狸の仲間たちはまだ生きている」

「やつらも皆死んだよ。この目で見た」

「だれが殺した？」

「たぶんブトーの仕業だろう」

「ブトーは？」

「分からん。鬼がおまえを王として認めたところを見りゃブトーも死んだのかも知れん」

「神より授かった剣にござります」

巫女がシコオとタカヒコに割って入った。

シコオは渡された剣を手にした。柄《つか》に紅い宝玉が綺麗《きれい》に埋め込まれた美しい剣である。

立ち上がるとシコオは剣を引き抜いた。

朝日を浴びて剣が眩《まぶ》しくきらめいた。

鋭く研《と》ぎ澄まされている。

シコオは高々と剣を空にかざした。

虹色の輝きが剣から発せられた。

広場に出ていた者たちが威圧されて跪《ひざまず》く。

「紀伊《きい》の国はあなたさまに従います る」

長《おさ》がシコオの前に進み出て両手を揃《そろ》えた。

「剣を授けられたのはあなたさまお一人。この日の来るのをずっとお待ちしておりました」

頭を下げると広場の皆も地面に額をつけた。

「この里の皆のお陰で助かったようなもんだ」

タカヒコはシコオに言った。

「俺は里の者たちになにをすればいい?」

シコオはタカヒコに目を動かした。

「黄泉《よみ》の島に行けば分かる。その剣を手にした者だけが出入りを許される島。鬼がおまえになにをさせたいのか、そこで知れよう」

タカヒコにもそれしか言えなかった。

2

また長い戻り道となった。

だが今度は妨げる敵を気にせずに済む旅だ。

山中を忍び歩く必要もない。

シコオの母の待つ八上《やかみ》の里に着いたのは紀伊《きい》の国を出て半月後のことだった。

「まだ黄泉《よみ》の島が控えている」

到着を知って祝いに駆け付けた八上の長と媛《ひめ》にシコオは首を横に振った。八上の里は紀伊の国と黄泉の島を結ぶ線上にある。それで立ち寄ったに過ぎない。

「しかし、見事に紀伊の国にて剣を授かって参られたではござらぬか」

八上の長は驚嘆を隠さなかった。旅の途中の試練についてもすでに耳にしている。

「黄泉の島が恐ろしい場所と言ったのは長のはず。祝いなどする気には……」

シコオに傍《かたわ》らの母親も頷いた。

「そうだな。あんまり調子に乗って騒げば鬼らが臍《へそ》を曲げる恐れがある。今夜はほどほどの酒で母者《ははじゃ》との再会を喜び合う席としよう」

「おまえのほどほどは量が知れぬ」

シコオにタカヒコは爆笑した。

「よく戻ることができましたね」

二人きりになると母親はにっこりとした。酒宴はまだ続いている。タカヒコの派手な笑いが離れた広間から伝わってくる。

「親父さまは紀伊の国にも居なかった。と言うより船を見掛けただけで鬼とは一度も顔を合わせておりませぬ」

「傷を治してくれたときのことは？」

「鬼がやってくれたことだろうが、なにも」

「生きておられると分かったからには、そのうち会うことができましょう」

「八上の者たちは親切にしてくれたか？」

「働くことを許してくれませぬ。それがもどかしい思いでありました」

「それはそうだ。俺は因幡《いなば》の王となった」

「そなたは王でも私はただの女」

母親は困った顔をして、

「機織《はたお》りでもしたい。そなたから言うてくれぬか。体が固まってしまいそうじゃ」

「母者がそれでいいと言うなら。母者の織る布は美しい。八上の者もびっくりするぞ」

シコオは喜んで約束した。

「黄泉の島にはタカヒメも連れて参る気か」

母親が案じた様子で質した。

「ここへ置いて行きたいが承知しない」

「そなたがきつく命ずればよろしかろう。王なのじゃ。黄泉の島は危ないと聞きました」

「タカヒメは仲間だ。命令はできぬ」

「仲間なればこそ大事にせねば」

「きっと俺に食ってかかる」

その言葉に母親はころころと笑った。


翌日。

八上の里を旅立ったのは三人だった。

「よくタカヒメに言い聞かせた」

タカヒコは安堵《あんど》を見せてシコオに言った。

「八上に立ち寄った甲斐があるというものさ」

「しかしタカヒメは相当に怒っていた」

ナルミも苦笑混じりで、

「なにを言ってもシコオには耳を貸さなかったからな。口添えしてやりたくなったほどだ」

「それをやれば意味がなくなる」

シコオはナルミを叱った。

断固としてシコオはタカヒメの居残りを命じたのである。

「いずれにしろありがたい。これで男ばかり気楽な旅ができる。足手纏《まと》いというほど弱くはない女だが、女には変わりがない」

タカヒコはわざと腕を伸ばして息を吸った。

「なにやら強がりの欠伸《あくび》に見える」

ナルミはからかった。

それでも男三人の足はさすがに速い。八上を出て三日目の夜には黄泉の島に渡る安来《やすぎ》の浜に到着した。だが、ここで壁に阻《はば》まれた。漁師たちに問い質しても、だれ一人として黄泉の島など知らないと言い張るのである。

「八上の長は確かに安来の浜と言った」

暗い浜に焚《た》き火を燃やして海と向き合いながらシコオは言った。

「この内海には多くの島がある。漁師たちはそこが黄泉の島とは知らずに別の名で呼んでいるのだろう」

「だとしても……島がどれか分からぬでは渡ることができぬ。まさか全部の島を経巡《へめぐ》るわけにもいくまい。小さなものまで数え上げれば二十やそこらあると言っていた」

タカヒコにナルミも吐息《といき》した。それでは突き止めるまで何日かかるか知れない。

「招いたのは鬼の方だ。こうして待っていれば鬼の方で教えてくれる」

シコオはそれを信じていた。

「そうあって欲しいもんだ。ここで足留めを食らっては早く着いたのが無駄となる」

タカヒコは漁師から貰《もら》った魚の串を焚き火から外してシコオとナルミに手渡した。こんがりと焼けて旨《うま》そうな匂いがする。

「まぁ、何日だろうとここが最後だ。ゆっくり探す覚悟を決めりゃいいことだがな」

タカヒコは魚の串にかぶりついて、

「食い物に苦労はしない。安来の里に行けば酒もふんだんにある」

なるほど、とナルミも笑いを浮かべた。

「そうと決めたら気が晴れた」

タカヒコは酒を詰めた竹筒を袋から出してシコオにも持たせた。シコオは頷いて口をつけた。竹の香りが酒に甘みを足し加えている。

「これなら少しは飲める」

シコオは喉に流し込んだ。

「男はそうでなくちゃ」

タカヒコはにやりとした。

「酒嫌いの王の下に居るのは辛《つら》い」

「辛そうな顔など一度も見たことがないぞ」

「俺はそうだが、他の者たちがな……酒宴で王が退屈そうにしていては座も弾まん」

「よく飽きもせず呑《の》むと感心しているだけだ」

「その目が気になる。今夜は呑め。転げ回ったところで砂浜なら心配ない」

タカヒコはもう一本の竹筒を預けた。

「タカヒコの袋には酒しか入っていないのか」

「奇妙に酒は重さが気にならぬ」

「酒は油断に繋《つな》がると母者から諭された」

「いかにも母者らしい。砂鉄採りのおまえに油断するなとは……こういうときが来ることを知っていたとしか思えん。偉い母者だ」

タカヒコは言って何度も頷くと、

「俺など、酒が欲しくて熊や猪を退治していたようなものだ。山の中に一人で暮らしていれば酒がただ一つの楽しみ」

「里に下りて暮らす気にはならなかったのか」

ナルミが首を傾げて質した。

「特に人嫌いとも見えんが？」

「おまえやシコオは他の者と違う」

「なにが違う？」

「平気で命を捨てることができる」

「平気ではない」

「おまえが気づいておらぬだけさ。おまえやシコオには獣の匂いがする。獣のいいところはいつも迷いがないことだ。逃げると決めれば恥も忘れて藪《やぶ》に消える。反対に戦うときは相手の強さも気にせずにぶつかってくる」

「それだけのことか？」

「人はくだらぬことに縛られている。獣は恨《うら》みさえも直《す》ぐに忘れるぞ。泣くこともせぬ」

「俺やシコオは獣並みでしかないのか」

「ばか言うな。獣の方が人よりずっと上だ」

そうかな、とナルミが頭を掻《か》いた。

「獣は決して嘘《うそ》もつかん。欲もない。熊は恐ろしいと言うが、腹が減っておらぬときは獲物など見向きもせぬ。山でばったり出会っても知らぬ顔で立ち去る」

「ではなんで退治する？」

「里を荒らす獣だけだ。人の肉の味を知ったり畑の食い物を狙《ねら》うものはもはや山で生きていけぬ。獣でもなくなるのさ」

あっさりとタカヒコは返した。


シコオは目覚めた。

眠ってしまったことも忘れていた。珍しく酒を呑んで油断したのだ。

シコオは砂浜に半身を起こした。

タカヒコとナルミの姿はなかった。

不安に駆られてシコオは辺りを見回した。

二人の着物が側に脱ぎ捨てられている。

月明かりに照らされた海の方から笑い声が聞こえた。どうやら二人は泳いでいるらしい。

シコオは安堵した。

自分も行こうとしたが腰が立たない。タカヒコに勧められるまま竹筒の酒を二本も飲み干してしまったのである。

目も少し回っている。

シコオはまた寝転んで夜空を眺めた。きらきらと輝く星が美しい。なにやら心楽しい思いに包まれているのは酒のせいだろう。子供のようにはしゃいでいるタカヒコとナルミの声も嬉《うれ》しい。シコオは砂浜に手足を伸ばした。

〈これが酔うってことか〉

シコオは笑った。もちろん何度か酒に口をつけたことはあるが、今夜のようにふわふわとなったのははじめてだ。星もゆっくりと揺れている。眩しさが倍も違って見える。

きしっ、きしっと砂を踏む足音がした。

シコオは軽く頭を擡《もた》げて音の方角を確かめた。砂浜を歩いて来る小さな影があった。

シコオは静かに見守った。

女の影だ。長い髪が月に輝いている。

「だれだ？」

朦朧《もうろう》とした頭でシコオは質した。声にしたつもりだが、伝わったかどうか分からない。女は無言でシコオに近寄って来た。慌てて半身を起こそうとしたのだが体が動かない。それでも酔いのために恐れは薄れていた。

女はシコオを見下ろした。

シコオは夢に違いないと思った。

女の顔が白く輝いて見える。第一、これほどに美しい女がこの世に居るはずがない。

「酒とはいいものだな……」

シコオは女に笑いかけた。

「こんなに楽しい夢を見させてくれる」

「夢ではありません」

女はおかしそうに口に手を当てた。

「夢でなければどうしてここに居る？」

シコオも笑って女に訊ねた。シコオとさほど年頃の変わらない娘だ。この真夜中に一人で出歩くはずがない。

「夢でもいい。おまえとこうして会えた」

「朝日が昇ったら白い崖に囲まれた島のことを漁師たちに訊《き》いてみてください」

娘は側に片膝をついて耳打ちした。

「なんのことだ？」

「そこがあなたの訪ねて来た島です」

「………」

「私たちはあなたの来るのをずっと待っていました。それを伝えに来たのです」

娘は言い終えると立ち去った。

「待ってくれ……おまえの名は？」

身動きできぬままシコオは叫んだ。

「スセリ。島で会いましょう」

振り向いて娘は応じた。

〈スセリ……〉

シコオは胸にその名を何度も繰り返した。

不思議な響きを持つ名である。

スセリは闇に溶け込んだ。と思った瞬間、白い光の束が空に高く立ち上がった。スセリの姿がその光の束の中にある。スセリは緩やかに空へと浮き上がった。

そしてふたたび闇となった。

シコオは夜空を探した。

大きな星が海に向かって流れて行く。

流れ星ではなかった。

「どうした！」

シコオは乱暴に揺り起こされた。

「今のは鬼の船だろう。なにがあった！」

タカヒコが畳み掛ける。

「見たのか？」

夢ではなかったとシコオは知った。

「鬼がこの浜にやって来たのか？」

「鬼ではない。美しい娘だ」

「鬼の使いか？」

「黄泉の島のことを教えてくれた。白い崖に囲まれた島と言えば分かるそうだ」

タカヒコとナルミは顔を見合わせた。

「スセリも島で待っている」

「スセリ？」

「あの娘の名だ。髪から花の匂いがした」

「花の匂いね」

タカヒコは笑ってシコオの肩を叩いた。

「おまえが女のことをそんな風に言うのははじめてだ。さては惚《ほ》れたな」

「俺がスセリにか？」

シコオはきょとんとした。

「島に渡るのが楽しみになってきたぜ」

タカヒコもナルミも笑いで同意した。

3

「本当に行きなさるのか？」

舟に乗る前から何度となくそれを口にして引き止めていた漁師だったが、いよいよ島が間近になると怯《おび》えた顔をした。

「浜はないのか？」

タカヒコは白い崖を見上げて質した。

「ぐるりとこれが島を取り巻いている。舟もここまでだ。岩に底を破られる」

漁師は急に濃くなった靄《もや》に舌打ちして、

「いつもこうなんじゃ。それで岩が見えん。島に上がった者なぞおらんぞ。蛇の棲《す》み家《か》となっておる。悪いことは言わん。引き返そう」

「泳いで島に渡るしかない」

シコオは衣を脱ぎはじめた。剣と一纏めにして腰の紐《ひも》で頭の上に縛り付ける。タカヒコとナルミもそれに従った。波は荒いが島はさほど遠くない。漁師は吐息した。

「直ぐに戻るのか？」

「分からない。このまま帰っていい」

「だったら戻りはどうする？」

漁師はシコオに目を円《まる》くした。

「なんとかする」

シコオは鬼を当てにしていた。だが漁師にそれを言っても信じてはくれないだろう。

「なんともならんじゃろうに。分かった。明日の今頃にまたここへ来よう。それでいいな」

シコオはにっこりと頷いて海に入った。タカヒコたちも衣を濡らさぬようにして続く。

「怪しい光もときどき見える。化け物がおるかも知れんぞ。くれぐれも気を付けろ」

漁師は叫ぶと急いで島から離れた。

「島に着いても崖が厄介《やっかい》そうだ」

ゆっくりと泳ぎながらタカヒコは言った。

「山暮らしなのに泳ぎが達者だ」

ナルミはタカヒコと並んで感心した。

「深い滝壺には魚がうようよと居る。食いたいと思えばなんでもできるようになる」

タカヒコは見る見る先に進んだ。

波に揉《も》まれながらひたすら島を目指す。

三人はなんとか崖の真下に泳ぎ着いた。

「登りやすそうなところを探すか？」

海から真っ直ぐ立ち上がっている崖にタカヒコは辟易《へきえき》してシコオを振り向いた。

「漁師の言葉に嘘はないはずだ。だからこそだれもこの島に近寄らない」

どこに回ってもおなじに違いない。なるほど、とタカヒコも諦《あきら》めて、

「ま、ぎざぎざの岩場だ。手足をかけるのは簡単そうだ。見た目より楽かもな」

岩に手をかけて強度を確かめた。そのまま身軽に攀登《よじのぼ》る。シコオは見守った。

「これならなんとかなる。あとに続け」

タカヒコは請け合って二人を促した。

「下を見るんじゃねえぞ」

タカヒコは二人に念押しした。

どのくらい崖にへばりついていたか知れない。無事に登り切ったときは腕と足の感覚がほとんどなくなっていた。指もがっちりと固まって好きに動かせない。三人は崖の端に尻を落としてしばらく無言で居た。タカヒコが先導してくれなければとても登れなかったはずだ。遥《はる》か下に靄で煙った海面が見える。

「タカヒメでは無理だったな」

タカヒコにシコオも同意した。

「鬼たちには空を飛ぶ船がある。まったくいい隠れ家を選んだもんだぜ」

「この霧はなんだ？　この島だけだぞ」

ナルミは首を傾げた。さっぱり晴れない。

「匂いが混じっている。ただの霧とは違う」

シコオは鼻で嗅《か》いで、

「鬼たちがしていることかも」

「近付けさせぬためならこの崖で十分だ」

タカヒコは反論した。

「この島がどうなっているか分からないが、対岸の高い山から見渡せば島の様子が知れる。建物でもあれば漁師たちが必ず見に来る」

「それで霧を出して覆っているということか」

タカヒコも得心した。

「出発するか」

シコオは立ち上がった。

「どこに向かう？」

「スセリが昨夜教えてくれたように、きっと鬼の方から姿を現わしてくれる」

シコオはとりあえず島の中心を目指した。

濃い霧と深い森が三人を阻んでいる。タカヒコは何度か高い木に登って位置を確かめようとしたが無駄だった。まさに黄泉《よみ》の島と呼ぶに相応《ふさわ》しい幽界である。

不意に森がとぎれて岩場の急斜面となった。

「火の山の口みたいだな」

タカヒコは斜面を見下ろした。霧が鉢の底にどんよりと溜まっている。

「どうする？　縁《へり》に沿って回り込むか」

「いや、この底に下りる」

「下りるだと！」

タカヒコはシコオに目を動かした。

「回り込んで山を下っても崖に出るだけだ。ここが島の真ん中だろう。第一、あの深い森に鬼の船は下りることができない」

シコオにナルミも頷いた。

「あの霧がもし熱い煙なら死ぬことになる」

タカヒコは唸《うな》って腕を組んだ。

「黄泉の国は地の底にあると母者から聞かされている。黄泉の島と言うからにはそれと繋がりがあるんじゃないのか？」

「この鉢の底に入り口があると？」

「そんな気がする」

シコオはタカヒコの同意も待たずに斜面を下りはじめた。諦めてタカヒコも追う。その決断を待っていたかのごとく鉢の底の霧を掻き分けて小さな影が現われた。

「スセリだ！」

シコオは歓声を発して斜面を駆け下りた。

「待っていました」

スセリは微笑みでシコオと向き合った。

「ここが鬼たちの本当の住まいか？」

「ええ。ですがまだ父には会えません」

「父？」

「父があなたをこの島に招きました」

「すると……あなたも鬼なのか？」

シコオは戸惑った。てっきり鬼に仕えている娘とばかり考えていたのである。タカヒコもナルミと顔を見合わせた。どこから見ても人間の娘だ。しかも途方もなく美しい。

「皆はまだ不安なのです」

「…………」

「あなたにこの国のすべてを任せてよいものかどうか……あなたは若過ぎますもの」

「俺は親父のことが知りたくてやって来た。国のことはどうでもいい」

「父はあなたをとても気に入っています。皆を納得させるために島での最後の試練をと」

「そんな話は聞いてないぞ」

タカヒコは口を尖《とが》らせた。

「父からこれを預かってきました」

スセリは白い布をシコオの首に巻いた。

「私は父の側で待っています。あなたたちの入り口はあそこにあります」

スセリは遠くに見える岩を示した。

「これはいったいなんなんだ？」

引き返しはじめたスセリにシコオは質した。

「黙っていても分かります」

スセリは笑顔で霧の中に消え去った。

「シコオが惚れただけはある」

タカヒコは呑気にシコオの肩を叩いた。

「あの娘もシコオと一緒で鬼と人の間に生まれたのではないのか？」

「ここで待っていてくれ」

シコオは二人に言った。

「なにを言う。いよいよ最後じゃねえかよ」

「だからこそ一人で行きたい」

シコオはタカヒコを遮《さえぎ》った。

「鬼たちが心配しているのは、おれにいつも仲間が居たからだ。国のことなどどうでもいいが、俺も自分の力が知りたい。一人でもやれるかどうか試してみたいんだ」

「おまえは一人でだってやれるさ。だが、約束の試練は終わったんだぞ。約束を守らねえのは鬼の方だ。ここで死んだら意味がない」

それにナルミも頷いた。

「頼むから一人で行かせてくれ」

シコオは二人に頭を下げた。

「スセリに笑われたくないんだ」

「そういうことか」

タカヒコはにやりとして、

「それなら話は別だ。好きになった女のためなら命を捨てたって惜しくはねえ。それが男ってもんさ。引き止めることはできんよ」

のんびりと岩に腰掛けた。

「ナルミ、ここで待つとしよう。なに、シコオなら楽々とやり遂げる。鬼らにそいつを分からせてやるしかなかろう」

「そうだな。昼寝でもしているか」

ナルミもどっかりと胡座《あぐら》をかいた。

シコオは一人で入り口に向かった。教えられた岩の下に狭い穴が開いている。シコオは躊躇《ちゅうちょ》なく滑り込んだ。足に絡み付いてくるものがある。シコオの目が徐々に闇に慣れる。

それは無数の蛇だった。

蛇は足に巻き付いて上ってくる。シコオは静かに手で払った。これほどの数となればさすがに気持ちのいいものではないが蛇に対する恐れはない。踏み潰さないように摺《す》り足でシコオは前に進んだ。蛇はぞろぞろとシコオについてきた。

屈《かが》まねばならなかった天井が高くなってシコオはほっとした。それに洞窟《どうくつ》も明るくなった。何度も見掛けた赤い光が洞窟のところどころに取り付けられていて照らしている。

それにしても夥《おびただ》しい蛇だ。

通り道をすっかり埋めている。

蛇嫌いなら一歩として進めない。漁師がこの島を蛇の棲み家と言ったのも当然だ。ただ奇妙なのはどの一匹として威嚇《いかく》してこないことだ。巣を荒らされているに等しい。天井からも蛇がぼたりぼたりと落ちてシコオの腕や肩に纏いつく。首筋を這《は》う蛇も居る。

これがもし毒を持っていればお終《しま》いだ。

シコオの足がぎくりと止まった。

この蛇の親と思《おぼ》しき大蛇が目の前をどたりと塞《ふさ》いでいたのである。

蛇たちが大蛇に擦《す》り寄って絡み合う。とてつもなく大きな蛇だった。頭は馬のそれと変わらない。人など丸呑みにされてしまう。大蛇はシコオに気が付いてとぐろを巻いた。洞窟一杯の幅と高さになる。脇を擦り抜けるのもむずかしい。シコオは途方に暮れた。

シコオは腰の剣を抜いて身構えた。

こうなれば突進して退治するしかない。

だが、勝てるかどうか分からない。

相変わらず小さな蛇たちはシコオに絡み付いてくる。大蛇もじっとシコオを見詰めたままだ。シコオは首を傾げた。

どんな生き物でも母親は子を守ろうとする。子供の居る巣に接近すればひ弱な鳥でさえ獣に立ち向かう。なのに大蛇には落ち着きが感じられる。シコオのことなど敵とさえ認識していないのか？　もちろん大蛇にはかないそうもないが、小さな蛇には別だ。シコオがその気になれば五十や百の蛇の首を刎《は》ねることはできる。それが分からぬわけがない。親としては警戒するのが自然だ。

〈もしかして……〉

シコオはスセリから預かった布を手で摑《つか》んだ。これに原因があるのかも知れない。蛇たちが必死で這い上がってこようとしているのは布に魅《ひ》かれてのことではないのか？

シコオは布を首から外すと前に垂らした。蛇たちが明らかに布を求めて移動する。

〈仲間と勘違いしていたのか〉

シコオは内心で大きく頷いた。これを首に巻いている限り蛇は決して襲ってこない。だが反対に蛇が群がってくる。それで鬼たちは勇気と判断力を試しているのだ。その理屈でいけば大蛇の側も通り抜けられる。大蛇が落ち着いているのも敵と見ていないからだ。

〈賭けだな〉

シコオは大蛇を見やった。

その想像が外れていれば無防備に近付いたシコオは一呑みされてしまう。

シコオの額や首筋に汗が噴き出た。

剣を払いながら一気に駆け抜ける方が安心のような気がしてならない。最初の攻撃さえ躱《かわ》せば大蛇の向こう側に出られる。

しかし……

その先に別の大蛇が待ち構えているということも考えられる。母が居れば父も居よう。

それでシコオの心も定まった。

シコオは剣を鞘《さや》にしまって一呼吸した。

シコオはゆっくりと前進した。

大蛇の太い鎌首が伸びてきた。

シコオの首の布の匂いを嗅ぐように赤い舌を出す。蛇はこの舌で様子を探る。シコオは大蛇の好きにさせた。舌が布からシコオの顔へと移る。掌よりも大きな舌がシコオの顔をつるりと舐《な》めた。シコオの体が強張《こわば》った。巨大な口が間近にある。黒い目玉がシコオの動きをしっかりと見張っている。大蛇の頭に乗っていた蛇たちがずるずるとシコオの頭に這い下りてきた。シコオは必死で耐えた。

大蛇はシコオの肩に重い頭を乗せた。

シコオは思い切って頭に腕を回すと優しく撫《な》でた。大蛇はうっとりと目を閉じた。

シコオの想像は当たっていたらしい。

冷たい大蛇の頭を軽く叩いてシコオは一歩足を進めた。大蛇は大きな身をくねらせて道を開けた。慎重にシコオは脇を通った。大蛇が後ろから首を伸ばしてシコオを覗き込んだ。

シコオは笑いでそれに応じた。

シコオの想像はもう一つ当たっていた。

奥にもっと大きな大蛇がとぐろを巻いて見守っていたのである。もし強行突破していれば前を完全に塞がれていたはずだ。大蛇はずるりずるりとシコオに近寄った。二匹の大蛇に囲まれる形となった。

怯《ひる》まずにシコオは歩いた。

前の大蛇もシコオに道を作ってくれた。

小さな蛇たちが先を争ってシコオに絡み付いてくる。親愛からだと分かっているのでシコオに恐れはない。

やがてシコオは蛇の巣を完全に通り抜けた。

思わず吐息が洩《も》れた。

タカヒコとナルミが同行していればどうなっていただろう。数を頼りに大蛇と戦っていたような気がする。勝ったとしても、あの無数の蛇たちのことを思えば後味が悪かったに違いない。

シコオは蛇たちを振り返った。

小さな蛇たちがシコオを見送っていた。


それからしばらく急な階段が続いた。堅い岩盤を削って拵《こしら》えたものだ。

〈とっくに海の下だな〉

階段の果てしなさにシコオは不安よりも驚きの方を感じていた。

〈ここが底か……〉

階段が平らな道に変わる。これも鬼たちが掘ったものだろう。滑《なめ》らかな岩肌に触れてシコオは溜め息を吐《つ》いた。どんな道具を用いればこのように掘れるのか見当もつかない。

〈ん？〉

ぶーんという唸りのような音が響いている。進むにつれ音が高くなる。シコオが咄嗟《とっさ》に思ったのは蜂の羽音だったが、だとしたら相当な数だ。嫌な予感に襲われた。

その広間に達してシコオは絶句した。

小屋ほどもある空間の半分を巨大な蜂の巣が占めていたのである。何万、いや何十万もの蜂がその巣の表面に蠢《うごめ》いている。

〈熊蜂だ……〉

シコオは尻込みした。しかもシコオの接近を知って警戒の態勢に入っている。熊蜂の固まりが巣の周りを飛び交いはじめた。

羽音がさらに高まった。

〈どうすればいい？〉

これも試練の一つなのだろうがシコオには知恵が浮かばない。通過するにはどうしても巣の真下を潜《くぐ》り抜けるしかないのだ。熊蜂は巣への攻撃と見做《みな》すに違いない。二、三匹ならまだしも十五、六匹に刺されれば死ぬ。衣で頭や腕を隠しても熊蜂には通用しない。

思案しているうちに熊蜂が偵察にやってきた。シコオは慌てずにじっと立ち尽くした。下手に手で払えば熊蜂は攻撃に転ずる。と思ったが熊蜂の様子がおかしい。シコオの目の前に大きな固まりとなって距離を取っている。

攻撃に移る前の態勢だ。なにかが熊蜂たちを怒らせている。

〈これか！〉

シコオは気付いて首の布を外すと懐《ふところ》に押し込んだ。熊蜂の警戒が緩んだ。固まりが大きく四方に散って敵を探し求めている。

布には蛇を魅了する匂いが染み付いている。それは蜂にとって敵の匂いに他ならない。この布を巻いたまま巣の真下を潜り抜ければ容赦なく攻撃を受けたはずだ。

〈スセリはなぜこれを？〉

蛇には役立ったが蜂には反対の結果となる。シコオはその意味を考えはじめた。蛇と蜂、二つの試練が待ち構えていることをスセリは承知していたはずである。

〈そうか！〉

シコオは一人頷いた。この布を逆に用いればいいのだ。細長くて白い布は蜂たちに凶悪な敵と映る。これで熊蜂の注意を逸《そ》らしているうちに巣の真下を通り過ぎればいい。

シコオは屈んで小石を探した。手頃なものを手にして懐に入れる。左腕を袖《そで》から懐に差し入れて小石を布の端に包む。これで重しのついた布となった。

シコオは右手で布を引き出すと、蜂の巣の上部を目掛けて勢いよく投じた。重しを頭にして布はひらひらと飛んだ。柔らかな蜂の巣に少しだけ突き刺さる。白い布がだらりと垂れ下がった。途端に空中を飛び回っていた熊蜂たちがいっせいに布に群がった。巣の表面に蠢いていた蜂たちも応援に駆け付ける。

シコオは巣の下部を見極めた。数十匹の蜂しか居なくなっている。ほとんどが巣を襲った布の排除に向かったのである。

シコオはすかさず広間に飛び込んだ。

身を縮めて蜂の巣の下に潜り込む。

鼓膜を破りそうな羽音が頭上でしている。

巣に触れないようにシコオは息を殺して進んだ。蜂が何匹となくシコオを探りに近寄ってくる。頬や首筋に止まって確かめる。シコオは蜂を無視して黙々と這い続けた。

やっと蜂の巣を越えた。

が、ここで立ち上がれば蜂が驚く。駆け出したい欲望とシコオは戦った。

だんだん蜂の数が減っていく。
二、三匹となったのを確認してからシコオは立つと、頬の蜂を静かに払った。蜂はぶーんとシコオの周りを飛んでから巣に戻って行った。シコオは安堵に包まれた。

4

急な下り道の連続だった洞窟が次第に歩きやすくなる。幅も広い。これほど下りているのに不思議と呼吸は辛くない。それでも警戒を怠らずにシコオは進んだ。

〈暑いな……〉

額や首筋に汗が噴き出る。火の山の底に向かっているせいだ。岩壁の隙間から白い蒸気も洩れている。足元からはときどき震動が伝わってくる。狭い脇道をいくつか見掛けたが、本当にこの道でいいのだろうか。わずかに不安を覚えはじめたとき、シコオは巨大な広間に達した。不思議な空間だった。中央に綺麗な湖があって、その周辺を細い蒸気の柱が取り囲むようにいくつも立ち昇っている。高い天井には蒸気の白い靄がかかり、霧雨が湖に降り注いでいる。蒸気が天井の岩で冷やされて細かな水滴となっているのだ。その水が溜まって湖を形成したに違いない。

〈この先の道は？〉

遠くまで眺め渡しても見当たらない。どうやら回り込んで探すしかなさそうだ。洞窟と同様、ところどころに取り付けられている赤い明かりだけが心の支えだ。濡れた岩肌に足を取られぬようシコオは慎重に進んだ。噴き出す蒸気の音が凄《すさ》まじい。その噴出口もしばしば変化する。シコオの間近にいきなり白い蒸気の炎が上がった。咄嗟に袖で顔を守る。まともに食らえば火傷《やけど》する。シコオは背を屈めて脇を駆け抜けた。

〈ん？〉

シコオの目は前方に人影をとらえた。岩に腰を下ろしてシコオを待ち構えている。

〈あれは……〉

まさか、と思いつつシコオは目を凝らした。

「よくここまで無事だったな」

立ち上がって笑いを発したのはブトーだった。シコオは動転した。信じられない。

「なんでそなたがここに？」

「俺は鬼の仲間だ。おまえたちの近くに潜り込んで試練を常に見張っていた。多くの民の暮らす国を預けるのだ。力ばかりあってもそれだけで任せることはできぬ」

「やっぱりそうか」

シコオは大きく頷いた。

「察していたとでも？」

「いや……ただ、悪い者とは見えなかった。あの腕を持ちながら途中で姿を見掛けなくなったのも不思議だった。俺やタカヒコなどよりずっと強い。一人残るとしたらそなたしかないと睨《にら》んでいた」

「こっちもおまえが残って満足だよ。他の仲間たちはおまえが若過ぎると案じているが、おれはむしろおまえの若さに望みを繋いでいる。この先は永い。いつまで続くか分からぬ」

「なにがだ？」

「その答えは最後の試練を経てからだ」

「まだあるのか！」

「この中のどこかに出口が隠されている。それを探すだけだ。俺はそこで待っていよう。だが、探す時間はあまりないぞ。日に何度か蒸気が大量に噴き出てここは地獄と化す。どこに隠れたとて熱からは逃れられぬ。おまえが辿って来た洞窟に引き返せば助かるが、それがいつ起きるか見当がつかぬ。洞窟から離れていれば戻ることができまい。一つだけ教えておこう。洞窟の側におまえの出口がないことだけは確かだ。それとも一つ……俺も出口でいつまでも待っているわけにはいかぬ。探し当てた出口に俺の姿がないときは試練にしくじったと思え」

シコオは思わず辺りを見回した。

「数々の試練を経てきたそなただ。いまさら怯えはしなかろうが……危機を乗り切るには敵の懐深く踏み込まねばならぬ。洞窟の側にうろうろしていては道は開けぬ」

ブトーは薄笑いを浮かべると立ち去った。洞窟の方に向かっている。あちらに別の出口があるに違いない。だがそれはブトーのものでシコオのものではない。それ以外の出口を見付けろとブトーは言ったのだ。

〈敵の懐深く踏み込め……〉

ブトーの言葉の裏をシコオは読んだ。

〈蒸気を恐れるなということか〉

しかし、それは大きな賭けである。無数の蒸気の柱に取り囲まれる。それを避けたこの場所でさえ熱でふらふらになりそうだ。噴出口はいずれも小高く盛り上がり、大きな穴が開いているので見分けはつくと言うものの、いつ噴き出るか知れないのでは足がすくむ。噴出口のとなり合っている場所も多い。

シコオはしばらく様子を見定めた。不規則に蒸気が噴射されている。シコオは溜め息を吐いた。が、ここで見守っていても無駄に時間をやり過ごすだけだ。気のせいか蒸気の柱が増えている。目に付く限りの噴出口の半分以上が激しく活動している。

〈どうすればいい……〉

ブトーは中心を目指せと示唆していたが闇雲《やみくも》に飛び込んだところでどうにもならない。シコオは足早に周辺を駆けて探った。なるべく噴出口の少ない地点を選ぶしかない。どんどん洞窟とは離れていく。この瞬間に一斉に噴出がはじまれば終わりだ。戻りたい衝動に駆られたがシコオは振り切った。弱気になってしまえば切りがない。むしろ恐れが増大していくばかりである。

〈あそこだ！〉

ついにシコオは道を見付けた。他の場所に較べてわずかだが噴出口の数が少ない。縫うようにして一気に駆け抜ければ湖の縁に辿り着くことができる。それから先のことは考えなかった。躊躇なくシコオは突進した。それと同時に地揺れが起きた。すべての蒸気が噴出する前触れであろう。さすがにシコオの足が止まった。このままでは蒸気の中に踏み込むことになる。覚悟を決めてシコオはまた走った。どうせ戻ったとしてもおなじだ。熱から身を守る方法はたった一つしかない。

蒸気が見る見る激しくなった。

右から左から勢いよく立ち昇る。熱の飛沫《ひまつ》が容赦なくシコオを襲う。シコオは腕で庇《かば》いながら駆けた。吸い込む息が熱い。蒸気が充満しはじめている。狭い洞窟しか熱の逃げ道がないのだから当たり前だ。蒸気の煙で前が見えなくなっている。シコオは足元を確かめながら前進するしかなくなった。果たして湖まで辿り着くことができるだろうか。肌が刺されるように痛い。熱のせいである。シコオは衣の襟を引き上げて頭に被《かぶ》った。まともに目を開けてはいられないほどの熱さだ。どうっ、どうっと新たな蒸気が傍らで噴き上がる。シコオの腕に水膨《みずぶく》れができる。衣を濡らす蒸気の熱が肌に伝わりだした。呼吸するたびに喉が焼けそうになる。燃える火よりも始末に悪い。まるで熱の雨だ。

〈タカヒコ……ナルミ……〉

無事に戻ると信じている二人の顔が瞼に浮かんだ。が、今度ばかりは無理らしい。もはや四方を蒸気に囲まれている。自分の足元さえ見えないのだ。どちらに進めばいいか分からない。熱さで気が遠くなっていく。

それでもシコオは前進した。

倒れるまで進むしかない。

音だけが頼りだ。噴き出している蒸気をそれで避《よ》けることができる。シコオは必死で腰の剣を引き抜いた。柄が火傷しそうなほど熱くなっている。シコオは剣を杖《つえ》にして体を支えた。でなければ腰が砕けてしまう。

よろけた側から激しい蒸気の音がした。

慌てて身を捩《よじ》る。

シコオは力なく転がった。シコオの意識が薄れていく。起き上がる気力もない。シコオは剣を前に突き立てては這い進んだ。

〈くそっ！〉

涙が溢れているはずだが滴《したた》る蒸気と混じり合っている。噴出の勢いはさらに増している。

ざばっ、と剣先が水を探り当てた。シコオは額を上げて見やった。シコオの胸が震えた。目前に湖がある。腕を伸ばしてシコオは湖に掌を浸した。生温《なまぬる》いのだろうがシコオには冬の凍った水にも感じられた。湧いているのではなく溜まった水だ。きっとそうに違いないと踏んでいたのである。力を振り絞ってシコオは這った。湖の中に上半身が浸される。

シコオは歓喜の声を発した。

体がどんどん冷やされていく。力も蘇《よみがえ》る。シコオは浅い湖に全身を沈めた。このまま死んでも構わないような心地好さだ。濡れた衣で頭を覆えば呼吸も楽にできる。ブトーが懐に踏み込めと言ったのはこの意味だろう。

激しく降り注ぐ蒸気の雨さえ気持ちがいい。

氷のように冷たく感じられた水もシコオのほてりが取れるとぬるま湯に転じた。それでもまだまだ幸福は止《や》まない。

シコオは手足を広げて水に浮いた。

強張っていた筋肉がほぐれていくのが分かる。さっきまでの恐れが消えている。蒸気の噴き出す音さえ賑《にぎ》やかなざわめきとしか感じられない。底の深さを確かめてシコオは立った。顔ばかりを出して様子を眺める。地獄と思えた噴出も今は荘厳な光景と目に映る。

間断なく繰り返しては高い柱を築く。

〈ん？……〉

シコオの目は一つの噴出口に注がれた。

その噴出口だけ一度として蒸気の柱を噴き上げないのである。盛り上がっている口が大きいだけに不自然だ。シコオはさらに見守った。いつまで待っても噴出は起きない。シコオの胸は高鳴った。もしかするとあれが出口ではないのか？　そう意識して眺めると盛り上がりの形が綺麗に整い過ぎている。他の噴出口はそれぞれいびつだ。蒸気と一緒に噴出した泥がさまざまな形を作っている。

もう少し見定めてシコオは確信した。

他にそういう噴出口は見当たらない。

シコオは湖から出た。

衣が水に濡れているせいで蒸気の熱が伝わってはこない。幸いに目星を付けた噴出口は湖の直ぐ側にある。シコオは走った。

噴出口の目の前に立つ。

攀登《よじのぼ》って中を覗き込んだ。

中は真っ暗だった。だが思っていた通り熱は上がっていない。噴出口に見せ掛けているのだ。シコオは賭けることにした。熱がふたたびシコオを包みはじめている。

飛び込もうとしたシコオの目になにか蠢くものが見えた。シコオは屈んで見極めた。思わず身がすくむ。穴の縁には夥しい数の百足《むかで》がへばり付いていたのだ。これが本当に出口なのだろうか？　いや、とシコオは逆に信じた。噴出口であるなら百足が生きていられるわけがない。別のところに通じているという証しであろう。

勇気を取り戻してシコオは潜り込んだ。尻が蒸気で濡れた岩と百足を押し潰して滑る。頭から転げ落ちないようシコオは両腕を壁の支えにした。穴はどこまでも続いていた。

いきなりシコオは水の中に投げ出された。

息が詰まる。

シコオは慌てて水を掻き分けた。

水面に顔が出る。

真上に自分の落ちてきた穴があった。水は滑落《かつらく》の勢いを止めるためのものらしい。

「よくやった」

背後から声がかかった。シコオは振り向いた。ブトーが縁に胡座をかいて水の中のシコオを見下ろしていた。

「これで試練は終わった。この数十年、ここまで辿り着いた者はおまえの他におらぬ」

ブトーは手を差し出した。シコオはそれに摑まって水から上がった。

「もはや仲間のだれもがおまえをこの国の王として認めよう」

「なんで俺などを頼りとする?」

シコオは首を捻《ひね》った。

「腕はブトーの方がずっと上だ」

「試してみる気はあるか?」

ブトーはにやりと笑って、

「試練とは別だ。嫌なら受けずともよい」

「なんのために戦う?」

「強い者と知れば剣を交えたくなる。それだけのことさ。俺は見張りの役目ゆえおまえに手出しができなかった」

「他の者を何人も殺したぞ」

「あの者らは王にはなれぬ身。それを見極めたときは俺の好きにできる」

「ずいぶん身勝手な見張り役だな」

「見込みは外れておらぬ。こうしておまえはここに辿り着いた」

言いながらブトーは剣を引き抜いた。

「嫌なら受けずともよいと言った」

シコオはブトーを真っ直ぐ見詰めた。

「ブトーに勝てると思うほど自惚《うぬぼ》れてはいない。剣は使い慣れていない」

「斐伊《ひい》の里を出たときに較べれば格段に上達した。身のこなしはおまえの方が上だろう」

「やる気はない。試練が終わったと言ったはず。俺は無駄な喧嘩《けんか》はしない」

ブトーの剣を握る指がぴくりと動いた。大きく回転させてシコオの頭を狙ってくる。

シコオはわずかに脇へ逃れた。ブトーの剣は足元の堅い岩盤を叩いた。火花が散る。

「上手《うま》く躱した」

「ブトーこそ本気ではなかったぞ」

シコオは苦笑いで応じた。本気なら体が縦に割られていたに違いない。

「本気ではないが、避けられぬときは死んでいた。外したわけではない」

ブトーは剣を鞘《さや》に戻すと背中を向けた。

「鬼の仲間と言ったな？」

シコオは歩きはじめたブトーと並びながら質した。ブトーは無言で頷いた。

「人なのに鬼の側に仕えているということか」

「体を少し作り変えている」

あっさりと応じたブトーにシコオはぎょっとした。どこから見ても自分と変わらない。

「俺は追われている身だ。それに元の体のままではこの国で楽に動けぬ。手足の骨を強くする必要があった。だからこうしておまえと対等にやり合える」

「それほどの力があるなら人に国を任せることなどないはずだ」

シコオはまたおなじ問いをした。

「鬼はいつまでも地上に居ることができぬ。それでは人を纏めることがむずかしい。これまではなんとか凌《しの》いできたが、今後は無理だろう。それで王に相応しい者を探していたのだ。我らの代わりに民を導く者をな」

「ときどき姿を消していた理由《わけ》はそれか」

「体を作り変えてもそれだけは克服できずにいる。他の仲間はもっとだ。体を水で湿らせていなければ地上を動き回ることもきつい。そもそもこの国は我らにとって重過ぎる」

「なんのことだ？」

「因幡《いなば》の浜でエビスを見ただろう」

シコオは頷いた。

「あれが我々の本当の姿だ。船を離れればなんの力もない」

「しかし……スセリは違う」

「おまえと同様に人の血が混じっている。我々は遥か大昔から人と手を結んできた。滅《めっ》多《た》に姿を見せぬので恐れられもしてきたがな」

「俺の親父はこの島に居るのか？」

「フユギヌはおらぬ」

ブトーは直ぐに返した。父親の名を口にされてシコオの方が動転した。

「おまえが阿用《あよ》の山で叫んでいたではないか」

ブトーは笑った。

「だったらあのときの船の中に？」

「王に相応しき者を探すのは俺の役目と言ったはず。フユギヌの子と名乗られて驚いたのは俺も一緒だ」

「親父はどこにおる。達者か？」

「戦士であるフユギヌの血がおまえに引き継がれている。フユギヌは他の国で戦っている」

「他の国とはどこだ？　遠いのか」

「我らの船でなければ行くことのできぬ海の向こうだ。この国の王がおまえに定まったと知ればさぞかし喜ぼう」

「親父はだれと戦っている？」

シコオには分からぬことだらけだった。

「これからおまえが相手にしなければならぬかも知れぬ敵だ」

暗い洞窟の前方に眩しい明かりが見えた。

「あれが我らの暮らす場所だ」

ブトーはシコオを促した。闇に慣れた目には眩しさがきつ過ぎる。シコオはゆっくりと進んだ。洞窟とは異なる磨かれた石の床にシコオは達した。左右に広い道が伸びている。両側の壁も天井も床とおなじ石だ。

「ここは海の下か？」

「そうだ。我らの船は海の中も潜れる。そうして人目につかぬ場所から空に出る。敵に居場所を突き止められぬ用心だ」

「敵も空を飛ぶ船を持っているのか？」

「大昔は仲間同士だった。人が人と争うのと変わりがない」

「俺に鬼を倒せるはずがない」

シコオは激しく首を横に振った。

「我らは永く地上に居られぬと言ったではないか。敵も同様だ。敵も人を用いてくる」

「鬼たちのために人同士で争えと？」

シコオはぎろりとブトーを睨み付けた。

「でなければこの国の民らが大勢死ぬ」

「鬼なら救えように」

「我らの武器では山や村まで燃やしてしまう。炎には敵と味方の区別がつけられぬ」

シコオは吐息した。

「ここで待て。この先は別の者が案内する」

ブトーは命じて立ち去った。

〈信じていいのか……〉

シコオは自問した。判断がつかない。

〈戦さをするために……〉

この試練に耐えたのではない。

人が大勢死ぬとブトーは言ったが、それとてもともとは鬼同士の争いによるものだ。

そこに密《ひそ》やかな足音が聞こえた。

案内に現われたのはスセリだった。

スセリはにっこりとしてシコオを迎えた。

「ブトーからいろいろと耳にした」

シコオは真っ先に口にした。

「俺にはよく分からない。俺は戦さをするために選ばれたのか？」

「先のことは私たちにも……」

スセリは笑顔のままで応じた。

「その前に民の心を一つにすることが大事なのです。あなたならそれができる」

「………」

「それからどうするかはあなたが決めればいいことです。すべてを任せることのできる王とはそういう意味なのです」

「それなら安心した」

シコオにも笑いが生まれた。

5

シコオはやがて大きな扉の前に達した。

この扉の向こうに鬼の王が待っている。

シコオの胸は激しく高鳴った。

スセリは壁に輝いている赤い明かりに掌《て》をかざした。扉が音もなく左右に割れた。中は薄暗い。スセリに続いてシコオも足を進めた。

酷《ひど》い湿気である。

天井からぼたぼたと水滴が落ちて石畳を濡らしている。鬼は常に水分を必要としているとブトーから聞かされていなければ異様と感じたに違いない。髪や首筋を濡らす水滴の冷たさにシコオは眉をしかめた。

「ここに」

スセリは広間の真ん中に案内した。

不思議とそこだけは石畳が乾いている。

シコオは天井を見上げた。筒状の穴が上に伸びている。風が吹き込んで来ていた。どうやら外の空気を取り入れている穴らしい。

シコオは思い切り吸って心を鎮《しず》めた。

「紀伊《きい》の国で授けられた剣はどうする？　鬼の王に手渡すのか」

シコオは並んでいるスセリに訊ねた。

「それはあなたのもの。下げていればいい」

スセリは微笑んだ。

「なぜこんなに暗い？」

「あなたを驚かせないため。鬼は人間とは違う。でも……あなたはもう因幡《いなば》の浜でエビスに会っているのよね」

ああ、とシコオは頷いた。

「あれも試しの一つだったの。他に何人もがエビスと会っている。けれどスクナヒコの姿に恐れて逃げ出したり、知らぬ顔をした。傷を癒《いや》してくれたのはシコオ一人」

「スクナヒコ？」

シコオは思わず訊き返した。

「そう、あなたが付けた名でしょう？　スクナヒコはその名が気に入ったらしくて、それ以来皆にそう呼ばせているんです」

スセリはくすっと笑った。

「あれも作り事か。どうりで傷の治りが早過ぎると思った。鬼も人が悪い」

「あなたが鬼を恐れないのはフユギヌの血が流れているからなのね、きっと」

「スクナヒコを恐れる者が居るということの方が俺には信じられない。赤子のように弱って見えた。はじめて見る生き物だったが、自分に害をなす者でないことはすぐに分かった。たとえ熊でも小さなものは可愛い」

血とは関わりのないことである。

「皆が間もなくここへ」

スセリはシコオ一人を残して消えた。

落ち着かない気分でシコオは待った。

頭上の穴からシコオの居る場所にだけ明かりが届いているので目が暗がりに慣れない。

「よくぞここまで辿り着いた」

不意に間近から声が聞こえた。シコオはぎょっとして振り向いた。滴る水音で気配が消されていたらしい。闇に小さな影が蠢いている。大きな黒い瞳がちらりと見えた。

「そなたのような者を待ち望んでいた」

別の暗がりから声がした。

シコオはそちらに目を動かした。

銀色の衣を纏った影が闇に後退する。

シコオはあちこち見回した。

小さな影が五つ六つ数えられた。

「その場所を動かぬ方がよい」

暗がりに向かおうとしたシコオは制された。

「上からの水の勢いが強まっている。我らと違ってそなたにはきつかろう」

「俺は恐れてなどおらぬぞ」

シコオに鬼たちは笑い合った。

「覚えているか？　スクナヒコだ」

一人が滴る水の幕を掻き分けるようにしてシコオの目の前に姿を見せた。石畳に届きそうな長い腕をシコオに差し出す。シコオはその細い腕をしっかりと握った。スクナヒコは大きな頭を横に傾げて笑った。本当に赤子に似ている。弱々しくて鬼とは思えない。

スクナヒコとシコオが手を取り合っていると他の鬼たちも近寄ってきた。そのだれもがシコオの胸までの背丈しかない。シコオは思わず屈んだ。鬼たちは喜んだ。

「これで決まりだな」

闇からブトーの声が聞こえた。

「我らはそなたをこの国の王と定める」

それにスクナヒコらも大きく頷いた。

「鬼の王にまだ会っておらぬ」

シコオは顔を見せたブトーに言った。

鬼たちが陽気な笑いを発した。

「会っているさ。この俺がそうだ」

ブトーはにやりとした。

「ではスセリの？」

「スセリは俺の娘だ。おれの本当の名はスサノオと言う」

「スサノオ……」

「遥か大昔に俺はここに居る者たちと争う立場だった。だが、わけあって俺はこの者たちの長となった。今は姉を敵としている」

「……………」

「と言っても我らはこちらから戦さを仕掛ける気はない。これまでに姉の目を避けて何度隠れ家を替《が》えてきたか……しかし、そのたびに姉は居場所を探り当てて兵を送り込んできた。ここもすでに突き止められていよう」

「すると、すぐに戦さが！」

「いや、姉は利口だ。必ずしばらくは様子を見る。我らが恐れて立ち去るのを待っているのだ。そうすればその国を戦わずして手にすることができる。が、今度は我らも譲れぬ。この先は海原ばかりで逃げ場がない。それで皆も覚悟を決めた。俺はもともと姉との戦さを辞さぬ身。異存はない」

「その戦さはいつになる？」

「分からん。早ければ一年後かも知れんし、あるいは五十年先のことかも」

「五十年？」

「我らの命は永い。そなたらとは違う」

シコオは溜め息を吐いた。

「我らが立ち去れば戦さは起きぬ。なれど姉は我らと違うぞ。力でこの国を支配する。人のことなど森に住む獣としか思っておらぬ。いきなり言うたところで信用はできまいが、姉が現われれば身をもって知ることとなろう」

「そんなに強ければどうせ勝てまいに」

「いくら姉でも国を燃やすまでのことはせぬ。それをやれば自分らの身も危うくなる。遠い国で一度それを試みて懲《こ》りている。人一人住めぬ土地となった。それからは人を兵として動かす策に切り替えた」

「人が相手の喧嘩か？」

「きっとそうなるだろうな」

スサノオは請け合って、

「そなたをこの国の王と定めたからには好きにしろ。もともとこの国はそなたらのものだ。戦さをしたくないのなら我らも立ち去る道を考えるしかない」

「逃げる場所はないと言ったぞ」

「我らが居残ってはそなたらの迷惑となる。なんとか探してみるさ」

「俺のような者に国が一つにできると？」

シコオはスサノオを見詰めた。

「できる。そのために試練を与えた」

「戦うかどうか、あとで決めてもいいか？」

「自信がなくなったのか？」

「スサノオと一緒だ。他の者らに決めさせたい。俺は戦う気でいる」

スクナヒコたちは安堵の息を洩らした。

「スサノオたちは俺たちを支配しようとしなかった。ただ見守っていただけだ。おれはスサノオたちの言葉を信じる」

「名前を授けよう」

スサノオは頷きつつ言った。

「今日からそなたはこの国の主となる。シコオの名を捨てて大国主命と名乗るがいい」

「オオクニヌシノミコト」

シコオは繰り返した。

「スセリを妻として地上に戻れ」

「スセリを！」

シコオは目を円くした。

「スセリは我らとそなたの絆《きずな》の証しとなる」

「…………」

「不服か？」

スサノオはシコオを見詰めた。

「スセリの方は承知している」

「不服などはない……ただ」

シコオは八上《やかみ》の里の媛のことを思った。自分がこうして留守にしている間、母親の世話をして待っていてくれている。

「八上の長も反対はせぬ」

スサノオは察して口元を緩めた。

「そなたは国の王なのだ。二人の妻を持ってもおかしくはなかろう」

「そうなのか？」

「八上の長とて四、五人の妻がある」

「スセリと媛に文句がないと言うならいい」

シコオは了解した。スセリに心を魅かれていたのは確かなので喜びもある。

「スクナヒコもそなたの側に居たいと申し入れている」

スサノオにシコオはもちろん頷いた。

「ただし、そなたやわずかの者にしかスクナヒコを会わせるわけにはいかぬ。そなたがどこに住まいするか定めてからスセリとスクナヒコを遣わすことにしよう。二人の暮らす館を人里離れた場所に建ててくれ」

「スセリもそっちに？」

「そなたのようにスセリも人の血が混じっているゆえ暮らしに差し支えはないが、スクナヒコは別。そのスクナヒコの世話をする者が要《い》る。スセリしかおるまい」

「だが、水の滴る館など簡単には……」

シコオは当惑した。

「池が間近にあるだけでいい。あとは人を近付けぬようにしてくれればいいのだ。その場所に入ることができるのはそなた一人」

スサノオはあっさりと返した。

池を拵えるぐらいはたやすい。シコオは首を縦に動かした。

「我らはいずれ北の地に移ることになろう」

「紀伊の国と違うのか？」

「もっと向こうだ。それもあってこの国を任せられる者を探し求めていた」

「逃げぬと言ったのでは？」

「遥か北には違いないが、陸続きだ。スクナヒコがおればいつでもこの辺りの様子が知れる。なにかあれば駆け付けよう」

「この島では駄目なのか？」

「戦さの時期を早める結果となる。我らが動けば姉の目も北へと向けられる。その間にそなたが国を纏めればよい」

「なぜ北なんだ？」

不安に駆られてシコオは重ねた。

「そこには最初に我らの先達たちが築いた拠点がある。そなたには想像もつかぬ大昔のことだ。トワダという火の山が爆発して先達たちはその拠点を捨てた。だが、今は土地も落ち着いて、住めるようになっている」

「そんなに昔からこの国に？」

「我らは天から地上に下りてきて、海原の中心にある大陸に暮らしていた。だが、その大陸は沈んだ。それで仲間が散り散りとなった。仲間の争いはその辺りからはじまった。今では、互いになぜ争わねばならぬのか理由すら分からなくなっている。おれがこちら側についたことで少しは変わるかと思ったが……」

スサノオは苦笑いした。スクナヒコたちの吐息がそれに重なった。

「しかし、この国もはじめて一つに束ねる王が生まれた。新しい世となる」

スサノオはシコオの肩に手を置いた。

「思う存分に働いて好きな国にするがいい。大国主命の名をこの国中に知らしめせ」

シコオは身の引き締まる思いでそのスサノオの言葉を受けた。

6

タカヒコとナルミは苛々と待っていた。シコオが地の底に潜ってだいぶ経《た》っている。

「いくらなんでも遅過ぎる」

ナルミは煙の噴き上がっている火口を見下ろして腰を浮かせた。

「俺は行くぞ」

「シコオの選んだことだ。待つしかない」

タカヒコは制した。

「シコオの戻らぬときはどうする？」

ナルミはタカヒコに言いつのった。

「諦めて島を立ち去るしかあるまい。それが試練というものだ。シコオもその覚悟を定めて従った。俺たちにはなにもできん」

口にするとタカヒコの気は鎮まった。タカヒコ一人なら探しに向かったはずである。

そろそろ陽《ひ》が暮れかけている。

「だが、それではなんのために我らはここまで従《つ》いてきた？　シコオを守るためだぞ」

ナルミは得心できぬ顔をして、

「ずっと考えていた。たとえ鬼がシコオを王として認めぬときでも俺は違う」

「違うとは？」

「俺はシコオを主《あるじ》とする。鬼のことなどどうでもいい」

「シコオの方がおまえより年下だろうに」

タカヒコは試すように質した。

「俺はシコオの歳のとき、なにもできぬ者だった。今は同等かも知れんが、若い分だけシコオが優っている。主はシコオ」

よし、とタカヒコも腰を上げた。

「そういうことなら行く意味がある」

二人が火口の底に足を向けて間もなく、頭上に眩《まばゆ》い輝きが出現した。

鬼の操る船が海から飛び出て二人の真上に現われたのである。

船の底から太い光の束が放射された。

二人は光の束に包まれた。

唖然《あぜん》として二人は船を見上げた。眩し過ぎて船の形も判然としない。

すると——

光の中に白い人影が浮かんだ。

二人は目を細めて見詰めた。

「心配ない！　俺だ」

シコオの声がした。二人は狂喜した。

ゆっくりとシコオが二人の目の前に下りた。光の束が一瞬にして消える。船はその場で回転しつつ空に浮いている。

「試しをやり遂げたんだな！」

タカヒコはシコオを抱き締めた。

「ちくしょう、この野郎、心配させやがって」

タカヒコは船を睨み付けて吠《ほ》え立てた。待たされていた不安が一気に込み上げてきたのである。ナルミはどっかりと胡座をかいた。

「鬼たちが見ている」

シコオは笑ってタカヒコを鎮めた。

「八上《やかみ》の里まで送ってくれることになった」

「あの船でか！」

タカヒコはぎょっとした。

「日の沈む前に八上の里へ着くことができる」

タカヒコとナルミはぽかんとした。

「これで目隠しを」

シコオは二本の布を手渡した。

「なんでだ？」

「船に乗せてくれるのはこれが最初で最後。国は鬼の手を借りずに我々が作っていく。鬼のことは当分忘れなければならない」

そのためには鬼の力を知らない方がいい。知ればどうしても当てにしてしまう。

「鬼たちは北の国へと移る。一人は我らの側に居残ってくれるが、それだとて知恵を貸してくれるだけのこと」

「鬼が居なくなってしまうだと？」

タカヒコとナルミは顔を見合わせた。

「鬼の王はブトーだった」

「ブトーがここに！」

タカヒコはあんぐりと口を開けた。

が、すぐに頷いて、

「そんな気がしていたぜ。そうか……やつが鬼の王とはな」

にやりと笑いを浮かべて船を見やった。

三人にふたたび光の束が放射された。


三人は船に引き揚げられた。

狭い部屋に案内されて堅い椅子に腰を下ろしたまま三人は無言でいた。

やがて目隠しを外すように指示があった。

タカヒコは急いで外した。

右も左も分からない闇の中に居る。

突然——

目の前に円い窓ができた。シコオとナルミの顔が美しい夕焼けに染められていく。

タカヒコは窓に額を押し付けた。

思わず眩暈《めまい》に襲われた。

真下には夕日を浴びて金色に輝く海原が広がっていたのである。波がきらきらと蠢いている。たった今まで自分たちの居た島が見る見る小さくなる。シコオもタカヒコのとなりに並んで息を呑み込んだ。言葉も出ない。

「あれは、安来《やすぎ》の里だぞ」

タカヒコは浜の形を眺めて唸った。手を伸ばせば届きそうな近さに感じられる。だが、その景色もたちまち雲に隠された。

シコオたちは歓声を発した。

沈みかけていたはずの太陽が真正面に光り輝いているのだ。黄金の藁床《わらどこ》のような雲が遥か彼方《かなた》まで続いている。太陽と反対側の空には白い月が浮かんでいた。

船は雲の上を滑るように飛び続けた。

シコオたちは飽かずに雲を眺めた。

と同時に自分たちの小ささを思い知らされる。雲の切れ目から時折見える地上の山並があまりにも小さい。自分たちはもっともっと小さな存在だ。それを突き付けられる。

〈小さいからこそ一つにならなければ……〉

シコオは胸に言い聞かせた。

畑を耕し、米を育て、子供たちの笑いの絶えぬ国にしていかなければならない。

家を建て、土地を切り開き、娘たちの喜びで満たされる国にしていかなければならない。

境界線をなくし、道を作り、男たちの汗が美しい国にしていかなければならない。家畜を増やし、互いに愛し、年寄りたちの知恵の役立つ国にしていかなければならない。

山を愛《め》で、川に遊び、海を恵みとし、風とたわむれる国にしていかなければならない。

一人が一人で、一人が皆となるような国にしなければならない。

〈それが俺の役目だ〉

シコオの胸が熱くなった。

〈俺が生まれたのはそのためだったのだ〉

シコオの目から涙が溢れた。

シコオはタカヒコとナルミに目を動かした。

二人も黄金の雲海に涙していた。

この雲の輝きを生涯忘れない。

たとえ地上は黒い雨雲に覆われていても、雲の上にはこうして月が輝き、青く澄んだ空が広がっている。それを知ったからにはすべてに耐えられる。

シコオは二人と肩を組んだ。

今日から大国主命として生きるのである。

船は地上を目指しはじめていた。

解説

里中満智子

小説を読んでいて引き込まれると、読んでいる眼とは別の視野（というか、二重写しのよう）に、登場人物や場面が画像として見えてくる。風景は「映画のように」と表現するしかないのだが、人物の場合、二通りの見え方がある。

その一、登場人物たちが、現実の俳優さんや女優さん、その他の有名人の姿や顔で出てくる。

その際、民族に関係なく、色んな「知っている顔」が、小説中の人物を勝手に演じてくれる。私の頭の中では同じ画面上でジャン・ギャバンと浅田真央ちゃんが共演したりする。こんなキャスティングは現実には不可能だ。イメージの世界は自由だから楽しい。

その二、登場人物たちが、マンガやイラストのキャラクターとして出てくる。

この場合一人の作者の描くキャラクターばかりではなく、登場人物Aは手塚治虫先生描くところのヒゲオヤジ、人物Bは竹久夢二の描く美女、人物Cは一条ゆかりさんお得意の美少年キャラ、など、全くバランスのとれない人物が、私のイメージの中ではちゃんとお互いに絡み合いながら自然におさまっている。

高橋克彦さんの作品を読んでいると、いつも「その二」のケース、つまり、マンガ、イラストのキャラクターたちが出てくる。

『えびす聖子《みこ》』を読み始めてすぐ、シコオはキャラクターとして動き始めた。誰かの作品の既存のキャラクターではなく、オリジナルキャラクターだ。どういう顔かというと……しいて言えば、ちばてつや作『紫電改のタカ』の主人公滝城太郎を幼くして、手塚治虫作『どろろ』の百鬼丸をかけて（分からない人には申し訳ありません、分かる人は想像してみて下さい）ヘアスタイルは前髪ギザギザカットで低い位置でポニーテール風。いかがでしょう？

シコオの母親は『三丁目の夕日』キャラ。

タカヒコは、うーむ、どう表現していいのか解らないが、私の頭の中でははっきりとキャラクターになって動いている。寺沢武一作『コブラ』とモンキー・パンチ作『ルパン三世』の銭形警部を足して、若返らせて少し甘みを加えたキャラ。

タカヒメは、少女マンガに出てくる美少年キャラ（メインではなくサブのクールなキャラ）が女として登場してくる。

ブトー……これが問題で、顔をはっきりイメージしたくない。もしも描くとしたら「ストレートのロングヘア」「顔の半分以上を髪で隠す」「時代設定に全くあわなくてもコスチュームは、着流し風」「これまた設定にあわなくても、ハードロッカー風のブーツみたいな靴を履いて……」

あれこれ勝手にイメージを作ってしまったが、こういうキャラクターがスラスラと生まれてくるのは、高橋ワールドがエンターテインメント性に満ちているからだ。「古事記」を、ＳＦファンタジーとして描きたい。これは創作者、特にマンガ家ならかなりの確率で一、二度考えた事があるはずだ。かくいう私も何度か構想を纏めかけてみた事がある。

主人公を誰にするか？　誰の視点で描くか？　それによって同じ物語でも全く性格の違う作品になる。

スサノオの立場に感情移入すれば、「理解されない孤独の苦しみ」

アマテラスをヒロインにすれば、「気高くそして強くあらねばならないと自分に言い聞かせる覚悟」

ヤマトタケルを主人公にすると「男のエネルギーと悲しみ」

そしてオオクニヌシの場合は、「運命に正面から立ち向かう勇気、滅ぼされるものへの共感」

その他にも、主人公になりうるキャラクターと物語が「古事記」には溢れている。

「神」というものは、民族の感性の表現だと思う。その民族が感じる「美」「正しさ」「罪」「恥」「苦しみ」「生命力」など、様々な価値観が投影されているのが、各民族がもっている「神」であり、その神が紡ぐ物語が、その民族のアイデンティティに繋がっているのだと思う。しかし「神話」とは、その民族の作り出したイメージだけで出来ているのではなく、必ず「何かしらの歴史的事実」も含んでいるはずだ。

古代日本において、何があって、どういういきさつで「クニ」がまとまっていったのか？　九州、出雲、ヤマトの関係は？　「クニ」の成り立ちを解きあかす新資料が今後発掘される可能性はある。それはそれで楽しみなのだが……。

創作者にとって大切なのは「歴史的事実」がどうかという事より、「その歴史が、人の心にどう反映しているか」を探る事だ。何かしらの事実があり、それによって人は何かを知り、あきらめ、感じ、憤り、決心し、守り、生きてきた。その流れの中で「神話」は成立してきたのだ。

高橋さんの視点は、いつも滅び行くものに優しい。北の国の心に寄り添って、過去を見つめているからだろう。

『えびす聖子』は、タイトルを見たとたん、「ああ、オオクニヌシの物語だろう、さて、ヤマトとの対立をどのように読ませてくれるのかな」と、ワクワクしながら読み始めた。冒頭の部分、いきなりわたしはシコオを可愛いと感じた。けなげで素直、男の子はこうでなくちゃ！　と。

そしてシコオの母に憧れた。母のひと言ひと言は、教育の原点だと思った。三十日という期限で目的地までたどり着く。その旅に出発するか、やめるか、母は言う、「――直ぐに来いと言われれば人はあまり迷いますまい。日が一日過ぎるごとに迷いが大きくして必要な強さと賢さだろう。母の「すでに試されている」という確信が、子の母となる」まさしくその通りだろう。

シコオは人とふれあいながら人を見る目の確かさを育ててゆく。男の子が、真っ当に育ち、真っ当な大人になる過程を見せてくれる。

リーダーの条件は「熱い心」と「冷静な判断力」だ。洋の東西を問わず、時代を問わず、王、将軍、大統領、首相、社長、委員長、その他もろもろの「長」たる者には、必要不可欠とされるのがこの二点だ。

シコオは苦難を乗り越えるたびに「熱い心」と「冷静な判断力」を養い、「長」にふさわしい存在と認められるようになった。真のリーダーの条件は、洋の東西どころか全宇宙の共通認識なのだ。

人物だけでなく、背景が手にとるように画像として見えるシーンがいくつかあるが、中でも秀逸なのが、黄泉《よみ》の島の地底にシコオが一人で入っていくシーンだ。イザナギノミコトが亡きイザナミノミコトを求めて黄泉の国へ降りてゆくエピソードを思わせる。洞窟、蛇、蜂、地底の広間、湖、蒸気、次から次へと襲ってくる危機に立ち向かうシコオ。このあたりのシーンでは、私の眼前にはアニメーション画像が拡がっていった。アニメーションの強みを最大限に生かした魅力的な画面が。ブトーがあらわれてから画面はブルー系で統一されて、刃だけがクリアホワイトからシルバーに輝く……。いいなあ……。このあたりはここぞとばかりにブトーに「いい男ぶり」を見せてもらいたい。

ブトーの正体はスサノオ。やはり高橋さんは「非主流」の味方だ。

ヤマト対イズモ、アマテラス対スサノオ、そこに隠された日本古代史の真実がある、と見るむきは多い。

シコオの成長の旅の途中で紀伊の国へ入る設定がある。深い森は熊野へ続く。シコオの旅は神武東征を思いおこさせる。と、いうことは……？

アマテラス対スサノオの戦い、ヤマト対イズモの争い、どちらが勝者となったかをわたしたちは知っている。歴史上はヤマト王権が主流となり、イズモは複雑な立場（負けたのだが、それなりに特別扱いされている。しかし決して主流にはなれない）として存在し続けている。

神話の中でも、アマテラスは常にスサノオより上位にあり、太陽神として最高位に君臨し続けている。スサノオは「荒ぶる神」として「力はあるのだがやっかいな存在」として描かれている。

ヤマト王権とアマテラスの君臨により『えびす聖子』の今後の運命が哀しい道をたどることを読者はすでに知っている。

オオクニヌシノミコトとして今後生きてゆくシコオが、その卓越した人格と勇気で守り続けたイズモはやがてヤマトの力に屈してしまう。

この『えびす聖子』の中では、シコオを含めだれも「イズモの運命」を知らない。読者は知っている。読者が知っていることは、わざわざ書かなくても、いや書かないからこそ、イズモへの思い入れが強くなる。

高橋ワールドの中で、シコオがカムヤマトイワレヒコ（神武天皇）の匂いを漂わせているのは、どういう意図だろう？

ヤマト対イズモの戦いになかなか決着がつかない。お互いに政治判断で妥協点を見出そうとする。軍事と政治の判断はヤマトが受け持ち、神との交流をイズモが受け持つ。その中で、イズモの象徴を、ヤマトの精神的中心に置く。なるほど……。しかし時代が下るにつれ、権力者ヤマトとしては、オオクニヌシの存在を薄めたくなってくる。そこでヤマトの制度上のトップとしてカムヤマトイワレヒコを「神からヒトへ」とキャラクター変えを試みた。その結果、カムヤマトイワレヒコは、イズモとはかかわりのない人格として定着した。

以上は「高橋ワールド」に刺激された私が勝手にあれこれ推測したものだから、実にいいかげんな思いつきだ。第一、この思いつきですすめていくと、「九州はどうなるのだ？」と自分でも頭を抱えてしまう。

本当のところ、どうなんでしょうか、高橋さん。高橋さんがシコオにカムヤマトイワレヒコの匂いを漂わせようとした意図は何なのでしょうか？「もともとそんな匂いは漂わせていない。自分はこの物語の中で、カムヤマトイワレヒコにつながるイメージは考えていない。その匂いを感じたとしたら、それはあなたの思い違いですよ」と言われたら、どうしようもないのだが……。

キャラクターの部分で言い忘れたのだが『えびす聖子』の中で一番チャーミングなキャラクターは、イナバの白ウサギとして登場するスクナヒコだ。かわいい表情が目に浮かぶ。マスコットキャラクターになりそうだ。

ちなみに「イナバの白ウサギ」のエピソードにそっくりな伝説が東南アジアに広く残っている。ウサギがサルだったり、サメがワニだったりの違いはあれど、ストーリーはほぼ同じだ。またスサノオ伝説に近いものも朝鮮半島にあると聞いた。現代人の私達が思っている以上に、古代アジアは一体だったのかもしれない。『えびす聖子』の続きは「アジア全体を巻き込む古代の宇宙人による覇権争い」ではいかがでしょう？

もちろん「エンターテインメント性に満ち満ちたアニメーション」につながる「高橋ワールド」全開で。一読者からのお願いです。

（漫画家）

単行本　平成十三年三月　幻冬舎刊
本書は『えびす聖子』（平成十五年八月刊・幻冬舎文庫）の二次文庫です。

文春文庫

えびす聖《み》子《こ》

定価はカバーに
表示してあります

2010年12月10日　第1刷

著　者　高《たか》橋《はし》克《かつ》彦《ひこ》

発行者　村上和宏

発行所　株式会社　文藝春秋

東京都千代田区紀尾井町 3-23　〒102-8008
TEL　03・3265・1211
文藝春秋ホームページ　http://www.bunshun.co.jp

落丁、乱丁本は、お手数ですが小社製作部宛お送り下さい。送料小社負担でお取替致します。

印刷・大日本印刷　製本・加藤製本

Printed in Japan
ISBN978-4-16-716415-7

（　）内は解説者。品切の節はご容赦下さい。

高橋克彦
パンドラ・ケース
よみがえる殺人

雪の温泉宿に大学時代の仲間七人が集まり卒業記念のタイムカプセルが十七年ぶりに開けられた。三日後、仲間の一人の首無し死体が……。名探偵、塔馬双太郎が事件に挑む。（笠井　潔）

た-26-1

高橋克彦
緋《あか》い記憶

思い出の家が見つからない。同窓会のため久しぶりに郷里を訪ねた主人公の隠された過去とは……。表題作等、もつれた記憶の糸が紡ぎ出す幻想の世界七篇。直木賞受賞作。（川村　湊）

た-26-3

高橋克彦
南朝迷路

隠岐―吉野―長野―青森を繋ぐ後醍醐天皇の黄金伝説。幻のコイン、乾坤通宝は果たして実在するのか。密教集団、立川流の正体とは。塔馬双太郎が挑む歴史長篇ミステリー。（井上夢人）

た-26-4

高橋克彦
だましゑ歌麿

江戸を高波が襲った夜、当代きっての絵師・歌麿の女房が殺された。事件の真相を追う同心・仙波の前に明らかとなる黒幕の正体と、あまりに意外な歌麿のもう一つの顔とは？（寺田　博）

た-26-7

高橋克彦
おこう紅絵暦《べにえごよみ》

筆頭与力の妻にして元柳橋芸者のおこうが、嫁に優しい舅の左門とコンビを組んで、江戸を騒がす難事件に挑む。巧みなプロットと心あたたまる読後感は、これぞ捕物帖の真骨頂。（諸田玲子）

た-26-9

高橋克彦
春朗合わせ鏡

青年絵師・春朗（後の葛飾北斎）が、鋭い観察眼を生かして巷の難事件を次々解決。『だましゑ歌麿』『おこう紅絵暦』の姉妹篇。仙波やおこう、元女形・蘭陽たちも大活躍！　全七篇。（ペリー荻野）

た-26-10

高橋克彦
京伝怪異帖

稀代の人気戯作者、山東京伝が、風来山人、平賀源内、安兵衛、蘭陽らの仲間とともに、江戸の怪異を解き明かす。多彩なキャラクターが縦横無尽に活躍する痛快時代ミステリー。（ペリー荻野）

た-26-11

（　）内は解説者。品切の節はご容赦下さい。

高橋直樹
戦国繚乱
黒田如水の陰謀に散った宇都宮家。キリシタン大名大友宗麟、父との壮絶な抗争。生涯不犯を通した上杉謙信亡き後の、壮絶な跡目争い……。乱世の波間に沈んだ男たちの物語。（寺田　博）
た-43-4

高橋直樹
霊鬼頼朝
平治の乱、壇ノ浦、平泉、鶴岡八幡宮の悲劇は四代にわたる源氏の血のなせる業なのか。なぜ鎌倉幕府は三代にして絶え、北条氏が権力を握るのか。武士の棟梁としての源氏の宿命を描く。
た-43-5

高橋直樹
曾我兄弟の密命
天皇の刺客《しかく》
日本三大仇討ちのひとつ、曾我兄弟の仇討ちの裏には、壮絶な策略が隠されていた。頼朝と兄弟の知られざる因縁と、勝者によって闇に葬られた敗者の無念を描く長篇小説。（井家上隆幸）
た-43-6

陳　舜臣
秘本三国志
（全六冊）
群雄並び立つ乱世を描く『三国志』を語るに著者に優る人なし。前漢、後漢あわせて四百年、巨木も倒れんとする時代に、天下制覇を夢みる梟雄謀将が壮大な戦国ドラマを展開する。
ち-1-6

陳　舜臣
秦の始皇帝
中国を理解しようと思えば、始皇帝を知らなければならない。何故ならば彼が中国で初めて天下を統一したからだ。統一中国の生みの親である始皇帝は二十一世紀の中国に今も生きている。
ち-1-17

津本　陽
宇喜多秀家
備前物語
太閤秀吉の寵愛を受け、五大老にのぼりつめ、加賀百万石の娘を娶る。西国の土豪、宇喜多家から出、戦国の貴公子としてならした秀家の果敢な生涯を、家の興亡とともに描く歴史長篇。
つ-4-50

津本　陽
柳生十兵衛　七番勝負
徳川将軍家の兵法師範、柳生宗矩の嫡子である十兵衛は、家光の密命を受け、諸国を巡り徳川家に仇なす者を討つ隠密の旅に出る。新陰流・剣の真髄と名勝負を描く全七話。（多田容子）
つ-4-57

（　）内は解説者。品切の節はご容赦下さい。

薩摩夜《や》叉《しゃ》雛《びな》　津本 陽
薩摩藩の剣豪隠密・赤星速水《はやみ》は西郷隆盛の密命を受け、女密偵・以登とともに横浜へひた走る。北辰一刀流の名手の軌跡と幕末の薩摩藩経済の秘密を描く剣豪小説の決定版。（磯田道史）
つ-4-58

名をこそ惜しめ　津本 陽
硫黄島 魂の記録
戦史上、未曾有の激戦地となった硫黄島。地面からガスが噴きだす苛烈なこの島で、日本兵はどう戦い、どう散ったのか。「日本人とは何か」を問う、著者渾身の戦記小説。（笹 幸恵）
つ-4-59

安政大変　出久根達郎
幕末の江戸。安政の大地震をめぐり、ナマズで一儲けしようとする小悪党、夜鷹に思いをよせる井戸掘り職人、逼迫した攘夷の志士など庶民の悲喜劇と人情の交錯を描く連作。（山本博文）
て-5-9

戦国名刀伝　東郷 隆
無類の刀剣好きだった太閤秀吉は、権力にあかせて国中の名刀を手中にした。なかに「にっかり」という奇妙な名で呼ばれた一腰があった……。戦国名将と名刀をめぐる奇譚八篇を収録。
と-13-3

黒髪の太刀　東郷 隆
戦国姫武者列伝
戦いは男たちの専売特許で、女たちは弱者と信じられていた昔々。女だてらに、甲冑を着込み、兵たちを叱咤し、城を守り、敵と切り結んだ姫君がいた。六人の姫武者見参！（細谷正充）
と-13-4

炎環　永井路子
辺境であった東国にひとつの灯がともった。源頼朝の挙兵、それはまたたくまに関東の野をおおい、鎌倉幕府が成立した。武士たちの情熱と野望。直木賞受賞の記念碑的名作。（進藤純孝）
な-2-3

美貌の女帝　永井路子
その身を犠牲にしてまで元正女帝を政治につき動かしたものは何か。壬申の乱から平城京へと都が遷る激動の時代、皇位を巡る骨肉の争いにかくされた謎に挑む長篇。（磯貝勝太郎）
な-2-17

（　）内は解説者。品切の節はご容赦下さい。

永井路子
北条政子
伊豆の豪族北条時政の娘に生まれ、流人源頼朝に遅い恋をした政子。やがて夫は平家への反旗を翻す。歴史の激流にもまれつつ乱世を生きた女の人生の哀歓。歴史長篇の名作。（清原康正）
な-2-21

永井路子
流星　お市の方（上下）
生き抜くためには親子兄弟でさえ争わねばならなかった戦国の世。天下を狙う兄・信長と最愛の夫・浅井長政との日々加速する抗争のはざまに立ち、お市の方は激しく厳しい運命を生きた。
な-2-43

南條範夫
おのれ筑前、我敗れたり
斎藤道三、滝川一益、石田三成まで総勢十二将、いずれ乱世に天下を逃した者たち。彼らを敗者となした判断、明暗を分けた瞬間とは？　該博な筆が看破する戦国「敗北の記録」。（水口義朗）
な-6-19

南條範夫
大名廃絶録
武家として御家断絶以上の悲劇はあるだろうか。関ヶ原役以後、幕府によって除封削封された大名家の数はなんと二百四十を数える。代表的な十二の大名家の悲史を描く名著。（池上冬樹）
な-6-21

南條範夫
暁の群像　豪商　岩崎弥太郎の生涯（上下）
土佐藩の郷士であった岩崎弥太郎は、いかにして維新の動乱期に政商としてのしあがり三菱財閥の基礎を築いたのか。経済学者でもある著者の本領が発揮された本格時代小説。（加藤　廣）
な-6-22

中村彰彦
二つの山河
大正初め、徳島のドイツ人俘虜収容所で例のない寛容な処遇がなされ、日本人市民と俘虜との交歓が実現した。所長こそサムライと称えられた会津人の生涯を描く直木賞受賞作。（山内昌之）
な-29-3

中村彰彦
名君の碑　保科正之の生涯
二代将軍秀忠の庶子として非運の生を受けながら、足るを知り、傲ることなく、兄である三代将軍家光を陰に陽に支え続け、清らかにこの世に身を処した会津藩主の生涯を描く。（山内昌之）
な-29-5